늑대의 제국 2
L'Empire des Loups

L'Empire des Loups

By Jean-Christophe GRANGÉ
Copyright ⓒ 2003 Éditions Albin Michel S. A.
Korean Translation ⓒ 2005 Sodam & Taeil Publishing House

This Korean edition is Published by arrangement with Éditions Albin Michel S. A.
through Bookmaru Korea Literary Agency.
All rights reserved.

이 책의 한국어판 저작권은 북마루 코리아를 통한 Éditions Albin Michel S. A.와의 독점 계약으로 도서출판 소담이 소유합니다. 신저작권법에 의하여 한국 내에서 보호를 받는 저작물이므로 무단 전재와 복제를 금합니다.

늑대의 제국

L'Empire des Loups

장·크리스토프 그랑제 지음 | 이세욱 옮김

2

늑대의 제국 2
L'Empire des Loups

펴낸날 | 2005년 7월 25일 초판 1쇄
       2005년 9월 9일 초판 3쇄

지은이 | 장·크리스토프 그랑제
옮긴이 | 이세욱
그린이 | 김영상
펴낸이 | 이태권
펴낸곳 | 소담출판사
        서울시 성북구 성북동 178-2 (우)136-020
        전화 | 745-8566~7 팩스 | 747-3238
        e-mail | sodam@dreamsodam.co.kr
        등록번호 | 제2-42호(1979년 11월 14일)
기획 편집 | 이장선 김윤정 방세화 심지연
미 술 | 이성희 김지혜
본부장 | 홍순형
영 업 | 박종천 장순찬 이도림
관 리 | 이영욱 안찬숙 장명자 윤은정

ISBN 89-7381-852-X 04860
     89-7381-850-3 (전2권)

● 책 가격은 뒤표지에 있습니다.

www.dreamsodam.co.kr

프리실라를 위해

*이 소설에 등장하는 터키어는 현지 발음대로 표기하였고, '아나톨리아'나 '보스포루스' 같이 이미 우리 독자들에게 익숙해진 표현들은 기존 관행에 따라 표기하였다.

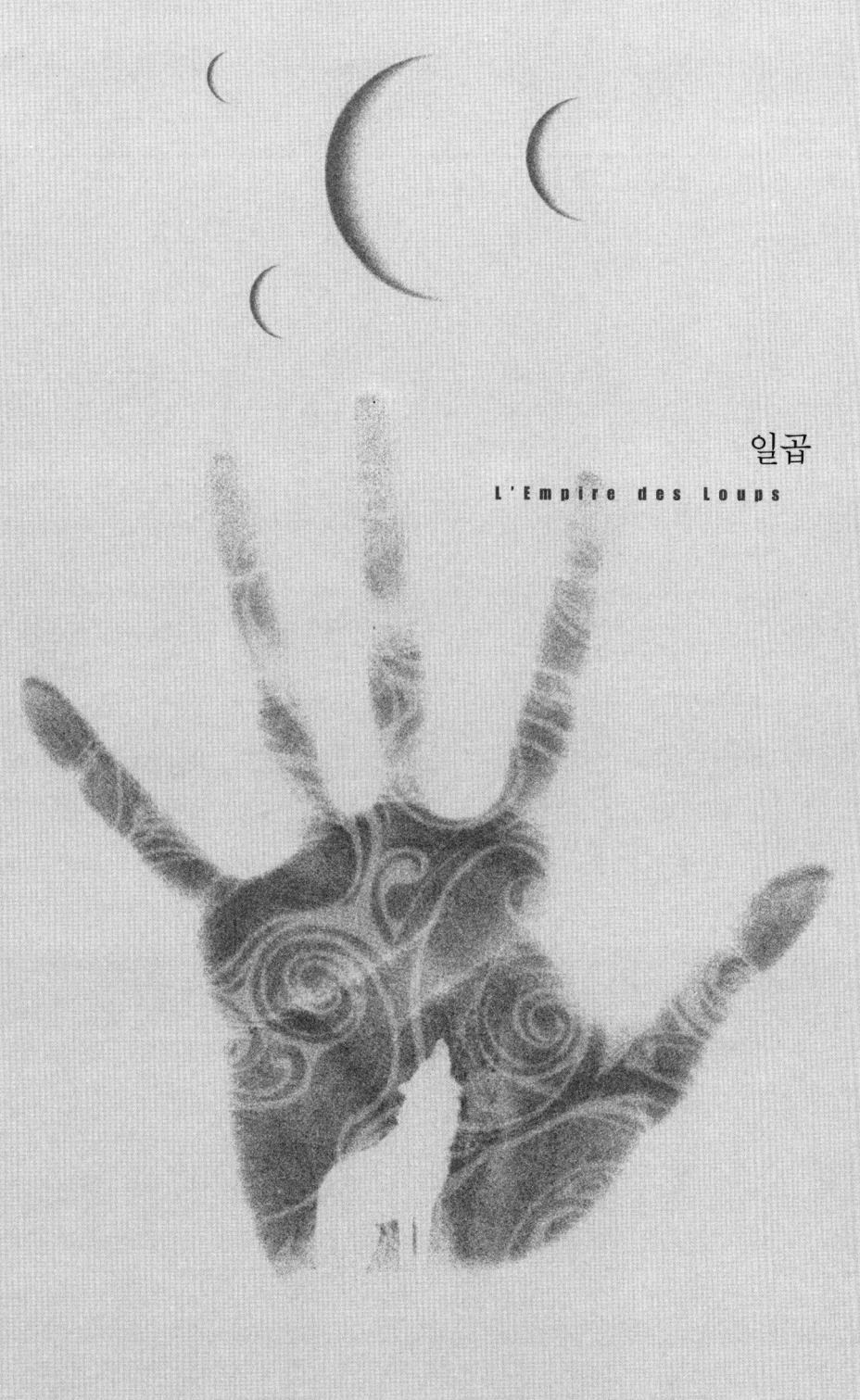

일곱
L'Empire des Loups

38

전화벨이 폭발음처럼 고막을 울렸다.
"여보세요?"
대답이 없었다. 에릭 아케르만은 천천히 전화를 끊고 손목시계를 들여다보았다. 오후 3시. 어제부터 열두 번째로 걸려온 발신자 불명의 전화였다. 그가 마지막으로 사람 목소리를 들은 것은 전날 아침 로랑 에메스가 안나의 도주를 알리기 위해 전화했을 때였다. 그는 그 날 오후에 로랑에게 연락을 취하려고 했다. 하지만 로랑의 어느 번호로 전화를 걸어도 대답이 없었다. 로랑이 무언가를 시도하기에는 이미 너무 늦어버린 것이 아닐까?
그는 다른 관계자들에게 연락을 시도했다. 헛수고였다.
바로 그 날 저녁에 그는 처음으로 발신자 불명의 전화를 받았다. 누군가 전화를 걸어놓고 아무 말도 하지 않았다. 그는 즉시 창밖을 살폈다. 트뤼댄 대로에 있는 그의 아파트 건물 앞에 두 경찰관이 버티고 있었다. 이쯤 되면 상황은 분명했다. 그는 이제 같은 배를 탔던 사람들로부터 전화를 받을 수 있는 존재가 아니었고, 그들로부터 정보를 얻을 수 있는 파트너도 아니었다. 오히려 감시와 통제를 받는 적이 되어 있었다. 불과 몇 시간 사이에 그의 발밑에서 경계선이 옮겨간 것이었다. 그는 이제 장벽 밖으로 밀려나 나쁜 자들의 편에, 재앙에 책임을 져야 하는 자들 쪽에 자리하고 있었다.

그는 자리에서 일어나 침실 창문 쪽으로 갔다. 두 경찰관이 여전히 자크 드쿠르 고등학교 앞에서 보초를 서고 있었다. 그는 대로를 따라 죽 이어져 있는 잔디밭과 아직 앙상한 가지를 드러낸 채 햇살 가득한 공기 속에 우뚝 솟아 있는 플라타너스들과 앙베르 공원에 있는 정자의 잿빛 구조물을 바라보았다. 자동차 한 대 지나가지 않는 대로는 언제나 그랬듯이 잊혀진 길처럼 보였다.

문득 어떤 책에서 읽은 글귀가 뇌리를 스쳤다. '위험이 구체적이면 불안은 신체적으로 나타나고, 위험이 본능적으로 감지되는 것이면 불안은 심리적으로 나타난다.' 누가 그렇게 썼더라? 프로이트인가? 융인가? 나에게 위험은 어떤 식으로 나타나게 될까? 그들이 거리에서 나를 쓰러뜨릴까? 내가 잠이 든 사이에 기습해 올까? 아니면 그저 군교도소에 나를 가두어 버릴까? 우리의 연구 프로그램과 관련된 모든 자료를 얻기 위해 나를 고문할까?

기다리자. 밤이 되기를 기다렸다가 내 계획을 실천에 옮기자.

그는 여전히 창가에 선 채, 자기를 여기 죽음의 대기실에까지 이끌어 온 길을 마음속으로 거슬러 올라갔다.

이 모든 일은 공포와 더불어 시작되었다.

이 모든 일은 공포와 더불어 끝날 터였다.

그의 모험은 1985년 6월, 그가 미국 미주리 주 세인트루이스의 워싱턴 대학에서 웨인 C. 드레베츠 교수의 연구팀에 합류하면서 시작되었다. 이 팀의 과학자들은 한 가지 중대한 임무를 띠고 있었다. 양전자 방출 단층촬영술을 이용해서 인간의 뇌 속에 있는 공포 영역의 위치를 알아내는 것이 바로 그것이었다. 이 목표에 도달하기 위해 그들은 실험대상을 자원한 사람들에게 공포를 불러일으키도록 설계된 매우 엄밀한 실험 방법을 개발했다. 뱀을 출현시키는 방법도 썼고, 전기 충격을 가하겠다고 사전에 예고함으로써 기대했던 것보다 더 강한 충격을 느끼게 하는 방법도 사용했다.

그들은 일련의 실험을 몇 차례 거듭한 끝에 그 신비의 영역을 찾아냈다. 그 영역은 관자엽 내부 변연계 끄트머리의 편도핵이라 불리는 작은 부위에 자리하고 있었다. 공포뿐만 아니라 성적인 본능과 공격성도 관장하는 영역이었다.

아케르만은 그 열광적인 순간들을 기억하고 있었다. 그는 처음으로 컴퓨터 화면에서 뇌의 영역들이 활발하게 움직이는 것을 보았다. 신비에 쌓여 있던 사고 작용의 실제 모습을 처음으로 관찰하게 된 것이었다. 그는 자신이 가야할 길과 자신의 탐험에 필요한 배를 찾아냈다고 생각했다. 양전자 카메라는 인간의 대뇌피질 속으로 들어가는 탐사여행의 수단이었다. 그는 이 탐험의 선구자가 될 것이고 뇌의 지도를 작성하는 사람이 될 것이었다.

프랑스에 돌아오자 그는 연구 기금 신청서를 작성해서 국립 보건·의학 연구원과 국립 과학 연구소, 고등 사회과학 연구원에 보냈다. 또 기금을 타낼 가능성을 높이기 위해 여러 대학과 파리의 병원들에도 보냈다.

아무 대답 없이 한 해가 흘렀다. 그는 영국으로 가서 맨체스터 대학 앤소니 존즈 교수의 연구팀에 합류했다. 그는 이 새로운 팀의 일원으로 뇌의 또 다른 영역, 즉 고통의 영역을 탐사했다.

그는 또 다시 일련의 실험에 참여하였다. 고통스러운 자극을 받겠다고 나선 피실험자들을 상대로 한 실험이었다. 그는 정확한 위치가 알려지지 않았던 뇌의 또 다른 영역이 활발하게 움직이는 것을 컴퓨터 모니터를 통해 보았다. 이 고통의 영역은 한 곳에 집중된 영역이 아니라, 동시에 활성화되는 점들의 집합이었다. 이를테면 대뇌피질 전체에 퍼져 있는 거미줄 같은 것이었다.

1년 후, 존즈 교수는 〈사이언스〉지에 이렇게 썼다. '통각은 시상(視床)을 통해 접수된 뒤에 띠다발과 전두엽을 거치면서 부정적인 성격을 띠게 된다. 그때 이 감각은 비로소 고통으로 바뀐다.'

이건 대단히 중요한 사실이었다. 고통의 지각에서 사고가 주된 역할을 한다는 점을 보여준다는 점에서 그러했다. 띠다발이 연상의 선별장치로 기능하는 만큼, 순전히 심리적인 일련의 훈련을 통해서 고통의 느낌을 누그러뜨릴 수 있고 뇌 속으로 퍼지는 고통의 '반향'을 줄일 수 있다는 얘기였다. 예를 들어 살에 불길이 닿는 경우에, 살이 타고 있다는 생각을 하지 않고 그저 햇살이 따갑구나 하고 생각한다면 고통이 느껴지지 않을 수도 있는 것이었다. 정신력으로 고통을 물리칠 수 있다는 것을 뇌의 지도가 보여주고 있었다.

아케르만은 한껏 들뜬 마음으로 프랑스에 돌아왔다. 한 연구팀을 이끌게 될 자신의 모습이 벌써부터 눈에 선했다. 그는 뇌 지도 작성 전문가, 신경학자, 정신과 의사, 심리학자 등 여러 분야의 전문가들을 망라한 연구팀이 구성되리라고 생각했다. 뇌의 신비를 생리학적으로 풀 수 있는 길이 열렸으므로, 모든 분야 간의 협력이 가능해져 있었다. 경쟁의 시대는 가고, '지도를 보면서' 병력을 한데 모을 때가 된 것이었다!

하지만 그의 기금 신청은 여전히 아무런 성과가 없었다. 낙담과 실의에 빠진 그는 결국 파리 남동쪽 교외 메종 알포르에 있는 작은 연구소에 들어갔다. 거기에서 그는 사기를 되찾기 위해 암페타민의 힘을 빌렸다. 얼마 지나지 않아 그는 암페타민을 주요 성분으로 하는 벤제드린 정제의 약효에 고무되어, 자신의 연구가 외면당하는 것은 사람들의 무관심 때문이 아니라 무지 때문이라고 확신했다. 페트 스캐너의 위력이 제대로 알려지지 않았다는 게 그의 생각이었다.

그는 뇌 지도 작성과 관련된 국제적인 연구들을 한 권의 책에 총망라하기로 결심했다. 그의 여행이 다시 시작되었다. 그는 도쿄, 코펜하겐, 보스턴 등지로 가서 신경학자와 생물학자와 방사선의학 전문가를 만나고 그들의 논문을 구해 읽었다. 그런 다음 그것들을 종합하는 글을 썼다. 1992년, 그는 『단층촬영을 통해 살펴본 뇌의 기능과 지리』라는 6백 쪽짜리 책을 출간했다. 이 책은 대륙과 바다와 군도들로 이루어진 신세계를 보여주는 그야말로 하나의 지도책이었다.

이 책은 국제 과학계에서 큰 성공을 거두었다. 하지만 프랑스의 관계 당국은 여전히 그에게 냉담했다. 게다가 페트 스캐너 두 대가 오르세와 리옹에 새로 설치되었는데, 그의 이름은 한 번도 언급되지 않았다. 그 분야 최고의 전문가인 그에게 의견을 묻는 일조차 생기지 않았다. 아케르만은 배 한 척 없는 탐험가 신세가 되어 합성마약의 세계에 더 깊이 빠져 들어갔다. 그는 엑스터시에 중독되어 있던 그 시절에 자신이 경험했던 일을 기억하고 있었다. 자기 자신을 초월하여 높이 비상하는 듯한 경험을 한 적이 있는가 하면, 심한 환각 상태에서 자신의 머리통이 갈라지며 깊은 구렁이 생기는 듯한 기분을 맛본 적도 있었다.

그런 심연 속에 빠져 있던 어느 날, 그는 원자력위원회로부터 편지를 받았다.

처음에 그는 자신의 환각이 계속되고 있는 것으로 생각했다. 그러다가 그는 자신에게 긍정적인 대답이 왔다는 것을 명백한 사실로 받아들였다. 페트 스캐너의 사용은 방사성 트레이서 용액의 주입을 전제하는 것인 만큼, 원자력위원회는 그의 연구에 관심을 가질 수밖에 없었다. 하지만 원자력위원회는 단순한 관심을 넘어서서 그의 프로그램을 재정적으로 지원할 생각까지 하고 있었다. 그 방안을 강구하기 위해 특별소위원회가 그를 만나고 싶어했다.

에릭 아케르만은 그 다음 주에 파리 남쪽 교외 퐁트네 오 로즈에 있는 본부에 출두했다. 놀랍게도 소위원회는 주로 군인들로 이루어져 있었다. 아케르만은 회심의 미소를 지었다. 그들의 제복은 그의 젊은 시절을 상기시켰다. 1968년에 그는 모택동주의자였다. 그는 게이뤼삭 거리의 바리케이드에서 기동대원들을 저지하는 싸움에 동참했다. 그 광경을 떠올리자 불쑥 용기가 솟았다. 너무 긴장하지 않을까 싶어서 벤제드린을 약간 먹어둔 터라 더욱 의기가 충만했다. 의구심을 품고 있는 이 자들을 설득해야 한다면, 내 한번 멋지게 해 보리라 하는 생각이 들었다.

그의 발표는 몇 시간 동안 계속되었다. 그는 먼저 1985년부터 페트 스캐너를 사용하여 어떻게 공포 영역의 위치를 알아냈는지를 보고하고, 그 성과를 바탕으로 공포가 인간의 정신에 미치는 영향을 감소시키기 위한 특별한 약물을 어떻게 개발할 수 있는지 설명했다.

다른 사람들도 아니고 군인들에게 그런 이야기를 한 것이었다.

다음으로 그는 영국의 존즈 교수가 어떻게 고통을 지각하는 신경회로의 위치를 밝혀냈는지 설명했다. 그리고 그 연구 결과에 심리적 조건 형성 기술을 결합하면 인간이 느끼는 고통을 제한하는 것이 가능하다고 단언했다.

장성들과 군의 정신과 의사들로 이루어진 소위원회에서 그런 주장을 펼친 것이었다.

이어서 그는 정신분열병, 기억, 상상력 등에 관한 다른 연구들을 언급했다.

그는 그들의 마음을 끌기 위해, 제스처를 자주 쓰고 많은 통계와 논문을 인용해 가면서 자신의 프로젝트가 지닌 특별한 가능성을 효과적으로 부각했다. 요컨대, 뇌 지도 작성 분야의 연구 성과를 이용하여 인간의 뇌를 관찰하고 통제하고 조작하는 것이 가능하리라는 것이었다.

한 달 후, 그는 다시 편지를 받았다. 그의 프로젝트에 재정적인 지원을 하겠다는 내용의 편지였다. 그런데 이 수락에는 조건이 명시되어 있었다. 첫 번째 조건은 그가 오르세에 있는 군병원인 앙리 베크렐 의료원에서 근무해야 한다는 것이었다. 두 번째 조건은 군의 연구자들과 정보를 완전하게 공유하면서 투명한 협력 관계를 유지해야 한다는 것이었다.

아케르만은 '내가 국방부를 위해 일하게 되다니!' 하면서 껄껄 웃었다. 그로 말하자면, 1970년대 저항 문화의 순도 높은 산물이 아니던가. 또한 암페타민을 습관적으로 복용하는 마약쟁이 정신과 의사가 아니던가……. 그는 자기에게 돈을 대주는 자들보다 자기가 더 영악하다고 믿었고, 자기가 조종을 받기보다 그들을 조종할 수 있으리라고 확신했다.

그건 크나큰 오산이었다.

전화벨 소리가 다시 방 안에 울려 퍼졌다.

그는 자신이 집에 있는지를 확인하려는 그 전화를 구태여 받지 않았다. 그 대신 창가에 가서 커튼을 열어젖히고 자신의 모습을 드러냈다. 보초들은 여전히 그 자리에 있었다.

트뤼댕 대로에는 갈색의 여러 가지 색조─마른 진흙, 퇴색한 금박, 녹슨 쇠붙이 등의 색조─가 서로 미묘한 차이를 보이며 배합되어 있었다. 까닭은 알 수 없지만, 그는 이 대로를 바라볼 때마다 중국이나 티베트의 사원을 떠올리곤 했다. 노란색이나 적갈색의 칠이 벗겨져 그 안에 감춰져 있는 또 다른 현실이 언뜻언뜻 드러나 보이는 사원들을.

오후 4시. 태양은 아직 하늘 높이 떠 있었다.

불현듯 밤이 되기를 기다릴 필요가 없다는 생각이 들었다.

당장 달아나고 싶은 생각이 너무나 간절했다.
그는 거실을 가로질러 여행 가방을 집어 들고 문을 열었다.
이 모든 일은 공포와 더불어 시작되었다.
이 모든 일은 공포와 더불어 끝날 터였다.

39

　그는 비상계단을 이용해서 자기네 건물의 지하 주차장으로 내려갔다. 입구에서 어두운 공간을 살펴보니 사람의 기척은 전혀 없었다. 그는 주차장을 가로지른 다음 한 기둥 뒤에 감춰진 검은 철판 문의 빗장을 풀었다. 그는 문을 열고 통로로 들어섰다. 지하철 앙베르 역으로 이어지는 통로였다. 그는 뒤를 돌아보았다. 미행하는 자는 없었다.
　역의 홀에서 그는 무리지어 있는 승객들 때문에 잠시 공황 상태에 빠졌다. 그러다가 그 승객들이 오히려 자신의 도주에 도움이 되리라고 생각하며 마음을 추슬렀다. 그는 군중을 헤치며 빠른 걸음으로 나아갔다. 그의 눈길은 세라믹으로 된 공간 건너편에 있는 또 다른 문에 붙박여 있었다.
　문 앞에 다다르자, 그는 즉석사진 촬영소 근처의 작은 채광창을 마주하고 서서 사진이 나오기를 기다리는 척하며 미리 마련해 둔 만능열쇠 꾸러미를 꺼냈다. 몇 차례 머뭇거리다가 그는 맞는 열쇠를 찾아내고 '관계자 외 출입금지'라고 써 있는 문을 살며시 열었다.

다시 혼자 있게 되자 안도감이 들었다. 통로에는 어떤 냄새가 집요하게 감돌고 있었다. 정체를 알 수 없는 그 시큼하고 싸한 냄새가 그의 온몸을 감싸는 듯했다. 그는 창자 속 같은 통로로 나아갔다. 곰팡이 슨 골판지 상자, 폐기된 밧줄, 금속 용기 따위가 발길에 채였지만, 그는 단 한 순간도 불을 켜려고 하지 않았다. 그는 문의 잠금 장치며 맹꽁이자물쇠를 여러 개 따고 쇠창살을 지른 문들과 납을 입힌 문들을 열었다. 열린 문들을 구태여 열쇠로 다시 잠그지는 않았지만, 문을 통과할 때마다 자기를 보호해 주는 장벽이 하나씩 늘어나고 있다는 느낌이 들었다.

이윽고 그는 앙베르 공원 지하에 자리한 또 다른 주차장으로 들어갔다. 바닥과 벽들이 연한 녹색으로 칠해져 있다는 점만 빼면 첫 번째 주차장과 생김새가 똑같았다. 인기척은 전혀 없었다. 그는 다시 걷기 시작했다. 온몸이 땀에 젖은 채 부들부들 떨렸다. 뜨거운 느낌과 찬 느낌이 불규칙하게 갈마들었다. 심한 불안에 빠져 있으면서도 그는 그 징후가 무엇을 뜻하는지 알아차렸다. 그건 금단증상이었다.

그는 마침내 2033이라는 번호가 적힌 자리에 다다랐다. 볼보 라이트 밴이 그를 기다리고 있었다. 그 당당한 위용과 금속광택이 나는 회색 차체와 차량 등록지가 오랭[1] 도(道)로 되어 있는 번호판을 보자 든든한 기분이 들었다. 몸의 모든 기관이 안정과 균형을 되찾는 듯했다.

안나가 처음으로 기억장애 증세를 보였을 때부터, 그는 상황이 갈수록 나빠지리라는 것을 알아차렸다. 그는 그런 이상 증세가 계속 나타나리라는 것과 프로젝트가 조만간 재앙으로 바뀌리라는 것을 누구보다 잘 알고 있었다. 그래서 그는 도망이라는 해결책을 마련해 둔 바 있었

---

[1] 프랑스 동부 알사스 지방에 있는 도. 라인 강(프랑스어로 랭) 연안 지역 중 상류 쪽이라는 뜻이며, 뒤에 나오는 바랭은 하류 쪽 연안 지역을 가리킨다.

다. 처음 얼마 동안은 자기 고향인 알사스에 돌아가서 지낼 생각이었다. 성을 바꿀 수는 없는 노릇이므로 아케르만이라는 성을 가진 다른 사람들 속에 파묻혀 있는 편이 나을 듯했다―바랭과 오랭의 두 도에만 3백 명 이상의 아케르만이 있었다. 그 다음에는 프랑스를 아주 떠날 계획이었다. 브라질이나 뉴질랜드나 말레시아 같은 곳으로.

그는 호주머니에서 자동차 리모컨을 꺼냈다. 그가 막 리모컨을 작동시키려고 하는데, 어떤 목소리가 그의 등을 때렸다.

"그냥 이렇게 가도 되는 거야? 뭐 잊은 거 없어?"

그는 몸을 돌렸다. 몇 미터 떨어진 곳에 검은색과 흰색이 어우러진 실루엣이 보였다. 몸에 꼭 맞는 벨벳 외투를 입은 여자였다.

그는 먼저 화가 불쑥 치미는 것을 느꼈다. 불길한 예감과 함께 자신의 발길을 묶는 저주가 내린 기분이 들었다. 그러다가 그는 '이 여자를 그들에게 넘겨 버리자, 그것만이 내가 살 길이다' 하고 생각을 고쳐먹었다.

그는 여행가방을 내려놓고 활기찬 어조로 말했다.

"안나 씨, 세상에, 어디 있었어요? 모두가 안나 씨를 찾고 있어요. (그는 두 팔을 벌리며 다가갔다.) 날 찾아오길 잘 했어요. 안나 씨는……."

"꼼짝 마."

그는 얼어붙은 듯 멈춰 서서, 새로운 목소리가 들려온 쪽으로 아주 천천히 몸을 돌렸다. 또 다른 실루엣이 기둥으로부터 그의 오른쪽으로 떨어져 나왔다. 그의 가슴이 철렁 내려앉았다. 너무나 놀라서 시야가 흐릿해질 정도였다. 몇 가지 기억이 어지럽게 착종하며 의식의 표면으로 떠올랐다. 그는 그 여자를 알고 있었다.

"마틸드?"

여자는 묵묵히 다가왔다. 그는 얼이 빠진 듯한 어조로 다시 물었다.

"마틸드 빌크로?"

여자는 그의 앞에 버티고 서서 장갑 낀 손으로 자동권총을 들이댔다.

그는 두 여자를 번갈아 보며 말을 더듬었다.

"두 사람…… 서로 아는 사이야?"

"어떤 환자가 신경과 의사를 더 이상 믿을 수 없게 되면, 어디로 가겠어? 정신과 의사를 찾아가지."

마틸드는 예전처럼 저음의 파동으로 음절들을 길게 늘이고 있었다. 이런 목소리를 어떻게 잊을 수 있겠는가? 그의 입안에 침이 고였다. 진흙탕 물을 머금고 있기라도 한 듯, 조금 전 통로에서 느꼈던 이상한 냄새와 똑같은 맛이 느껴졌다. 이번엔 맛의 정체가 분명했다. 그건 매캐하고 깊고 유해한 공포의 맛이었다. 그 맛의 원천은 바로 그 자신이었다. 살갗의 모든 모공에서 그 맛이 배어나오고 있었다.

"날 미행했어? 원하는 게 뭐지?"

안나가 다가왔다. 주차장의 푸르스름한 빛 속에서 그녀의 쪽빛 눈이 반짝이고 있었다. 아시아 사람이라는 느낌이 들 만큼 길게 째진 검푸른 바다 빛깔의 눈이었다.

그녀가 미소를 지으면서 말했다.

"우리가 원하는 게 뭐냐고? 당신은 무어라고 생각하지?"

40

나는 모든 나라를 통틀어 신경학과 신경심리학과 인지심리학 분야에서 가장 뛰어난 연구자이다. 유일한 최고는 아닐지 몰라도, 가장 뛰어난 연구자 축에 드는 것은 분명하다. 이건 자만이 아니라 국제 과학계가 인정하고 있는 사실이다. 올해 쉰두 살인 나는 사람들이 흔히 말하는 유능한 사람이자 하나의 준거가 될 만한 사람이다.

하지만 내가 이 분야에서 진정으로 중요한 사람이 된 것은 과학계에서 빠져 나왔을 때였다. 과학자들이 많이 다니는 길에서 벗어나 금단의 길에 들어섰을 때 비로소 나의 진가가 발휘되었다. 나 이전에는 아무도 가본 적이 없는 길로 접어들었을 때 비로소 나는 중요한 연구자, 당대에 큰 영향을 미칠 개척자가 되었다.

그러나 나에겐 이제 시간이 없다. 내 과오를 돌이키기에는 이미 너무 늦어 버린 것이다…….

1994년 3월.

16개월에 걸친 기억에 관한 실험― '개인적인 기억과 문화적인 기억'이라는 프로그램의 제3기 실험―에서 약간의 이상 현상이 되풀이해서 나타났다. 실험이 끝나자 나는 우리 팀과 마찬가지로 산소-15를 방사성 트레이서로 사용하는 연구소들에 연락을 취해서 그 현상에 관해 문의해 보았다.

대답은 한결같았다. 그들의 실험에서는 그런 현상이 전혀 나타나지 않았다고 했다.

이건 내가 잘못 생각하고 있음을 의미하는 것이 아니었다. 그보다는 내가 다른 연구자들보다 더 많은 양의 방사성 트레이서를 피실험자들에게 투여했다는 것을 의미하고 있었다. 나의 실험 결과가 특이했던 것은 오로지 그 투여량과 관계가 있었다. 나는 내가 어떤 한계를 넘어섰고, 그럼으로써 산소-15라는 물질의 위력이 드러난 것임을 깨달았다.

이런 실험 결과를 발표하기에는 아직 너무 일렀다. 나는 나에게 연구

기금을 대 주는 원자력위원회를 위해 지난 시즌을 결산하는 보고서를 작성하는 것으로 만족했다. 보고서 말미의 한 참고용 주석에서 나는 실험 도중에 반복해서 나타났던 특이한 현상을 언급했다. 그러면서 산소-15가 인간의 뇌에 미치는 간접적인 영향과 관련된 이 현상이 특별한 연구 프로그램의 주제가 될 만하다고 덧붙였다.

반응은 즉각적이었다. 나는 5월에 원자력위원회 본부로 출두하라는 연락을 받았다. 넓은 강당에서 여남은 명의 전문가들이 나를 기다리고 있었다. 스포츠머리에 말투가 딱딱한 사람들 일색이었다. 나는 첫눈에 그들을 알아보았다. 그들은 2년 전 내가 처음으로 내 연구 프로그램을 발표했을 때 나를 받아주었던 그 군인들이었다.

나는 조리가 정연하게 준비해 온 내용을 발표하기 시작했다.

"페트, 즉 양전자 방출 단층촬영의 원리는 이러합니다. 먼저 피실험자의 혈관에 방사성 트레이서를 주입합니다. 그러면 혈액이 방사성을 띠면서 양전자를 방출하게 되고, 이 양전자들을 카메라가 실시간으로 포착함으로써 뇌의 어떤 부위가 활성화되는지를 알 수 있습니다. 제가 트레이서로 선택한 것은 전형적인 방사성 동위원소인 산소-15인데……."

한 목소리가 그의 말을 잘랐다.

"보고서의 주석에 이상 현상이라는 말이 나와 있더군요. 서두는 생략하고 본론으로 들어갑시다. 이상 현상이라는 게 뭐죠?"

"제가 확인한 바로는, 피실험자들은 테스트가 끝난 뒤에 자신들의 진짜 기억과 테스트 도중에 들려준 일화들을 혼동했습니다."

"더 자세하게 설명해 보시죠."

"저는 테스트 도중에 피실험자들에게 가상의 이야기를 들려준 다음 그것을 구두로 요약하게 했습니다. 테스트가 끝나고 나자 피실험자들은 그 이야기를 진짜 있었던 일로 언급했습니다. 그들은 모두 제가 꾸며낸 이야기를 실제로 겪었다고 확신했습니다.”

"산소-15를 사용했기 때문에 그런 현상이 빚어진 거라고 생각하십니까?'

"그렇게 추정하고 있습니다. 양전자 카메라 자체는 인간의 의식에 영향을 미칠 수 없습니다. 그건 부작용의 우려가 없는 기술입니다. 산소-15는 피실험자들에게 투여한 유일한 물질입니다."

"그 영향을 어떻게 설명할 수 있죠?'

"정확하게 설명할 수는 없지만, 방사능이 뉴런에 충격을 주지 않았나 싶습니다. 아니면 분자 그 자체가 신경전달물질에 영향을 미친 것일 수도 있고요. 어쨌거나 이런 현상이 벌어졌다는 것은 피실험자들의 인지체계가 강한 자극 때문에 새로운 정보에 영향을 받기 쉬운 상태로 변했음을 시사합니다. 이런 흥분 상태에서 가상의 이야기가 실제로 겪은 일로 기억되는 것이지요."

"그 물질을 이용해서 어떤 실험대상의 의식 속에 이를테면…… 가공의 기억을 이식하는 게 가능하다고 보십니까?'

"그리 간단한 일은 아닙니다. 저는…….”

"가능하다고 생각하세요? 예인가요 아니오인가요?'

"예, 그런 쪽으로 연구하는 것을 고려해 볼 수 있을 듯합니다."

잠시 침묵이 흘렀다. 다른 위원의 질문이 이어졌다.

"예전에 세뇌 기술에 관해 연구한 적이 있습니까?'

나는 웃음을 터뜨렸다. 나를 옥죄어 오는 취조의 분위기를 누그러뜨리기 위한 헛된 시도였다.

"그건 20년도 더 지난 옛날 일입니다. 박사학위 논문을 쓸 때였으니까요."

"그 동안 이 분야에 어떤 진전이 있었는지 계속 관심을 갖고 지켜보셨습니까?'

"얼마간은 그랬습니다. 하지만 이 분야에는 발표되지 않은 연구가 많습니다. 국방 기밀로 분류된 연구들 말입니다. 잘은 모르겠지만, 제 생각엔……."

"어떤 물질들을 화학적 차폐물로 사용해서 실험대상의 기억을 가려버리는 것이 가능할까요?"

"네. 그런 물질들이 몇 가지 있습니다."

"어떤 물질이죠?"

"기억을…… 조작하는 것에 관한 이야기를 하시는 건가요?"

"어떤 물질이죠?"

나는 마지못해 대답했다.

"현재는 지에치비, 즉 감마 하이드록시 부티레이트에 관한 이야기가 많이 나오고 있습니다. 하지만 이런 종류의 목표에 도달하기 위해서는 더 흔한 약품을 사용하는 것이 훨씬 나을 것입니다. 예컨대 발륨 같은 것 말입니다."

"왜 그렇죠?"

"발륨은 마취가 되지 않을 만큼 적절하게 투여할 경우 부분적인 기억 상실뿐만 아니라 무의식적인 자동 반응을 야기할 수 있으니까요. 환자를 암시에 영향을 받기 쉬운 상태로 만들어준다는 것이죠. 게다가 발륨에는 해독제가 있습니다. 이 해독제를 사용하면 나중에 기억을 되찾을 수 있죠."

다시 침묵이 흘렀다. 첫 번째 목소리가 다시 울렸다.

"어떤 환자에게 그런 처치를 하고 나서, 산소-15를 이용하여 새로운 기억을 주입하는 게 가능할까요?"

"혹시라도 저에게……."

"가능해요, 가능하지 않아요?"

"가능합니다."

또다시 침묵. 모두의 시선이 그에게 쏠려 있었다.

"환자는 이전의 일들은 전혀 기억하지 못하게 되나요?"

"네."

"자기에게 발륨과 산소-15가 투여되었다는 사실도요?"

"네. 하지만 이런 얘기를 하기에는 아직 너무 이르지 않나……."

"박사님 말고 그런 처치의 효과를 누가 알고 있죠?"

"아무도 없습니다. 같은 동위원소를 사용하는 연구소들에 문의를 해 보았는데, 그들은 이런 현상을 전혀 알아차리지 못했습니다."

"박사님이 어디에 문의를 했는지 알고 있습니다."

"아니…… 제가 감시를 받고 있다는 얘깁니까?"

"다른 연구소의 책임자들과 전화 통화를 하거나 직접 만나서 이야기한 적이 있습니까?"

"아뇨. 모든 문의와 회신은 이메일로 이루어졌습니다. 저는……."

"감사합니다, 박사님."

1994년 말에 새로운 예산이 책정되었다. 산소-15의 효능을 연구하는 프로그램만을 위해 따로 예산이 마련된 것이다. 이런 게 바로 이 사건의 아이러니였다. 정작 내가 구상하고 소개하고 주장한 연구 프로그램의 기금을 얻는 데에는 그토록 많은 어려움이 있었는데, 내가 계획하지도 않은 프로그램을 위해서는 그들이 재정적인 지원을 아끼지 않았던 것이다.

1995년 4월.

악몽이 시작되었다. 어느 날 나는 어떤 고위 경찰관의 방문을 받았다. 검은 옷을 입은 두 명의 부하를 대동하고 나타난 그는 희끗희끗한 콧수염을 기르고 개버딘 레인코트를 입은 거구였다. 그는 경정 필립 샤릴리에라고 자신을 소개했다. 쾌활하고 상냥하고 사람이 좋아 보였다. 하지만 나는 왕년에 히피 노릇을 했던 자의 직관으로 그가 위험한 사람임을 알아차렸다. 내가 보기에 그의 내면에는 걸핏하면 사람들의 얼굴을 갈기는 자, 저항을 분쇄하는 자, 공권력을 과신하는 비열한 자가 숨어 있었다. 그가 허두를 떼었다.

"내가 이렇게 아케르만 박사를 찾아온 것은 개인적인 추억이 담긴 어떤 이야기를 들려주기 위해서요. 1985년 12월부터 1986년 9월까지 프랑스에 공포 분위기를 만연시켰던 테러의 물결에 관한 이야기요. 렌 거리에서 있었던 사건 기억하고 있소? 모두 열세 명이 죽고 2백 50명이 다쳤지요. 당시에 나는 경찰청 국가 보안국에서 일하고 있었소. 우리에게는 테러범을 잡기 위한 모든 수단이 허용되어 있었지요. 수천 명의 인원에다 감청장치를 갖추고 있었고 긴급체포와 강제구금을 무제한으로 할 수 있었어요. 우리는 이슬람주의자들의 집합소를 뒤지고, 팔레스타인 해방기구의 지부 조직들과 레바논 사람들의 조직망과 이란인 집단 거주 지역을 뒤흔들었소. 파리가 온통 우리의 통제를 받고 있었지요. 우리는 누구든 우리에게 정보를 제공하면 1백만 프랑의 포상금을 주겠다고 제안하기까지 했소. 하지만 이 모든 게 아무 소용이 없었어요. 우리는 단서 하나, 정보 하나 찾아내지 못했지요. 정말 아무 소득이 없었소. 결국 테러는 계속 자행되었지요. 무고한 시민들이 죽고 다치고 건물들이 무너져 내리는데, 우리는 전혀 손을 쓰지 못했소.

그런데 1986년 3월의 어느 날, 한 가지 작은 사건이 상황을 일변시켰소. 우리는 일거에 푸아드 알리 살라와 그의 일당을 모두 체포했지요. 그들은 파리 12구 부트 거리에 있는 한 아파트에 무기와 폭발물을 쌓아 놓고 있었소. 그들의 집합 장소는 아랍인 집단거주지역인 '황금구슬' 구역의 샤르트르 거리에 있는 튀니지 식당이었고요. 내가 직접 작전을 지휘했소. 몇 시간 만에 놈들을 모두 붙잡았죠. 나무랄 데 없이 깔끔하고 신속하게 처리된 작전이었소. 테러는 바로 중단되었고 파리는 평온을 되찾았어요.

그런 기적이 어떻게 가능했는지 아시오? 모든 상황을 변화시킨 그 '작은 사건'이 무엇이었을까요? 대답은 간단해요. 그 테러조직의 일원인 로트피 벤 칼라크가 조직을 배신하기로 결심했던 것이지요. 그는 우리에게 연락을 해서 포상금을 받는 대가로 자기 공범들을 밀고했소. 우리와 내통해서 함정을 파는 것까지 받아들였지요.

로트피는 미친 자였소. 수십만 프랑을 벌자고 목숨을 포기한 셈이니까요. 다른 테러 조직에서 그를 그냥 내버려 둘 리가 없지요. 그는 조만간 벌이 내릴 것을 알기에 세상 끝으로 도망가서 사냥꾼들에게 쫓기는 짐승처럼 살아야 해요. 정신이 온전한 사람이라면 그런 선택을 할 리가 없지요. 하지만 나는 그가 배신한 덕을 톡톡히 보았소. 우리는 처음으로 테러 집단의 내부로 들어갔어요. 조직의 내부에 우리 편이 있었단 말이오, 알겠소? 그 때부터는 모든 것이 분명하고 쉽고 효율적인 것으로 변했어요. 내 이야기의 핵심이 바로 이거요. 테러범들의 힘은 오로지 비밀에서 나와요. 그들은 자기들 마음 내키는 대로 아무데서나 일을 벌이지요. 그들을 잡는 길은 단 하나, 그들의 조직망에 침투하는 것뿐이오. 그리고 나면 모든 것이 가능해지죠. 우리가 로트피와 함께 작전을 벌였을 때처럼 말이오. 우리는 박사의 연구를 활용해서 다른 조직들을 소탕해낼 생각이오."

샤를리에의 계획은 분명했다. 산소-15를 이용해서 테러 조직망에 가까이 있는 사람들을 변절시키겠다는 것이었다. 그들에게 가공의 기억들—예를 들어 테러범들에게 복수심을 느낄 만한 동기—을 주입함으로써, 그들이 동지들을 배신하고 경찰에 협력하도록 설득하겠다는 얘기였다. 샤를리에의 설명이 이어졌다.

"우리 프로그램은 '모르포[2]'라는 이름으로 불리게 될 거요. 우리가 테러범들의 심리적인 형태를 변화시킬 것이기 때문이오. 우리는 그들의 인격과 뇌 구조에 변화를 줄 거요. 그런 다음 그들을 테러 조직 속에 풀어놓을 거요. 전염병에 걸린 개들을 사냥감의 무리 속으로 보내는 거죠."

그는 피를 얼어붙게 할 만한 목소리로 이렇게 말을 맺었다.

"박사의 선택은 간단해요. 한쪽에는 무제한의 자금과 원하는 대로 동원할 수 있는 실험대상과 극비리에 하나의 과학 혁명을 이끌 수 있는 기회가 있소. 다른 쪽에는 연구자의 하찮은 삶으로 돌아가는 것과 연구기금을 타내기 위한 경쟁, 파산 상태에 빠진 연구소, 아무도 관심을 가져주지 않는 저술이 있소. 박사가 어느 쪽을 선택하든, 우리는 이 프로그램을 계속 밀고 나갈 거라는 점도 잊지 마시오. 박사가 안 하겠다면 우리는 다른 연구자들과 함께 해 나갈 거요. 박사가 연구해 놓은 것과 모든 기록을 그들에게 넘겨줄 거란 말이오. 두고 보면 알겠지만, 그 과학자들은 산소-15가 인간의 기억에 미치는 영향을 알아낸 다음 그 성과를 자기들의 공으로 돌릴 거요."

그 뒤로 며칠 동안, 나는 나름대로 조사를 벌였다. 필립 샤를리에는 경찰청 수사국 제6부에 소속된 다섯 경정들 가운데 하나였다. 제6부의 책임자 폴 마냐르의 명령을 받아 국제적인 테러 방지 투쟁을 이끌고 있는 인물이었다.

그는 자기 부서에서 '녹색 거인'이라는 별명으로 통하고 있었고, 침투 공작에 대한 집착과 수사방식의 폭력성으로 악명이 높았다. 오죽하면 그의 상관인 마냐르조차 수사에서 그를 배제하기가 일쑤였겠는가. 마냐르 역시 강경파로 알려져 있었지만, 그는 일체의 실험적인 방식을

---

[2] '형태'라는 뜻.

거부하고 전통적인 방식을 충실히 따르는 인물이었다.

하지만 시국은 샤를리에의 생각에 무게를 실어주고 있었다. 테러 조직의 위협이 프랑스에 짙은 그늘을 드리우고 있던 때였다. 1995년 7월 25일, 수도권 고속전철 생미셸 역에서 폭탄이 터져 10명의 승객이 사망했다. 알제리의 테러 조직인 이슬람무장그룹(GIA)의 구성원들이 유력한 용의자로 거론되었다. 하지만 잇단 테러를 저지할 단서는 어디에도 없었다.

국방부는 내무부와 합동하여 모르포 프로젝트에 재정적인 지원을 하기로 결정했다. 당면한 특정 사건에서 효과를 보기에는 일정이 너무 촉박했지만, 테러에 맞서 새로운 무기를 개발할 때가 되었다고 본 것이었다.

1995년 여름이 저물 무렵, 필립 샤를리에가 다시 나를 찾아왔다. 그는 벌써 실험대상의 선별을 염두에 두고 있었다. 비지피라트[3] 조치의 일환으로 체포된 수백 명의 이슬람주의자들 중에서 실험대상을 고르겠다는 것이었다.

바로 그 때 다시 마냐르의 방식에 힘을 실어주는 사건이 발생했다. 고속철 선로에서 가스통이 발견되어 리옹의 경찰관들이 그것을 제거하려 하고 있을 때, 마냐르는 그 물건에 대한 분석을 요구했다. 과학 수사대는 가스통에서 용의자의 것으로 보이는 지문을 찾아냈다. 지문감식 결과 용의자는 칼레드 켈칼인 것으로 드러났다. 이미 여러 차례 테러 행위의 용의자로 지목된 적이 있는 자였다. 그 다음 일은 대중매체를 통해 널리 알려진 대로다. 켈칼은 리옹 지역의 숲 속에서 짐승처럼 쫓기다가 9월 29일 살해되었다. 이어서 그가 속해 있던 조직도 와해되었다.

---

3) 테러의 위험을 사전에 알리거나 테러 행위에 즉각 대응하기 위한 프랑스의 안전 조치. 위험 수위가 높아짐에 따라서 노랑, 주황, 빨강, 진한 빨강 등 네 단계의 경보가 발령된다.

그것은 마냐르의 승리이자 정도에서 벗어나지 않은 전통적인 수사방식의 개가였다.

그것은 또한 모르포 프로젝트의 종말과 필립 샤를리에의 영향력 상실을 의미하는 것이기도 했다.

하지만 예산은 계속 집행되었다. 국가의 안전을 책임지고 있는 국방부와 내무부는 내가 연구를 계속할 수 있도록 거액의 기금을 마련해 주었다. 첫 해부터 나의 연구 결과는 내 생각이 옳았다는 것을 입증해 주었다. 효과가 나타날 정도로 적절하게 투여한 산소-15 때문에 가공의 기억이 뉴런에 스며드는 게 분명했다. 이 방사성 물질의 영향을 받아 기억이 다공질로 바뀌고 그 구멍들을 통해 허구적인 요소가 침투하여 실제적인 기억과 통합되는 것이었다.

나의 실험방식은 갈수록 정교해졌다. 나는 군에서 데려다준 수십 명의 환자들을 상대로 실험을 했다. 그들은 모두 실험대상이 되기를 자원한 병사들이었다. 내 실험은 아주 약한 수준의 조건 형성이었다. 나는 매번 가공의 기억을 하나씩만 침투시켰다. 그런 다음 며칠을 기다렸다가 '이식'이 되었음을 확인하곤 했다.

나는 최종적인 실험만을 남겨 놓고 있었다. 실험대상의 기억을 감추고 완전히 새로운 기억을 이식하는 실험이 그것이었다. 하지만 나에겐 그런 세뇌 실험을 서둘러 시도할 이유가 없었다. 경찰과 군이 나를 잊어버리고 있는 듯한 상황이라 더더욱 그러했다. 그 몇 해 동안 샤를리에는 권부와 단절된 채 현장 수사에 매몰되어 있었고, 마냐르는 전통적인 수사방식을 고집하며 배타적으로 부서를 이끌어 갔다. 나는 마침내 그들의 속박에서 벗어나게 되리라고 기대했다. 그러면서 꿈을 꾸었다. 민간인의 삶으로 돌아가 내 연구 결과를 공식적으로 발표할 수 있게 되기를. 내 실험을 건전하게 응용할 수 있는 날이 오기를…….

그 모든 꿈은 이루어질 수도 있었을 것이다. 2001년 9월 11일의 일이 없었다면. 월드 트레이드 센터와 펜타곤에 대한 테러 공격이 없었더라면.

이 자살 테러는 세계 전역에 걸쳐서 경찰 조직의 확신을 산산조각으로 만들고, 수사와 첩보의 모든 기술을 무색하게 만들었다. 알 카에다의 위협을 받고 있는 나라들의 정보부서와 경찰과 군은 당황해서 어찌할 바를 몰랐다. 정치 지도자들도 아연실색했다. 테러 집단이 다시금 자기들의 주무기인 비밀의 위력을 과시한 것이었다.

성전(聖戰)이 운위되고, 화학무기와 핵무기의 위협이 사람들 입에 회자되고 있었다…….

그런 상황에서 집념의 사나이 필립 샤를리에가 제일선에 복귀하였다. 정도에서 벗어난 폭력적인—그러나 효율적인— 수사방식을 고집하는 이 완력의 사나이가 돌아옴에 따라 묻혀 있던 모르포 프로젝트가 다시 빛을 보게 되었다. 멸시의 대상이었던 말들, 즉 조건 형성, 세뇌, 침투 같은 말들이 다시 모두의 입에 오르내렸다.

11월의 어느 날, 샤를리에가 앙리 베크렐 의료원에 갑자기 들이닥쳤다. 그는 미소를 함빡 머금고 말했다.

"수염쟁이들[4]이 돌아왔소."

그는 나를 식당으로 데려갔다. 리옹식의 음식을 파는 시골풍의 작은 식당이었다. 우리는 따끈따끈한 소시지와 부르고뉴 포도주를 앞에 놓고 이야기를 나누었다. 돼지기름과 선지 냄새 속에서 악몽이 다시 시작되었다.

"시아이에이와 에프비아이의 한 해 예산이 얼마나 되는지 아시오?"

그의 물음에 나는 모른다고 대답했다.

---

4) 이슬람의 극단적인 보수주의자들.

"3백억 달러요. 이 두 기관은 위성과 첩보 잠수함과 무인 정찰 비행체와 이동 감청 센터를 보유하고 있소. 전자 감시 장치 분야의 첨단 기술을 갖추고 있고, 국가안보국과 그 부서의 노하우도 자랑거리지요. 미국인들은 모든 것을 들을 수 있고 모든 것을 감지할 수 있소. 이제 지구상에는 비밀이 없어요. 다들 그렇게 말했고, 온 세계가 그 점을 불안하게 생각했소. 빅 브라더를 운위하는 사람들까지 있었지요……. 하지만 그런 미국인들도 9.11 테러를 막지 못했소. 플라스틱 칼로 무장한 테러리스트 몇 놈이 월드 트레이드 센터의 쌍둥이 빌딩과 펜타곤의 일부를 파괴하고 3천 명 가까이 되는 사람들을 죽음으로 몰아넣었지요. 미국인들은 모든 것을 듣고 모든 것을 포착하지만, 진짜 위험한 자들에 대해서는 속수무책이오."

'녹색 거인'의 얼굴에서 웃음기가 사라졌다. 그는 손바닥이 위로 가게 해서 두 손을 자기 접시 위쪽으로 천천히 들어올렸다.

"이게 천평칭의 두 저울판이라고 칩시다. 한쪽에는 3백억 달러가 있고, 다른 한쪽에는 플라스틱 칼들이 있소. 이 저울이 플라스틱 칼들 쪽으로 기울었소. 이 균형을 깨뜨린 게 무어라고 생각해요? 도대체 무엇이 이 빌어먹을 저울을 기울어지게 했을까요? (그는 식탁을 거칠게 두드렸다.) 의지, 신념, 광기요. 결연한 의지를 가진 소수의 테러리스트가 미국의 수많은 요원들과 엄청난 첨단 장비에 맞서 일체의 감시를 피하는 데에 성공했소. 어떤 기계도 인간의 뇌보다 결코 강할 수 없기 때문이오. 보통의 야심을 갖고 보통의 삶을 살아가는 공무원은 대의를 위해 자신의 목숨을 초개처럼 내던지는 광신도를 결코 붙잡을 수 없는 거요."

그는 말을 멈추고 잠시 숨을 고른 뒤에 동을 달았다.

"9.11의 가미카제 조종사들은 자기들 몸에 난 털을 다 뽑았다고 합디다. 그 이유가 뭔 줄 아시오? 완벽하게 순수한 몸으로 천국에 들어가기 위해서요. 그런 놈들을 상대로 우리가 할 수 있는 일은 아무것도 없어요. 놈들을 염탐할 수도 매수할 수도 이해할 수도 없지요."

그의 형형한 눈빛에는 착잡한 기색이 어려 있었다. 자기는 그런 재앙이 임박했음을 모두에게 경고했었다는 이야기를 하고 싶어 하는 듯했다.

"내가 지난번에도 말했듯이, 그 광신도들을 잡는 방법은 하나뿐이오. 그들 가운데 누군가를 변절시키는 수밖에 없소. 그래야만 우리는 그들을 이길 수 있을 거요."

'녹색 거인'은 양쪽 팔꿈치를 식탁보에 박고 입술을 오므려 공처럼 둥근 적포도주 잔에 갖다 대고 나더니, 콧수염이 치켜 올라가도록 활짝 미소를 지었다.

"박사에게 알려줄 좋은 소식이 하나 있소. 오늘부터 모르포 프로젝트가 다시 시작됩니다. 실험대상이 될 사람도 물색해 놓았소. (그는 더욱 음충맞게 미소를 지었다.) 그것도 여자로 말이오."

41

"그게 바로 나로군."

안나의 목소리가 탁구공처럼 시멘트벽에 부딪혀 울렸다. 에릭 아케르만은 그녀에게 희미한 미소를 지어 보였다. 사죄의 뜻이 담긴 듯한 미소였다. 거의 한 시간 전부터 그는 쉬지 않고 이야기를 하는 중이었다. 그는 볼보 라이트밴의 차문을 열어 놓은 채 두 다리를 밖으로 내놓고 앉아 있었다. 그는 너무나 목이 말랐다. 물 한 잔을 얻기 위해서라면 무엇이라도 내놓을 판이었다.

안나 에메스는 기둥에 기댄 자세로 꼼짝 않고 서 있었다. 검은 실루엣이 먹물로 그린 난초만큼이나 가냘파 보였다. 마틸드 빌크로는 계속 왔다 갔다 하면서 타임스위치를 작동시키고 있었다. 그녀의 움직임에 따라서 네온등이 켜졌다 꺼졌다 하기를 되풀이했다.

그는 이야기를 하면서 두 여자를 살폈다. 검은 옷을 입은 작고 창백한 여자는 젊은 편인데도 아주 오랜 세월에 걸쳐 형성된 듯한 광물성의 단단함이 몸에 배어 있었다. 키가 큰 여자는 그와 반대로 식물성이었고 세월에 침윤되지 않은 신선한 기운을 발산하고 있었다. 너무나 붉은 입술이며 너무나 검은 머리, 마치 시장의 상품 진열대 위에서 보는 것과 같은 강렬한 빛깔들의 그 선명한 대조가 예전 모습 그대로였다.

이런 순간에 내가 어떻게 이런 생각을 하고 있을까? 샤를리에의 부하들이 지금 이 구역 경찰관들을 대동하고 그를 찾아서 동네를 샅샅이 뒤지고 있을 터였다. 무장한 경찰관들이 무리를 지어 돌아다니며 그를 잡으려 하고 있는 상황이었다. 점점 심해져 가는 마약 금단증세에 갈증까지 겹쳐서 몸의 어디에도 짜증이 배여 있지 않은 곳이 없었다.

안나가 몇 음 더 낮은 목소리로 되뇌었다.

"그게 바로 나였어……."

그녀는 호주머니에서 담뱃갑을 꺼냈다. 아케르만은 퉁 맞을 각오를 하고 물었다.

"나도…… 한 대 피울 수 있을까요?"

그녀는 먼저 자기 말보로에 불을 붙인 다음 잠깐 망설이다가 그에게도 한 개비를 내밀었다. 그녀가 라이터를 켜자 어둠이 물러갔다. 불꽃이 어둠을 관통하며 무대를 음화(陰畫)처럼 보이게 했다.

마틸드는 타임스위치를 다시 작동시켰다.

"그 다음 얘기를 해 봐, 아케르만. 우리는 아직 중요한 정보를 얻지 못했어. 안나가 누구지?"

그녀의 말투는 여전히 협박조였지만 분노나 증오는 섞여 있지 않았다. 그는 이제 그녀들이 자기를 죽이지 않으리라는 것을 알고 있었다. 아무나 갑자기 살인자가 될 수는 없는 법이다. 그의 고백은 자발적이었다. 덕분에 목숨을 구한 셈이었다. 그는 담배 연기가 목 안에 가득 차기를 기다렸다가 대답했다.

"나도 다는 몰라요. 오히려 모르는 게 많죠. 내가 들은 대로라면, 안나 씨는 세마 고칼프예요. 터키인이고 불법체류 노동자예요. 터키 남부에 있는 가지안테프 지역 출신으로 파리 10구에서 일하고 있었어요. 그들은 2001년 11월 16일에 안나 씨를 앙리 베크렐 의료원에 데려왔어요. 그 전에 안나 씨는 생트 안느 병원에 잠시 입원해 있었고요."

안나는 여전히 기둥에 등을 기댄 채 냉정을 유지하고 있었다. 말들이 이렇다 할 효과를 내지 않고 그녀를 관통하는 듯했다. 눈에 보이지 않지만 치명적인 소립자들의 포격처럼.

"당신들이 나를 납치한 거야?"

"납치했다기보다 찾아낸 거죠. 속사정은 나도 몰라요. 터키인들끼리 싸움을 벌이다가 스트라스부르 생드니의 한 공장을 난장판으로 만들었나 봐요. 정확한 것은 모르지만 꼴답잖은 갈취 사건이 아니었나 싶어요. 경찰관들이 출동해 보니 공장에는 아무도 없었어요. 오로지 안나 씨만 골방에 숨어 있었답니다……."

그는 담배를 다시 한 모금 빨아들였다. 니코틴이 몸속에 들어갔는데도 공포의 냄새는 가시지 않고 있었다.

"이 사건이 샤를리에의 귀에 들어갔어요. 그는 즉시 알아차렸죠. 모르포 프로젝트를 시도하기에 딱 좋은 실험대상이 걸려들었다는 것을 말이에요."

"왜 '딱 좋은' 실험대상이라는 거지?"

"신분 등록이 되어 있지 않고 가족도 연고도 없는데다, 무엇보다 심한 정신적 충격을 받은 상태였으니까요."

아케르만은 마틸드에게 눈을 주었다. 전문가로서 전문가에게 보내는 눈길이었다. 그런 다음 다시 안나를 보며 말을 이었다.

"안나 씨가 그 날 밤 무엇을 보았는지 나는 몰라요. 하지만 무언가 잔인한 것을 본 게 틀림없어요. 안나 씨는 완전히 넋이 나가 있었어요. 사흘이 지나서도 강경증으로 사지가 뻣뻣하게 굳어 있었고, 작은 소리만 나도 깜짝깜짝 놀라곤 했어요. 그런데 가장 흥미로운 것은 이 충격으로 안나 씨의 기억이 혼미해졌다는 사실이에요. 안나 씨는 자신의 이름이나 신분, 여권에 적혀 있는 몇 가지 정보조차 기억해 내지 못하는 듯했어요. 앞뒤가 맞지 않는 소리만 계속 중얼거리고 있었지요. 이런 기억상실은 나에게 절호의 기회였어요. 새로운 기억들을 더 빠르게 이식할 수 있도록 해 주는 조건이니까요. 안나 씨는 완벽한 기니피그였어요."

안나가 소리쳤다.

"나쁜 자식!"

그는 눈을 감고 고개를 끄덕이더니, 욕을 먹더라도 내친 김에 다 말하겠다는 듯 냉소적인 말투로 덧붙였다.

"게다가 안나 씨는 프랑스어를 완벽하게 구사하고 있었어요. 샤를리에는 그 점에 착안하여 새로운 목표를 설정했어요."

"어떤 목표?"

"처음에 우리는 그저 다른 문화적 환경에서 온 외국인 실험대상에게 인위적인 기억의 파편들을 주입하려고 했어요. 그럴 때 어떤 결과가 나오는지 보려고 했지요. 예를 들어, 어떤 이슬람 신자의 종교적인 신념을 변화시키거나 그에게 가공의 원한을 주입해 보려고 한 겁니다. 하지만 안나 씨가 나타남으로써 다른 가능성들이 열렸어요. 안나 씨의 프랑스어는 완벽했고, 외모도 영락없는 유럽인이었어요. 샤를리에는 총체적인 기억 조작이라는 더 높은 목표를 설정했어요. 한 터키 여자의 인격과 문화를 지우고 서구 여자의 정체성을 갖게 하자는 것이었죠."

그가 말을 멈추었다. 두 여자는 침묵을 지키고 있었다. 이야기를 계속하라는 무언의 재촉이었다.

"나는 먼저 발륨을 과량으로 주사해서 안나 씨의 기억상실을 심화시켰어요. 그런 다음 본격적인 기억 조작 작업에 들어갔죠. 산소-15의 영향 하에서 새로운 인격을 형성하는 작업이었어요."

마틸드가 호기심이 섞인 목소리로 물었다.

"그 작업은 어떤 식으로 이루어졌지?"

그는 담배를 다시 한 모금 빨고 나서 대답했다. 질문은 마틸드가 했지만, 그는 안나에게서 눈을 뗄 수가 없었다.

"주된 작업은 안나 씨를 새로운 정보들에 노출시키는 것이었어요. 이야기, 영상, 녹음된 소리 등 온갖 형태의 정보를 제공했죠. 매번 방사능 물질을 먼저 주사하고 나서 작업에 들어갔어요. 결과는 놀라웠어요. 각각의 정보가 안나 씨의 뇌 속에서 모두 실제적인 기억으로 변해 갔어요. 세마 고칼프라는 터키 여자가 매일 조금씩 진짜 안나 에메스가 되어 가고 있었죠."

안나가 기둥에서 떨어져 나왔다.

"안나 에메스가 정말로 존재한다는 거야?"

그의 몸속에서 스며 나오는 공포의 냄새가 더욱 심해지면서 썩는 냄새로 변질되고 있었다. 아닌 게 아니라, 그는 앉은 자리에서 썩어 가고 있는 중이었다. 암페타민의 결핍 때문에 그의 머릿속이 점점 공황 상태로 빠져들고 있었다.

"당신의 머릿속을 통일성과 일관성을 가진 기억들로 채워야만 했어요. 가장 좋은 방법은 실존 인물을 선택해서 그의 행적과 사진과 비디오필름 등을 활용하는 것이었죠. 그래서 우리가 선택한 사람이 안나 에메스예요. 우리는 그녀에 관한 자료를 가지고 있었어요."

"진짜 안나 에메스는 어떤 사람이야? 그 여자는 지금 어디에 있지?"

그는 안경을 고쳐 쓰고 나서 말했다.

"땅속에 있어요. 그 여자는 죽었어요. 에메스의 아내는 6개월 전에 자살했어요. 말하자면, 비어 있는 자리가 있었던 셈이에요. 당신의 기억들은 모두 그녀의 인생에 속하는 것들이에요. 돌아가신 부모, 남서부의 친척, 생폴 드 방스의 결혼식, 법과대학 졸업 등 모든 것이 그 여자의 이야기예요."

그 순간 불이 꺼졌다. 마틸드는 다시 타임스위치를 작동시켰다. 그의 목소리와 전등 불빛이 동시에 돌아왔다.

"그런 여자를 다시 터키인들 속에 풀어 놓으려고 했던 거야?"

"아뇨. 이미 프랑스 사람이 되어 버린 여자를 터키 타운으로 돌려보내는 게 무슨 의미가 있겠어요? 당신을 대상으로 한 실험은 테러범들을 잡는 데에 실제적으로 활용하자고 한 게 아니에요. 그저 총체적인 기억 조작의 가능성을 시험해 본 거예요. 우리가 어디까지 갈 수 있는지 알아보자는 것이었지요."

"실험이 끝나고 나면, 나를 어떻게 할 생각이었지?"

"전혀 아는 바가 없어요. 그건 내 소관이 아니었으니까요."

또 하나의 거짓말이었다. 그는 물론 그 여자에게 무슨 일이 닥칠지를 알고 있었다. 그녀처럼 성가신 기니피그를 어떻게 처리한단 말인가? 뇌백질의 신경섬유를 절제하거나 아예 세상에서 없애 버릴 수밖에 없는 일이었다. 안나는 그 흉악한 현실을 간파한 듯했다. 다시 말문을 여는 그녀의 목소리에 칼날의 냉기가 서려 있었다.

"로랑 에메스는 누구지?"

"그가 말한 대로예요. 내무부 정책연구·종합평가 센터의 소장이죠."

"그가 왜 이런 음모에 가담했지?"

"모든 게 그의 아내와 관련되어 있어요. 그의 아내는 우울증 환자였고 통제가 불가능한 여자였어요. 자살 사건이 있기 얼마 전에 로랑은 그녀에게 일을 시키려고 했어요. 국방부의 일이었는데, 시리아와 관련된 특별 임무였죠. 그런데 그 여자는 문서를 훔쳤어요. 다마스 당국에 그것을 팔아넘기고 어딘가로 달아나려고 했던 모양이에요. 미친 여자죠. 이 사건은 이내 들통이 났어요. 그 여자는 고민 끝에 자살해 버렸죠."

마틸드는 눈살을 찡그렸다.

"그 여자가 죽은 뒤에도 그 사건이 로랑에 대한 압력의 수단으로 남아 있었다는 건가?"

"로랑은 스캔들에 휘말릴까 봐 늘 두려워했어요. 그 동안 쌓아온 이력이 한순간에 날아갈까 봐 전전긍긍했죠. 아내가 외국의 첩자 노릇을 했으니, 고위 공직자로서 얼마나 불안했겠어요……. 샤를리에는 그 사건과 관련된 완전한 서류를 갖고 있었어요. 그 때문에 로랑도 다른 사람들처럼 그의 수중에서 놀아나고 있는 거예요."

"다른 사람들이라니?"

"알랭 라쿠르. 피에르 카라실리. 장·프랑수아 고드메르. (그는 다시 안나 쪽으로 몸을 돌렸다.) 이른바 고위 공직자들이죠. 안나 씨와 저녁 식사를 함께 하곤 했던 그자들 말이에요."

"그들은 어떤 자들이지?"

"어릿광대, 경찰에 남아 있어서는 안 될 부패한 자들이죠. 샤를리에는 그들에 관한 정보를 가지고 있어요. 그래서 그들은 어쩔 수 없이 그

거짓 회식에 동참했던 것이지요."

"그런 모임은 왜 가졌던 거지?"

"그건 내가 생각해냈어요. 안나 씨의 정신을 외부 세계와 대면하게 해서 그 반응을 관찰하고 싶었어요. 카메라를 몰래 설치해서 모든 걸 찍어놓고 대화를 녹음했죠. 안나 씨의 모든 삶이 거짓이었다는 것을 알아야 돼요. 오슈 대로의 건물이며 경비원, 이웃 사람들 등 모두가 우리의 통제를 받고 있었어요."

"한 마디로 나는 실험실의 쥐였군."

아케르만은 자리에서 일어나 조금 걸어보려고 했다. 하지만 열린 차 문과 주차장 벽 사이에 즉시 갇히는 신세가 되고 말았다. 그는 도로 좌석에 주저앉아, 쉰 듯한 목소리로 항변했다.

"그 프로그램은 하나의 과학적인 혁명이에요. 나로서는 도덕성을 고려할 형편이 아니었어요."

안나는 문 너머로 다시 담배 한 개비를 내밀었다. 그가 모든 것을 상세하게 털어놓기만 한다면, 그를 용서할 용의가 있다는 듯한 태도였다.

"'초콜릿의 집'도 당신들의 통제를 받고 있었어?"

그는 말보로에 불을 붙이면서 자신이 떨고 있음을 알아차렸다. 쇼크 상태에 빠질 조짐이 보였다. 마약 결핍 때문에 곧 그의 모든 세포가 아우성을 칠 태세였다. 뿌연 담배 연기 속에서 그가 말했다.

"그것도 우리에게 생겨난 문제들 가운데 하나였어요. 안나 씨가 거기에서 일하게 된 것은 우리의 통제를 벗어나서 이루어진 일이에요. 우리는 안나 씨를 더욱 철저하게 감시하지 않으면 안 되었어요. 형사들이 가게 근처로 나가서 안나 씨의 동정을 계속 살폈지요. 이웃한 레스토랑의 주차요원도 그런 역할을 했어요. 내가 알기로는 레스토랑 이름이……."

"'밀물과 썰물' 말이로군."

"맞아요. '밀물과 썰물'."

"내가 '초콜릿의 집'에서 일할 때, 자주 오는 손님이 한 사람 있었어. 어디선가 만난 적이 있는 듯한 남자야. 그 남자도 형사였나?"

"그랬을 수도 있어요. 자세한 건 나도 몰라요. 내가 아는 건 안나 씨가 우리의 통제를 점차 벗어나고 있었다는 것뿐이에요."

다시 어둠이 내렸다. 마틸드는 타임스위치의 감지기 쪽으로 다가가 네온등을 깨웠다. 그가 말을 이었다.

"하지만 진짜 문제는 기억장애 증상이었어요. 나는 무언가 결함이 있다는 것을 즉시 알아차렸죠. 일이 갈수록 고약해지리라는 예감이 들더군요. 얼굴과 관련된 기억장애는 하나의 전조일 뿐이었어요. 안나 씨의 진짜 기억이 되살아나고 있었던 것이지요."

"왜 얼굴과 관련된 기억장애가 나타났던 거지?"

"전혀 모르겠어요. 우리는 아직 순전한 실험 단계에 있을 뿐이에요."

그의 손이 갈수록 심하게 떨리고 있었다. 그는 자기 이야기에 정신을 집중했다.

"안나 씨가 한밤중에 로랑을 관찰하다 들켰을 때, 우리는 장애가 더욱 심해져 가고 있음을 깨달았어요. 안나 씨를 입원시켜야 하는 상황이었지요."

"생체검사는 왜 하려고 했던 거지?"

"진상을 분명히 파악하기 위해서였어요. 산소-15를 과도하게 주입해서 손상이 생긴 게 아닌가 싶었죠. 어째서 그런 현상이 벌어지는지 알아내지 않으면 안 돼요!"

그는 자기가 소리 지른 것을 후회하면서 말을 멈추었다. 자기 피부가 전기에 감응되어 타닥타닥 타는 듯한 느낌이 들었다. 그는 담배꽁초를 내던지고 두 손을 넓적다리 사이에 찔러 넣었다. '내가 얼마나 더 견딜 수 있을까?' 하고 생각하면서.

마틸드 빌크로는 그들 앞에 닥쳐 있는 중요한 문제로 이야기의 방향을 돌렸다.

"샤를리에의 부하들은 지금 어디에서 수색 작업을 벌이고 있지? 그들은 몇 명이나 돼?"

그는 계속 안나를 보며 대답했다.

"나도 몰라요. 나는 그들로부터 소외되어 있어요. 로랑도 마찬가지죠. 이제는 그와 연락도 되지 않아요……. 샤를리에는 이 프로그램이 종결된 것으로 보고 있어요. 남은 일은 어서 안나 씨를 붙잡아서 소문이 퍼져 나가지 않게 하는 것뿐이에요. 안나 씨나 마틸드나 신문을 보고 있으니 잘 알 거예요. 경찰이 불법적으로 전화를 도청한 사실이 알려지기만 해도 언론과 여론이 어떤 반응을 보이는지 말이에요. 이 프로젝트가 알려질 경우 어떤 일이 벌어질지 한번 상상해 봐요."

"그러니까 나는 없어져야 할 여자라는 건가?"

"없어져야 한다기보다 치료를 받아야 할 사람이죠. 안나 씨는 자신의 머릿속에 무엇이 들어 있는지 모르고 있어요. 항복을 하고 샤를리에의 손, 아니 우리 손에 다시 안나 씨 자신을 맡겨야 해요. 그것만이 안나 씨가 치유될 수 있는 길이고, 우리 모두가 목숨을 보전할 수 있는 길이에요!"

그는 안경의 둥근 테 너머로 시선을 올렸다. 두 여자가 흐릿하게 보였다. 그 편이 한결 나았다. 그가 덧붙였다.

"젠장, 샤를리에가 어떤 작자인지 당신들은 몰라요! 나는 그자가 온갖 불법을 자행할 거라고 확신해요. 이제 그자는 청소를 하고 있어요. 지금 이 시간에 로랑이 아직 살아 있을지도 의심스러워요. 안나 씨를 치료할 수 있다면 몰라도, 그렇지 않다면 모든 게 끝장이에요……."

그는 목이 잠겨 말을 잇지 못했다. 이런 이야기를 계속해 봐야 무슨 소용이 있겠는가 하는 생각도 들었다. 사실 그 자신도 이제는 안나가 원래의 인격을 되찾을 수 있다는 것을 믿고 있지 않았다. 마틸드가 나직한 목소리로 말했다.

"자초지종을 다 들어봐도 너희가 왜 안나 씨의 얼굴을 바꾸어 버렸는지는 이해할 수가 없어."

아케르만은 자기 입술에 미소가 번지는 것을 느꼈다. 그는 처음부터 그 질문을 기다리고 있었다.

"안나 씨, 우리는 당신의 얼굴에 손을 댄 적이 없어요."

"뭐라고?"

그는 안경 너머로 두 여자를 다시 살폈다. 그녀들의 얼굴에 아연해 하는 기색이 역력했다. 그는 안나의 눈동자에 자신의 눈길을 박았다.

"우리가 처음 보았을 때도 안나 씨는 이런 모습이었어요. 엑스선 촬영을 하고 나서야, 흉터와 보형물과 지주가 있음을 알게 되었죠. 믿을 수가 없더군요. 성형수술이 완벽했어요. 그렇게까지 얼굴을 뜯어고치자면 돈깨나 들었겠다 싶더군요. 그건 불법체류 노동자로서는 감히 엄두도 낼 수 없는 수술이었어요."

"그게 무슨 뜻이지?"

"당신은 공장 노동자가 아니라는 뜻이에요. 샤를리에와 그의 부하들이 잘못 알았던 거예요. 그들은 무명의 터키 여자를 납치한 거라고 생각했죠. 하지만 당신은 그보다 훨씬 대단한 사람이에요. 터무니없는 소리로 들릴지 모르지만, 내가 보기에 당신은 그들이 발견하기 전부터 터키 타운에서 숨어 지내고 있었어요."

안나는 오열을 터뜨렸다.

"이건 있을 수 없는 일이야…… 도저히 있을 수 없는 일이야…… 이 모든 게 언제나 끝나는 거지?"

그는 기이한 집착을 보이며 말을 이었다.

"어찌 보면 내가 기억 조작에 성공했던 것도 그 사실과 관계가 있어요. 나는 마술사가 아니에요. 터키에서 온 노동자를 지금의 안나 씨와 같은 여자로 변화시킬 수는 없어요. 그것도 몇 주일 만에 이렇게 변화시킨다는 것은 도저히 불가능해요. 그런 걸 덮어놓고 믿을 사람은 샤를리에밖에 없어요."

마틸드는 그가 마지막으로 한 말에 신경이 쓰였다.

"안나 씨의 얼굴이 바뀌었다는 사실을 샤를리에게 알렸을 때, 그가 뭐라고 했어?"

"나는 그에게 말하지 않았어. 그 엄청난 사실을 모두에게 숨겼지."

그는 안나를 바라보며 덧붙였다.

"지난 토요일, 안나 씨가 앙리 베크렐 의료원에 왔을 때도 나는 다른 환자의 엑스선 사진을 보여주었어요. 안나 씨의 흉터는 모든 사진에 나타나 있었거든요."

안나는 눈물을 닦았다.

"왜 그런 짓을 했지?"

"실험을 완전하게 끝맺고 싶었어요. 기회가 너무나 좋았거든요……. 안나 씨의 심리 상태는 모험을 시도하기에 딱 좋았어요. 나에겐 그저 프로젝트가 중요했죠……."

안나와 마틸드는 어이가 없다는 듯한 표정을 짓고 있었다.

작은 클레오파트라가 매우 메마른 목소리로 다시 말문을 열었다.

"내가 안나 에메스도 아니고 세마 고칼프도 아니라면, 나는 누구지?"

"나는 전혀 아는 바가 없어요. 어떤 지식인이나 정치적 망명자일지도 모르고…… 테러리스트일지도 모르죠. 나는……."

네온등이 다시 꺼졌다. 마틸드는 불을 켜려는 몸짓을 보이지 않았다. 어둠이 타르처럼 짙어져 가는 듯했다. 그는 '내가 잘못 생각했어. 이 여자들은 나를 죽일 거야.' 하고 잠시 생각했다. 안나의 목소리가 어둠 속에서 울렸다.

늑대의 제국 43

"그걸 알아내는 방법은 한 가지밖에 없어."

전등을 다시 켜는 사람이 아무도 없었다. 에릭 아케르만은 안나의 다음 말을 짐작하고 있었다. 그녀가 갑자기 그의 곁에 다가와서 나직하게 말했다.

"네가 나에게서 훔쳐간 것을 돌려줘. 내 기억을 말이야."

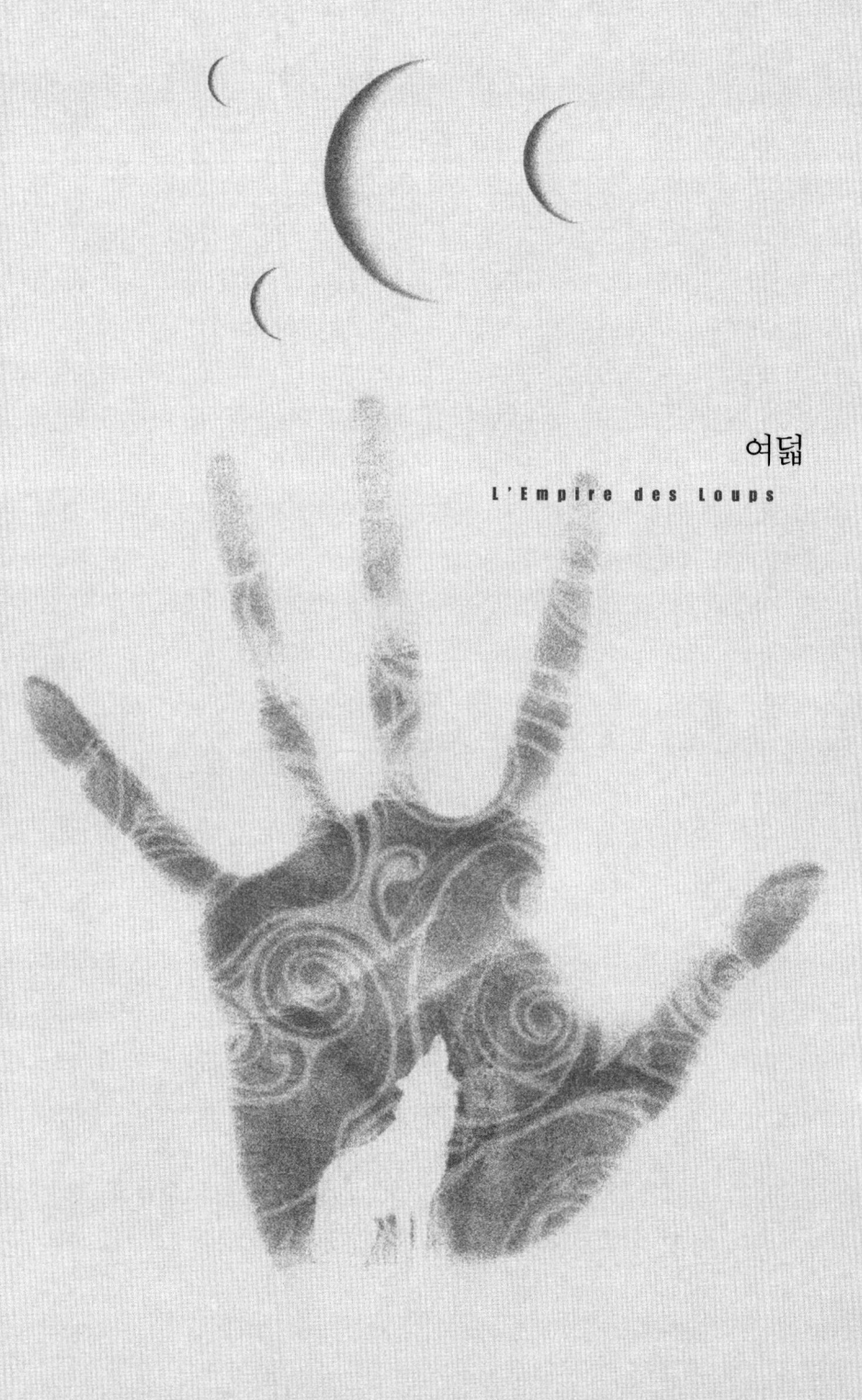

여덟

L'Empire des Loups

42

그는 애송이를 떼어냈다. 비로소 혼자 돌아다닐 기회가 온 것이었다.

역에서 추격전을 벌여 새로운 사실을 알아낸 뒤에, 장·루이 시페르는 폴 네르토를 동역 맞은편에 있는 '스트라스부르의 여인'이라는 카페 겸 레스토랑에 데리고 갔다. 그는 이 수사의 진정한 관건을 폴에게 다시 설명했다. 그것은 '여자를 찾아라'[5] 라는 말로 요약되고 있었다. 당장은 그보다 중요한 것이 없었다. 피살자들도 살인자들도 중요하지 않았다. 그들은 회색늑대들의 표적을 찾아내야만 했다. 회색늑대들이 5개월 전부터 터키 타운에서 잡으려고 했으나 이제껏 놓쳐 온 표적을.

한 시간에 걸친 열띤 토론 끝에, 폴 네르토는 마침내 설복되어 180도로 방향을 틀었다. 그의 총명함과 적응 능력은 끊임없이 시페르를 놀라게 하고 있었다. 방향이 정해지자 애송이는 스스로 새로운 수사 전략을 짰다.

이 전략의 첫 번째 요점은 세 피살자의 사진을 바탕으로 회색늑대들

---

[5] 어떤 비극적인 사건이나 범죄 행위의 근원에는 대개 여자가 있음을 뜻하는 프랑스어 표현.

이 노리는 '먹이'의 몽타주 사진을 만든 다음 수배 전단을 터키 타운에 배포하는 일이었다.

두 번째 요점은 터키 타운 전역에 걸쳐서 순찰과 검문검색을 강화하는 일이었다. 이런 수색 작업은 하찮은 것으로 보일 수도 있었다. 하지만 네르토는 문제의 여자와 우연히 마주칠 가능성을 배제하지 않고 있었다. 그런 사례는 이미 있었다. '코자 노스트라'라는 마피아 조직의 우두머리 토토 리이나는 25년 동안 도주 행각을 벌이다가, 팔레르모 시내에서 있은 일상적인 검문에 걸려 체포된 바 있었다.

세 번째 요점은 이스켈레의 우두머리 마리우스의 사무실에 다시 가서 불법체류 노동자들의 신분카드를 조사하는 일이었다. 회색늑대들이 찾는 여자와 비슷하게 생긴 다른 노동자가 있는지 알아보기 위해서였다. 시페르는 이 생각이 마음에 들었다. 하지만 그 노예상인을 이미 가혹하게 다루고 난 터라 다시 거기에 쳐들어갈 수는 없었다.

그 대신 시페르는 네 번째 일을 자기가 맡겠다고 나섰다. 그것은 첫 번째 피해자가 일하던 공장의 주인인 탈라트 귀르딜레크를 찾아가는 일이었다. 피살된 여자들의 고용주들을 상대로 한 신문을 마무리 지을 필요가 있다면, 그 일의 적임자는 바로 그였다.

끝으로, 다섯 번째 요점은 유일하게 살인자들을 직접 겨냥한 것이었다. 즉 2001년 11월 이후 프랑스에 온 터키인들 가운데 극우파나 마피아와 관련된 자들이 있는지 알아보기 위해 출입국관리소에 가서 조사를 벌이는 일이었다. 이것은 5개월 전부터 터키에서 온 사람들의 서류를 면밀히 검토하고 그것을 인터폴의 파일과 대조하는 것뿐만 아니라 터키 경찰당국에 조회하는 것까지 염두에 두어야 할 일이었다.

시페르는 그런 식의 추적에 효과가 있을 거라고 생각하지 않았다. 그는 터키 경찰과 회색늑대들의 밀접한 관계를 너무나 잘 알고 있었다. 하지만 그는 젊은 경찰관이 열을 올리며 이야기하도록 내버려두었다.

사실 그는 네르토가 제시한 다섯 가지 작전 가운데 어느 것 하나도 실효가 있을 거라고 생각하지 않았다. 하지만 그는 참을성 있는 모습을 보여주었다. 다른 꿍꿍이가 있기 때문이었다…….

네르토는 자신의 새로운 수사 계획을 보마르조 예심판사에게 보고할 생각이었다. 그래서 그들은 법원이 있는 시테 섬으로 가기로 했다. 도중에 시페르는 단독 행동의 가능성을 타진해 보았다. 그는 이제 수사를 진척시키는 가장 좋은 방법은 팀원들의 역할을 분담하는 것이라고 설명했다. 예컨대, 폴이 몽타주 사진을 배포하고 10구의 파출소와 지구대를 돌며 브리핑을 하는 동안, 자기는 귀르딜레크를 만나러 가도 되지 않겠느냐는 것이었다.

젊은 팀장은 예심판사를 만나고 나서 생각해 보자며 대답을 보류했다. 그가 판사를 만나는 동안 시페르는 그가 세워 놓은 보초의 감시까지 받아 가며 법원 맞은편에 있는 카페에서 두 시간 넘게 기다려야 했다. 마침내 그가 법원에서 나왔다. 그는 한껏 고무되어 있었다. 보마르조는 이 수사의 성격을 테러범들과 벌이는 전쟁의 일환으로 간주하면서 네르토가 자기 계획대로 수사를 진행하도록 허락했다고 했다. 네르토는 이 사건을 보는 예심판사의 관점에 마음이 들떠 버린 게 분명했다. 그는 시페르의 제안에 기꺼이 동의했다.

그는 오후 6시에 동역 근처의 마젠타 대로에서 시페르를 내려주고, 8시에 포부르 생드니 거리에 있는 '상카크'라는 카페에서 만나 수사의 진행 상황을 점검하자고 했다.

시페르는 이제 파라디 거리를 걷고 있었다. 마침내 혼자였다! 마침내 자유롭게…… 터키 타운의 매캐한 냄새를 맡으며, '자기' 구역의 매혹적인 힘을 느낄 수 있게 된 것이었다. 설핏한 저녁 햇살이 시린 느낌을 주고 있었다. 진열창마다 금빛 탤컴파우더 같은 빛의 입자들이 내려앉아 마치 시체에 분을 발라놓은 것처럼 음산한 분위기를 풍겼다.

그는 터키 타운의 주된 실력자 가운데 하나인 탈라트 귀르딜레크와 대면할 준비를 하면서 빠른 걸음으로 나아가고 있었다. 1960년대에 돈 한 푼 없고 성공할 수단도 전혀 없는 열일곱 살의 젊은이로 파리에 왔던 이 터키인은, 이제 프랑스와 독일에 스무 개쯤 되는 공장을 소유하고 있고 드라이클리닝 가게와 자동세탁소도 여남은 개 가지고 있다. 그는 공식이나 비공식, 합법이나 불법을 가리지 않고 터키 타운의 모든 영역에서 지대한 영향력을 행사하는 거물이다. 귀르딜레크가 재채기를 하면 터키인 거주지 전체가 감기에 걸린다는 말이 나올 정도다.

58번지에 다다르자, 시페르는 차가 드나드는 정문을 밀었다. 바닥이 거무스름한 골목길이 나타났다. 물이 흘러가도록 홈을 파 놓은 돌이 길바닥을 가로지르고 있었다. 골목 양편에 늘어선 봉제공장과 염색공장에서 윙윙거리는 기계 소리가 들려왔다. 그는 골목 끝까지 가서 마름모꼴의 포석이 깔린 긴네모꼴의 마당에 다다랐다. 마당 오른쪽으로 작은 계단이 나 있었다. 기다란 참호 같은 통로로 내려가는 계단이었다.

그는 사람들의 눈길이 닿지 않는 이 후미진 곳을 무척 좋아했다. 터키 타운의 주민들조차도 대개는 이런 곳이 있다는 것을 모르고 있었다. 이곳은 중심 속의 중심이었고, 외부에서는 전혀 위치가 포착되지 않는 참호였다. 통로는 녹슨 금속 벽으로 막혀 있었다. 그는 금속 벽에 한 손을 대 보았다. 미지근했다.

그는 빙그레 웃으며 거칠게 칸막이를 두드렸다.

한참 만에 한 남자가 와서 벽에 나 있는 문을 열어주었다. 문이 열리자 증기가 자욱하게 쏟아져 나왔다. 시페르는 마음을 다잡으며 터키말로 용건을 설명했다. 문지기는 그가 들어오도록 비켜섰다. 그는 문지기가 맨발임을 알아차렸다. 그의 얼굴에 다시 미소가 번졌다. 모든 게 예전 그대로였다. 그는 숨이 막힐 듯한 열기에 휩싸였다.

눈에 익은 광경이 하얀 불빛에 드러났다. 세라믹 통로, 올이 매우 촘

촘한 연초록색 천에 싸인 채 천장에 가로걸려 있는 굵다란 단열 파이프들, 타일에 눈물처럼 맺히는 수증기, 가운데가 불룩하고 생석회를 하얗게 발라 놓은 철문들.

그들은 그런 통로를 몇 분 동안 걸었다. 시페르는 자기 구둣발에 물웅덩이가 찰박거리는 것을 느꼈다. 그의 몸은 벌써 땀에 젖어 있었다. 통로를 비스듬히 돌아나가자 하얀 타일로 장식된 새로운 통로가 나왔다. 증기가 안개처럼 자욱했다. 오른쪽에 나 있는 문으로 작업장 안이 들여다보였다. 거기에서 거인의 숨소리 같은 소음이 들려왔다.

시페르는 발걸음을 멈추고 작업장 안을 살폈다.

얼키설키한 파이프들 사이로 전등이 군데군데 밝혀져 있는 천장 아래에서 서른 명쯤 되는 맨발의 여공들이 하얀 마스크를 쓴 채 일에 열중해 있었다. 염료가 들어 있는 커다란 통 앞에서 염색 작업을 하고 있는 여자들도 있었고, 다림질 탁자 위로 몸을 숙인 채 다리미를 부지런히 놀리는 여자들도 있었다. 증기가 분출하면서 내는 슈우 소리가 규칙적으로 솟아올랐다. 실내 공기에는 세제 냄새와 알코올 냄새가 가득 배여 있었다.

시페르는 공중목욕탕의 취수장이 근처에 있다는 것을 알고 있었다. 그들의 발밑 어딘가에 있는 이 취수장에서 땅속으로 8백 미터도 더 들어간 깊은 곳으로부터 물을 끌어올리면, 이 물은 철분 제거와 염소 첨가의 공정을 거쳐 가열된 뒤에 도관을 통해 공중목욕탕 쪽으로 보내지거나 무허가 염색공장 쪽으로 보내지고 있었다. 귀르딜레크는 자신의 공중목욕탕 옆에 염색공장과 세탁공장을 만드는 기발한 생각을 해냈다. 하나의 배관망을 이용해서 두 가지 사업을 하자는 것이었다. 단 한 방울의 물도 허비하지 않겠다는 구두쇠 전략이었다.

면 마스크를 쓴 여자들의 이마가 땀으로 번들거렸다. 시페르는 그 여자들을 관찰하면서 눈요기를 했다. 그녀들의 작업복이 흠뻑 젖어 있어서, 젖가슴과 엉덩이의 윤곽이 그대로 드러나 보였다. 한결같이 풍만하고 아래로 처진 것이 그가 좋아하는 모습 그대로였다. 그는 아랫도리가 불뚝거리고 있음을 알아차렸다. 그는 그것을 좋은 징조로 받아들였다.

그들은 다시 걸음을 옮겼다.

열기와 습기가 갈수록 더해가고 있었다. 어떤 특이한 향기가 느껴지다가, 이내 스러졌다. 잠깐 꿈을 꾼 것이 아닐까 싶을 만큼 덧없는 냄새였다. 하지만 몇 걸음 더 나아가자, 그 향기가 분명하게 다시 느껴졌다.

시페르는 비로소 자신의 후각을 확신했다.

그는 그 향기가 섞인 훈김을 조금씩 들이마시기 시작했다. 콧구멍과 목구멍이 따끔거렸다. 서로 반대되는 느낌들이 그의 호흡기를 엄습해 왔다. 불길에 휩싸인 입으로 얼음을 빨고 있는 듯한 느낌. 시원하면서도 뜨거운 훈김. 싸하면서도 기분을 상쾌하게 만들어 주는 냄새.

박하였다.

그들은 다시 나아갔다. 냄새는 강이 되고 바다가 되어 시페르를 덮쳐왔다. 그의 기억에 남아 있는 것보다 훨씬 강한 냄새였다. 한 걸음 한 걸음 나아갈 때마다, 그는 점점 더 찻잔 속의 티백으로 변해 가고 있었다. 얼굴은 뜨거운 밀랍 가면을 쓴 것처럼 후끈거리는데, 허파는 빙산의 한기로 얼어붙는 듯했다.

통로 끝에 다다랐을 때, 그는 거의 질식할 지경이 되어 숨을 헐떡거렸다. 이제 귀르딜레크가 있는 방으로 들어갈 차례였다. 이 방은 호흡기 치료에 쓰이는 거대한 박하 흡입기나 다름이 없었다. 그런 줄 알면서도 그는 접견실로 들어섰다.

별로 깊지 않은 텅 빈 수조(水槽)를 백색의 가느다란 기둥들이 에워싸고 있었다. 흐릿한 증기를 배경으로 기둥들이 두드러져 보였다. 수조의 가장자리를 장식하고 있는 프로이센식의 하얀 타일은 옛날의 지하철역을 생각나게 했다. 나무로 된 병풍들이 안쪽 벽을 가리고 있었다. 이 병풍들에는 초승달, 십자가, 별 등과 같은 터키의 전통 문양들이 투조(透彫)로 세공되어 있었다.

수조 한복판에는 한 남자가 세라믹 의자에 앉아 있었다.

하얀 수건을 허리에 두르고 있는 육중하고 땅딸막한 남자. 그의 얼굴은 어둠에 잠겨 있었다.

뜨거운 훈김 속에서 그의 웃음소리가 울렸다.

목이 타버린 탓에 박하 없이는 살 수 없는 남자, 탈라트 귀르딜레크의 웃음소리였다.

43

터키 타운에서는 그가 무시로 박하 훈증을 하는 사연을 모두가 알고 있었다.

그는 1961년에 밀입국자들이 흔히 사용하는 방법대로 탱크로리의 이중바닥 속에 숨어서 유럽에 들어왔다. 아나톨리아에서 출발할 때, 사람들은 그와 그의 동행자들을 탱크로리 바닥에 누이고 철판으로 덮은 다음 볼트로 철판을 고정시켰다. 불법 이주자들은 공기도 부족하고 빛도 들지 않는 바닥에 그렇게 누운 채로 약 48시간 동안 여행을 해야 했다.

열기가 심하고 공기가 부족한 탓에 그들은 이내 호흡 곤란을 느꼈다. 게다가 불가리아 산악지대의 고개들을 넘어갈 때는 금속을 통해 전해지는 한기가 뼛속까지 파고들었다. 하지만 진짜 고난은 유고슬라비아 근처에서 탱크에 담긴 카드뮴 산이 조금씩 스며 나오면서 시작되었다.

탱크 속의 독한 증기가 방울져 그들이 누워 있는 금속 관 속으로 천천히 흘러들었다. 그들은 울부짖으며 자기들을 짓누르고 있는 철판을 두드려댔다. 하지만 탱크로리는 멈추지 않았다. 탈라트는 목적지에 도착하기 전에는 아무도 자기들을 꺼내주지 않을 것이고, 소리를 지르거나 움직이면 카드뮴 산 때문에 생기는 피해가 커질 뿐이라는 것을 깨달았다.

그는 그냥 가만히 누운 채로 되도록 숨을 약하게 쉬려고 애썼다.

이탈리아 국경에서 불법 이주자들은 손에 손을 맞잡고 기도를 올리기 시작했다. 독일 국경에서 그들 대다수가 죽었다. 최초의 하차가 예정되어 있던 프랑스의 낭시에서 운전수는 줄지어 누워 있는 30구의 시체를 발견했다. 똥과 오줌에 젖은 채 입을 딱 벌리고 죽은 시신들이었다.

살아남은 사람은 10대의 젊은이 한 명뿐이었다. 하지만 그의 호흡기가 망가져 있었다. 숨통과 후두와 비강이 치유할 수 없을 정도로 타버려서, 다시는 냄새를 맡을 수 없는 상태였다. 성대도 타버렸기 때문에 그의 목소리는 이제 사포로 쇠붙이를 문지르는 소리나 다름이 없었다. 게다가 호흡기의 만성적인 염증 때문에 뜨겁고 축축한 증기를 상시적으로 흡입하지 않으면 안 되는 상황이었다.

병원에서 의사는 통역을 불러들여 그런 참담한 진단 결과를 젊은 이주자에게 설명하고 열흘 후에 이스탄불 행 전세 비행기를 타고 터키로 돌아가야 한다는 사실을 알려주었다. 사흘 뒤, 탈라트 귀르딜레크는 미라처럼 얼굴에 붕대를 감은 채로 병원에서 탈출하여 걸어서 파리까지 갔다.

시페르는 그와 알게 된 뒤로 그가 흡입기를 곁에 두고 있지 않은 경우를 본 적이 없었다. 젊은 공장주였을 때, 그는 늘 흡입기를 가지고 다니면서 이야기 도중에도 간간이 증기를 쐬곤 했다. 나중에는 흡입기를 사용하는 대신 투명한 마스크를 쓰고 다녔다. 그는 쉰 목소리가 마스크 때문에 더욱 답답하게 들리는 것을 아랑곳하지 않았다. 그 뒤로 그의 병은 더욱 악화되었다. 하지만 그의 재산은 날로 증가했다. 1980년대 말에 귀르딜레크는 포부르 생드니 거리에 '파란 문'이라는 공중목욕탕을 개업하고, 거기에 자기 전용의 흡입 치료실을 따로 마련했다. 이 방은 일종의 거대한 허파였고, 박하향 발소퀴민[6]의 증기로 가득 찬 도피처였다.

"셀라뮈날레이큄, 탈라트. 치료를 방해해서 미안하네."

남자는 뭉게뭉게 피어오르는 증기에 휩싸인 채 다시 껄껄 웃었다.

"알레이큄셀람, 시페르. 산송장들 속에 있다가 돌아온 거야?"

그의 목소리는 불타는 나뭇가지들의 찌지직거리는 소리를 연상시켰다.

"산송장이 아니라 진짜 송장들이 보내서 왔네."

"자네의 방문을 기다리고 있었네."

시페르는 흠씬 젖은 바바리코트를 벗고 수조의 계단을 내려갔다.

"모두가 날 기다리고 있는 모양이야. 자네도 살인사건에 관해서 나에게 해줄 얘기가 있지?"

터키인은 깊은 한숨을 내쉬었다. 쇠붙이를 긁는 듯한 소리로 그가 대답했다.

"내가 터키를 떠날 때, 우리 어머니는 내 발자국을 따라오며 물을 뿌리셨어. 어머니가 그린 그 행운의 길을 따라 내가 돌아오기를 기원하셨던 걸세. 하지만 나는 돌아가지 않고 파리에 눌러앉았네. 그 뒤로 내가 죽 지켜본 바로는 이곳 사정이 갈수록 나빠지고 있어. 여기에서는 이제 제대로 돌아가는 게 아무것도 없네."

시페르는 그 대부호로부터 2미터밖에 떨어져 있지 않았지만, 그의 얼굴은 여전히 보이지 않았다.

"터키 출신의 어떤 시인은 '이민이란 힘든 직업'이라고 노래했네. 나는 이민 생활이 갈수록 힘들어진다고 말하고 싶네. 옛날에는 사람들이

---

6) 상표명. 라벤더와 백리향의 방향유에 안식향과 유칼립투스의 팅크, 박하 등을 섞어 만든 약으로 코나 목 등의 울혈을 해소하는 데에 쓰인다.

우리를 개처럼 다루었네. 우리를 착취하고 우리 것을 빼앗고 우리를 잡아 가두었지. 이제는 사람들이 우리의 여자들을 죽이고 있네. 도대체 얼마나 더 나빠져야 끝이 날까?"

시페르는 그 따위 개똥철학을 참고 들어줄 기분이 아니었다.

"더 나빠지지 않게 한계를 정할 사람이 바로 자네야. 자네 영역에서 세 여공이 살해되었고, 그 가운데 한 여자는 자네 공장에서 죽었어. 자네 책임도 적지 않아."

귀르딜레크는 느리게 몸을 움직였다. 그의 거뭇한 어깨는 불에 탄 언덕을 생각나게 했다.

"여기는 프랑스 땅일세. 우리를 지켜주는 건 프랑스 경찰이 할 일이지."

"웃기는 소리 작작하게. 회색늑대들이 왔다는 건 자네도 알 텐데. 그들이 누굴 찾고 있지? 그리고 왜 찾는 거지?"

"난 모르네."

"알고 싶지 않은 거겠지."

잠시 침묵이 흘렀다. 터키인은 나직한 소리를 내며 중기를 계속 흡입하다가 이윽고 다시 말문을 열었다.

"나는 이 구역에서나 힘을 쓰지 터키에는 영향력을 행사할 수 없네. 이 사건의 뿌리는 터키에 있어."

시페르는 목청을 높였다.

"누가 그들을 보냈지? 이스탄불 패거리들인가? 아니면 안테프 파벌들이나 라즈들이 보낸 건가? 도대체 누구야?"

"시페르, 난 몰라. 정말일세."

시페르가 다가들자, 즉시 누군가의 가벼운 움직임이 느껴지면서 수조 가장자리의 뽀얀 증기가 흔들렸다. 경호원들이었다. 그는 걸음을 멈추었다. 다시 귀르딜레크의 얼굴을 식별해 보려고 했지만, 보이는 것은 어깨와 손과 가슴의 일부분뿐이었다. 귀르딜레크의 검고 윤기 없는 피부는 물에 불어서 주름종이처럼 쪼글쪼글했다.

"그럼 자네는 학살이 계속되도록 내버려둘 작정이야?"

"그들이 여자를 찾아내서 사건을 해결해야 학살이 중단될 걸세."

"내가 먼저 여자를 찾아내도 그렇게 되겠지."

검은 어깨가 흔들렸다.

"이번엔 자네가 나를 웃기는군. 이보게, 자넨 그들의 상대가 되지 않아."

"이 사건과 관련해서 나를 도와줄 만한 사람이 없을까?"

"아무도 없네. 만일 누가 무언가를 알고 있다면, 벌써 얘기를 했겠지. 자네한테가 아니라 그들에게 말일세. 이 구역 주민들은 오로지 평화가 오기만을 바라고 있네."

시페르는 잠시 생각에 잠겼다. 귀르딜레크는 진실을 말하고 있었다. 아무도 그를 도와주려 하지 않는다는 게 이 사건의 수수께끼 가운데 하나였다. 그 여자는 어떻게 한 공동체에 맞서 여태껏 붙잡히지 않고 피해 다닐 수 있는 것일까? 회색늑대들은 왜 아직도 그 여자를 터키 타운에서 찾고 있는 것일까? 그들은 왜 그녀가 여전히 이 근처에 숨어 있다고 확신하는 것일까?

그는 화제를 바꾸었다.

"자네 공장에서 벌어진 일의 자초지종을 말해줄 수 있겠나?"

"나는 그 때 뮌헨에 가 있었네. 그래서……."

"바보 같은 소리 작작하게, 탈라트. 나는 상세한 정보를 원하네."

터키인은 체념이 섞인 한숨을 내쉬었다.

"그들은 여기 공장 한복판으로 갑자기 들이닥쳤어. 11월 13일 밤이었지."

"몇 시에?"

"오전 2시."

"몇 명이나 왔지?"

"네 명이었네."

"그들의 얼굴을 본 사람이 있나?"

"그들은 복면을 쓰고 있었어. 여자들 말로는 완전무장을 하고 있었대. 소총, 권총 등으로 철저하게 무장했더라는 거야."

아디다스 운동복 차림의 터키인도 그렇게 얘기한 바 있었다. 특공대 복장의 군인들이 파리 한복판에서 활개를 치고 있다는 얘기였다. 경찰 경력 40년 동안 그토록 황당한 이야기는 들어본 적이 없었다. 도대체 그 여자가 누구이기에 그런 무리가 뒤를 쫓고 있는 것일까?

"그 다음 이야기를 해 보게."

"그들은 여자를 데리고 달아났네. 그게 다야. 3분도 채 걸리지 않은 일일세."

"공장에서 그들이 여자를 어떻게 찾아냈지?"

"그들은 사진을 가지고 있었네."

시페르는 뒤로 물러서서 증기 너머로 암송을 하듯이 말했다.

"그 여자는 제이네프 튀텐길이었어. 나이는 27세. 뷔르바 튀텐길과 결혼했고 아이는 없었네. 주소는 피델리테 거리 34번지. 가지안테프 지역 출신으로서 파리에 온 것은 2001년 9월일세."

"자네가 애를 썼다는 건 알겠네. 하지만 이번엔 그래 봐야 아무 소용이 없을 걸세."

"그 여자 남편은 어디에 있지?"

"터키로 돌아갔네."

"다른 여공들은?"

"이 사건을 잊어버리게. 자네는 분별 있는 사람이니까 쓸데없이 진창에 빠지지 않을 거라고 믿네."

"수수께끼 같은 소리는 집어치우게."

"우리 때에는 모든 일이 간단하고 명료했네. 진영이 분명하게 나누어져 있었지. 이제는 그런 경계선이 존재하지 않아."

"젠장, 무슨 말인지 알아들을 수 있게 하라니까!"

탈라트 귀르딜레크는 잠시 뜸을 들였다. 증기가 여전히 그의 실루엣을 휘감고 있었다. 이윽고 그가 다시 입을 열었다.

"더 알고 싶은 게 있거든, 경찰에게 물어보게."

시페르는 소스라치게 놀랐다.

"경찰이라니? 어떤 경찰을 말하는 거야?"

"내가 알고 있는 것은 이미 제10구 경찰서 형사들에게 다 이야기했네."

박하의 뜨거운 증기가 갑자기 더욱 싸하게 느껴졌다.

"언제?"

귀르딜레크는 세라믹 의자에 앉은 채로 몸을 앞으로 숙였다.

"내 얘기 잘 듣게, 시페르. 이런 얘기 다시는 하고 싶지 않으니까. 그날 밤, 회색늑대들은 우리 공중목욕탕에서 나가던 길에 순찰차와 마주쳤네. 추격전이 벌어졌지. 살인자들은 자네 동료들을 따돌리고 달아났네. 그 뒤에 경찰관들이 여기에 들러서 조사를 벌였지."

시페르는 당혹감을 느끼며 그 새로운 정보에 귀를 기울이고 있었다. 한 순간, 혹시 네르토가 그 경찰 조서를 자기에게 숨긴 게 아닐까 하는 의심이 들었다. 터무니없는 생각이었다. 그가 무엇 때문에 조서를 숨긴단 말인가? 애송이가 이런 사실을 얘기하지 않은 것은 그냥 모르기 때문이었을 것이다.

증기 속에서 목소리가 계속 흘러나왔다.

"우리 공장의 여자들은 그 사이에 달아나 버리고 없었네. 경찰관들은 그저 침입 사실과 피해 상황을 확인했을 뿐이지. 우리 공장장은 납치에 대해서도 특공대 복장을 한 사내들에 대해서도 말하지 않았네. 문제는 그 여자였지. 사실 그 여자만 없었다면, 공장장은 아무 얘기도 하지 않았을 걸세."

시페르는 펄쩍 놀랐다.
"그 여자라니?"
"경찰관들이 공중목욕탕 안쪽의 기계실에 숨어 있는 여공 하나를 찾아냈네."

시페르는 자기 귀를 의심했다. 사건 초기부터 회색늑대들을 목격한 여자가 있었고, 그 여자가 10구의 형사들로부터 신문을 받았다는 얘기가 아닌가! 네르토는 어떻게 이런 일을 까맣게 모르고 있는 것일까? 이제 한 가지 사실이 분명해졌다. 10구의 경찰관들이 그 신문조서를 은폐한 것이다. 빌어먹을.

"그 여자, 이름이 뭐지?"
"세마 고칼프."
"나이는?"
"서른 살쯤."
"기혼녀야?"
"아니. 독신녀일세. 이상한 구석이 많은 여자였네. 혼자 있기를 좋아했지."
"그 여자, 어디에서 왔지?"
"가지안테프."
"제이네프 튀텐길처럼?"
"우리 공장의 여자들은 모두 거기 출신일세. 그 여자는 몇 주 전부터 여기에서 일하고 있었어. 그러니까 10월부터지."
"그 여자가 납치를 목격했나?"
"납치 현장에 가장 가까이 있었지. 두 여자는 배관 관리실에서 온도 조절하는 일을 하고 있었네. 세마는 제이네프가 회색늑대들에게 납치되는 것을 보고 골방에 숨었지. 경찰관들이 세마를 찾아냈을 때, 그 여자는 쇼크 상태에 있었어. 겁에 질려 사색이 되어 있었지."

"그 다음에는 어떻게 됐지?"

"아무 소식도 듣지 못했네."

"그들이 세마를 터키로 돌려보냈나?"

"전혀 아는 바가 없어."

"대답하게, 탈라트. 자네가 정보를 얻지 못했을 리가 없어."

"세마 고칼프는 사라졌네. 그 이튿날 이미 경찰서에는 없었어. 정말로 증발해 버린 걸세. 예밈 에데림[7]!"

시페르는 여전히 구슬땀을 흘리고 있었다. 그는 떨리는 음성을 가누려고 애썼다.

"그 날 밤 순찰대를 지휘한 게 누구지?"

"보바니에일세."

크리스토프 보바니에는 제10구 경찰서의 팀장들 가운데 하나였다. 그는 보디빌딩에 미쳐서 허구한 날 스포츠 실에서 시간을 보내는 자였다. 이런 사건을 혼자 떠맡을 만한 경찰관은 결코 아니었다. 결국 세마의 행방을 추적하려면 더 높은 곳으로 거슬러 올라가야 한다는 얘기였다……. 그는 흥분을 느끼며 전율했다. 그의 젖은 옷이 흔들렸다.

귀르딜레크는 그가 무슨 생각을 하고 있는지 알아차린 듯했다.

"시페르, 그들은 회색늑대들을 비호하고 있네."

"말도 안 되는 소리를 하고 있군."

"내가 진실을 말하고 있다는 건 자네도 알고 있어. 그들은 증인을 없애 버렸어. 모든 것을 목격한 여자를 말일세. 그 여자는 어쩌면 살인자들의 얼굴을 보았을지도 몰라. 살인자들의 신원을 밝혀낼 수 있는 어떤 것을 보았을지도 모르지. 그들이 회색늑대들을 비호하고 있는 걸세. 그렇게 생각하면 간단해. 다른 살인들도 그들의 묵인 아래 저질러 진 거

---

7) '맹세하네' 라는 뜻.

야. 그렇다면 자네도 정의의 수호자처럼 굴 필요가 없어. 자네 쪽 사람들이라고 해서 우리보다 나을 게 없으니까 말이야."

시페르는 목이 더 따끔거리지 않도록 증기를 그냥 삼키는 것을 피했다. 귀르딜레크는 잘못 생각하고 있었다. 터키인들이 아무리 프랑스 경찰 조직에 영향력을 행사한다 해도 그토록 높은 곳에까지 영향을 미칠 수는 없었다. 그는 20년 동안 두 세계 사이에서 중재자 노릇을 해온 터라 누구보다 그 점을 잘 알고 있었다.

따라서 세마의 실종에는 다른 사정이 있었다.

하지만 한 가지 사실이 자꾸 마음에 걸렸다. 고위층의 음모라는 주장을 뒷받침하는 증거가 될 법한 사항이었다. 세 건의 살인과 관련된 수사를 폴 네르토처럼 경험도 없고 민완하지도 않은 팀장에게 맡겼다는 사실이 바로 그것이었다. 그 애송이가 그토록 신뢰를 받고 있다고 생각하는 사람은 그 자신밖에 없을 터였다. 그렇게 보면, 상부에서 이 사건을 고의적으로 방기하고 있는 건 아닐까 하는 의심이 들기도 했다…….

그는 관자놀이가 따끔거리는 것을 참아 가며 자기 생각을 좇고 있었다. 만일 추잡한 음모가 사실이라면, 만일 이 사건이 프랑스 경찰과 터키 범죄조직의 결탁에서 비롯된 것으로 드러난다면, 만일 두 나라의 정치권력이 정말로 자기들의 이익을 도모하기 위해 가엾은 여자들을 희생시키고 젊은 경찰관의 희망을 짓밟은 것이라면, 시페르는 끝까지 그 애송이를 도울 생각이었다.

우리 둘이서 모두에 맞서 싸우는 거야 하고 그는 생각했다.

그는 증기에 휩싸인 채 물러서며 늙은 대부호에게 인사를 한 다음, 말없이 계단을 다시 올라갔다.

귀르딜레크는 마지막으로 한 번 더 뜨거운 웃음을 토해냈다.

"카르데심, 지금은 경찰의 내부를 청소할 시간일세."

44

시페르는 경찰서의 문을 어깨로 밀고 들어갔다.

모두의 시선이 그에게 쏠렸다. 그는 뼛속까지 젖은 모습으로 그들의 놀란 표정을 즐기면서 죽 훑어보았다. 방수복을 입은 순찰대원 두 팀이 출동을 준비하고 있었다. 가죽잠바를 걸친 형사들이 팔에 빨간 완장을 차는 모습도 눈에 들어왔다. 대규모 작전이 이미 시작된 것이었다.

기다란 테이블 위에 놓여 있는 수배 전단 더미가 눈에 띄었다. 시페르는 폴 네르토를 생각했다. 그 애송이는 자기가 이 사건의 봉이라는 것을 단 한 순간도 의심하지 않고 10구의 모든 파출소에 전단을 배포하고 있을 터였다. 다시금 분노가 치밀어 올랐다.

그는 아무 말 없이 2층으로 올라갔다. 그런 다음 합판 문들이 나 있는 복도를 지나 곧장 4층까지 올라갔다.

보바니에는 예전 모습 그대로였다. 불룩불룩한 어깨, 검은 가죽 재킷, 나이키 키높이 운동화. 이 경찰관은 형사들 사이에 점점 널리 퍼져가는 이상한 병에 걸려 있었다. 나이를 먹지 않으려고 기를 쓰는 병이었다. 그는 오십 줄을 바라보는 나이에도 여전히 자유분방한 래퍼처럼 구는 것을 고집하고 있었다.

그는 야간 근무를 위해 권총 혁대를 차고 있다가 목 메인 소리로 말했다.

"시페르? 무슨 일로 여기를 왔어요?"

"나의 귀염둥이, 잘 지내는가?"

그가 무어라고 대답하기도 전에 시페르는 그의 멱살을 거머쥐고 벽으로 밀어붙였다. 동료들이 벌써 그를 도우러 오고 있었다. 보바니에는 공격자의 어깨 너머로 그들에게 진정하라는 손짓을 보냈다.

"괜찮아! 친구끼리 장난하는 거야!"

시페르는 얼굴을 바싹 들이대고 속삭였다.

"세마 고칼프. 작년 11월 13일. 귀르딜레크의 공중목욕탕."

보바니에는 눈을 휘둥그렇게 뜨고 입을 달달 떨었다. 시페르는 그의 머리를 벽에 짓찧었다. 경찰관들이 달려왔다. 시페르는 그들의 손이 벌써 자기 어깨를 움켜쥐고 있음을 느꼈다. 하지만 보바니에는 애써 웃음을 지으며 다시 손을 내저었다.

"친구끼리 장난하는 거라고 했잖아. 걱정할 거 없어!"

그들은 어깨를 움켜쥐었던 손을 놓고 뒤로 물러섰다. 마침내 사무실 문이 마치 마지못해 닫히기라도 하듯 천천히 닫혔다. 이번에는 시페르가 멱살을 풀고 한결 차분한 어조로 물었다.

"그 증인을 어떻게 했지? 어떻게 사라지게 한 거야?"

"그런 게 아니에요. 내가 누구를 사라지게 했다고 그래요……."

시페르는 뒤로 물러서서 그를 찬찬히 살폈다. 그의 얼굴은 이상하리만치 곱상했다. 여자 같은 얼굴에 머리는 까맣고 눈은 아주 파랬다. 시페르는 젊은 시절에 자기와 결혼을 약속한 적이 있었던 아일랜드 여자를 떠올렸다. 빨강머리 여자들이 보여주는 흰색과 적갈색의 고전적인 대비 대신에 흰색과 검은색의 대비를 보여주던 그 검은 머리 아일랜드 여자를.

래퍼 흉내를 내는 이 경찰관은 야구 모자를 챙이 목덜미 쪽으로 가게 쓰고 있었다. 아마도 더 날라리처럼 보이고 싶어서 그러는 모양이었다.

시페르는 의자 하나를 끌어다가 그를 억지로 앉혔다.

"어디 들어볼까? 세세한 것까지 다 듣고 싶으니까 하나도 빼놓지 말고 얘기해."

보바니에는 미소를 지으려고 했다. 하지만 그것은 헛된 시도였다.

"그 날 밤, 우리 순찰차 한 대가 어떤 BMW 승용차와 마주쳤어요. 사내들이 타고 있었는데, 그들은 '파란 문'이라는 공중목욕탕에서 나오던 길이었죠……."

"그건 나도 알아. 자네는 언제 출동했지?"

"30분쯤 지나서요. 순찰대원들이 전화를 했어요. 그래서 과학수사대의 대원들을 데리고 거기로 갔지요."

"자네가 여자를 찾아냈어?"

"아뇨. 그 사이에 순찰대원들이 찾아냈더라고요. 그 여자는 흠뻑 젖어 있었어요. 거기에서 여자들이 어떤 일을 하는지 잘 알잖아요. 그 여자는……."

"생김새를 말해 보게."

"키가 자그마하고 갈색머리였어요. 몸은 꼬챙이처럼 말랐고요. 이를 덜덜대면서 알아들을 수 없는 소리를 중얼거리고 있었죠. 터키 말이었어요."

"자기가 무엇을 보았는지 얘기하던가?"

"전혀요. 우리가 눈에 보이지도 않는 듯했어요. 너무 심한 충격을 받았던 거죠."

거짓말이 아니었다. 그의 목소리가 진실하게 들렸다. 시페르는 그를 계속 살피며 방 안을 서성이고 있었다.

"자네가 보기에는 공중목욕탕에서 무슨 일이 있었던 것 같아?"

"모르죠. 갈취 사건 아니겠어요? 폭력배가 와서 힘자랑 좀 했나 보죠."

"귀르딜레크의 사업장에서 갈취를 한다고? 누가 감히 그에게 덤빌 수 있지?"

보바니에는 깃 때문에 목이 가렵기라도 한 듯 가죽 재킷을 고쳐 입었다.

"터키인들의 속을 누가 알겠어요? 어쩌면 터키 타운에 새로운 파벌이 생겼는지도 모르죠. 쿠르드족 사람들이 한바탕 화풀이를 한 것인지도 모르고요. 어쨌거나 그건 그들 일이에요. 귀르딜레크는 고소조차 안 했어요. 우리는 사건이 종결된 것으로 처리했고요……."

또 하나의 사실이 분명하게 확인되었다. '파란 문' 사람들은 제이네프의 납치나 회색늑대들에 관해서 일절 말하지 않았다. 따라서 보바니에에게는 단순한 갈취 사건이라는 자신의 가정이 정말로 그럴 듯해 보일 수밖에 없었다. 공중목욕탕에 폭력배가 난입하고 나서 이틀 뒤에 첫 번째 변사체가 발견되었지만, 경찰에서는 아무도 그 둘 사이에 관계가 있다는 것을 알아차리지 못했다.

"세마 고칼프를 어디로 빼돌린 거야?"

"우리는 그 여자를 경찰서로 데려가서 운동복과 이불을 주었어요. 온몸을 바들바들 떨고 있더군요. 우리는 치마 속에 꿰매어 놓은 여권을 찾아냈어요. 그 여자는 비자도 체류증도 없었어요. 당장 출입국관리소에 알려야 할 불법 체류자였던 거죠. 나는 팩스로 그들에게 보고를 했어요. 뒤탈이 생기지 않도록 본청에도 팩스를 보냈고요. 그 뒤에는 하회를 기다리는 수밖에 없었지요."

"그런데?"

보바니에는 집게손가락을 가죽재킷 깃 아래로 집어넣으며 한숨을 내쉬었다.

"그 여자는 계속 부들부들 떨다가 완전히 탈진해 버렸어요. 이를 덜덜대면서 무엇을 먹거나 마시지도 못했어요. 새벽 5시에 나는 그 여자를 생트 안느 병원에 데려가기로 결정했어요."

"왜 순찰대원들을 안 보내고 자네가 직접 갔지?"

"그 바보들은 그 여자에게 보호대를 채우려고 했어요. 단지 그것 때문만은 아니고…… 왠지 모르게 그 여자가 범상치 않게 느껴졌어요……. 나는 경찰 직권으로 입원을 요청하기 위한 서류를 작성하고 여자를 데려갔죠."

그의 목소리가 잦아들었다. 그는 계속 목덜미를 긁어댔다. 시페르는 깊이 팬 뾰루지 자국들을 알아보았다. '마약쟁이' 하고 그는 생각했다.

"그 다음날 아침, 출입국관리소 사람들에게 전화를 걸어 생트 안느 병원에 가보라고 했어요. 정오쯤에 그들이 전화를 했는데, 여자가 병원에 없다고 하더군요."

"도망친 거야?"

"아뇨. 이미 오전 10시에 형사들이 와서 데려갔대요."

"어떤 형사들이?"

"내 말이 믿기지 않을 거예요."

"어쨌든 얘기해 봐."

"당직의사 말로는 테러 방지국의 형사들이었대요."

"테러 방지국?"

"내가 직접 가서 확인했어요. 그들은 이송 명령서를 제시했더군요. 법률적으로 전혀 하자가 없었어요."

시페르는 자기가 경찰에 돌아온 것을 축하해 주기 위해 이토록 멋진 불꽃놀이가 준비되어 있으리라고는 상상도 하지 못했다. 그는 책상 모서리에 걸터앉았다. 그가 몸을 움직일 때마다 아직도 박하 냄새가 풍겨 나오고 있었다.

"그들에게 연락해 봤어?"

"물론 해봤죠. 하지만 그들은 말을 아꼈어요. 내가 이해한 게 맞다면, 그들은 내가 본청에 보낸 보고서를 가로챘어요. 그런 다음에 샤를리에가 명령을 내린 거죠."

"필립 샤를리에 말이야?"

보바니에는 고개를 주억거렸다. 자기로서는 도저히 이해할 수 없는 일이라는 듯한 표정이었다. 샤를리에는 테러 방지국을 이끄는 다섯 간부 중 하나였다. 시페르는 이 야심만만한 경찰관을 1977년 기동 수사대에 잠시 배속되었을 때부터 알고 있었다. 샤를리에는 정말 악당이었다. 영악하기로 말하면 시페르보다 더할 터였고, 난폭하다는 점에서도 시페르 못지않은 자였다.

"그 뒤로는 어떻게 됐지?"

"그 뒤로는 아무 얘기가 없어요. 다시는 소식을 듣지 못했어요."

"날 바보로 아는 거야?"

보바니에는 머뭇거렸다. 그의 이마에 땀이 송골송골 맺히고 있었다. 눈을 내리뜬 채로 그가 말을 이었다.

"그 다음날, 샤를리에가 직접 나에게 전화를 걸었어요. 사건과 관련해서 이것저것 묻더군요. 그 터키 여자를 어디에서 찾아냈느냐, 그 때의 정황이 어떠했느냐 하는 식으로 꼬치꼬치 캐어물었죠."

"그래서 자네는 무어라고 대답했는데?"

"내가 아는 대로 대답했죠."

'결국 쓸데없는 소리만 지껄였다는 얘기로군, 멍청이.' 하고 시페르는 생각했다. 야구모자를 쓴 경찰관이 등을 달았다.

"샤를리에는 자기가 사건을 맡겠다고 하더군요. 입건이나 출입국관리소와 관련된 일들을 자기가 다 알아서 처리하겠다는 것이었어요. 이 사건을 다른 사람들에게 발설하지 않는 게 내 신상에 이로울 거라는 암시도 빼놓지 않았죠."

"자네 보고서 말이야, 그거 아직 가지고 있어?"

그의 겁먹은 듯한 얼굴에 미소가 설핏 떠올랐다.

"그럴 거라고 생각해요? 바로 그 날로 그들이 와서 가져갔어요."

"그럼 당일 사건일지는?"

그의 미소가 코웃음으로 바뀌었다.

"무슨 사건일지요? '맨', 그거야 그들이 다 지워 버렸죠. 무선통신 기록도 지워 버렸는걸요. 걔네들이 그 증인을 감쪽같이 사라지게 한 거예요!"

"그 이유가 뭐지?"

"낸들 아나요? 그 여자는 증인이 될 수도 없었을 거예요. 완전히 맛이 갔더라고요."

"그런데, 자네는 왜 입을 다물었지?"

보바니에는 목소리를 낮추었다.

"샤를리에에게 꽉 잡혀 있어요. 옛날에 있었던 어떤 사건 때문에요……."

시페르는 친구들끼리 장난으로 그러듯이 그의 팔에 스트레이트를 먹인 다음, 책상 모서리에서 몸을 일으켰다. 그는 다시 방 안을 서성이면서 보바니에가 들려준 정보들을 곱씹었다. 정말 믿기 어려운 얘기지만, 테러 방지국에서 세마 고칼프를 납치해 간 것은 또 다른 사건에 속하는 게 분명했다. 그건 일련의 살인사건이나 회색늑대들과 전혀 관계가 없었다. 그렇다고 해도 그의 수사에서 세마 고칼프의 증언이 중요하다는 점에는 변화가 없었다. 그 여자를 다시 찾아내야만 했다. 그 여자가 무언가를 목격했기 때문이었다.

"다시 업무에 복귀한 거예요?"

시페르는 그 질문을 무시하고 젖은 옷의 매무새를 고쳤다. 책상 위에 놓인 네르토의 수배 전단이 눈에 띄었다. 그는 포상금을 노리는 사람처럼 그것을 집어 들고 물었다.

"생트 안느 병원에서 세마의 치료를 맡았던 의사가 누군지 기억하고 있어?"

"물론이죠. 장·프랑수아 이르슈예요. 그가 손을 써 줘서 처방전을 얻은 적도 있는 걸요……."

뒷말은 더 이상 시페르의 귀에 들어오지 않았다. 그의 눈길은 수배 전단의 몽타주 사진에 쏠려 있었다. 그것은 세 피살자의 얼굴을 교묘하게 합성한 사진이었다. 적갈색 머리털 아래에서 수줍게 빛나는 달덩이 같은 얼굴. 터키의 시 한 구절이 그의 뇌리에 떠올랐다. "파디샤흐[8]에겐

---

8) 회교국 군주.

딸이 하나 있었네 / 보름달처럼 생긴 딸이었네……."

보바니에는 용기를 내어 다시 물었다.

"공중목욕탕 사건이 이 여자와 관계가 있나요?"

시페르는 수배 전단을 호주머니에 쑤셔 넣었다. 보바니에가 쓰고 있는 야구모자의 챙을 앞쪽으로 돌려놓으며 그가 대답했다.

"내가 자네에게 묻고 싶은 게 바로 그거야. 꼭 무언가를 찾아내서 우리에게 알려줘. 래퍼 흉내만 내지 말고 멋진 랩을 한번 들려달란 말일세, '맨'."

45

생트 안느 정신병원, 밤 9시.

그는 이곳을 잘 알고 있었다. 돌을 촘촘하게 박아 놓은 기다란 담벼락, 무대의 예술가 전용 출입구처럼 눈에 잘 띄지 않는 브루세 거리 17번지의 작은 문. 병원 구내는 거대하고 들쭉날쭉하고 복잡했다. 여러 세기에 걸쳐 지어진 다양한 건축 양식의 병동들이 한데 모여 있었다. 광기의 세계를 외부 세계와 차단하고 있는 하나의 성채나 진배없었다.

하지만 그 날 밤에는 이 성채가 그다지 굳건하게 방비되고 있는 것처럼 보이지 않았다. 맨 앞쪽의 건물들에 다가가자마자 성채에 무슨 사단이 벌어졌는지를 플래카드들이 알려주고 있었다. '파업으로 고용 안정', '일자리가 아니면 죽음을!', '노동시간 단축은 사기다', '빼앗긴

공휴일을 되찾자'…….
 시페르는 파리에서 가장 큰 정신병원이 노사 갈등에 휘말린 탓에 환자들이 제멋대로 돌아다니도록 방치하고 있으리라고 생각하며 속으로 웃었다. 미치광이들로 넘쳐나는 중앙 홀이 벌써부터 눈에 선했다. 환자들이 하룻밤 동안 의사 노릇을 하겠다고 나서는 바람에 도처에 난장판이 벌어졌을 것만 같았다. 하지만 안으로 들어가 보니 사람은 보이지 않고 유령도시와도 같은 괴괴한 정적만이 감돌고 있었다.
 그는 신경외과와 신경과의 응급실이 있는 곳을 알려주는 빨간 표지판을 따라갔다. 지나는 길에 그는 통행로들의 이름을 눈여겨보았다. 그가 방금 지나온 길은 '기 드 모파상' 산책로였고, 이제 막 들어선 길은 '에드거 앨런 포' 오솔길이었다. 이름을 지은 사람들이 자기들 딴에는 유머 감각을 발휘했다는 생각이 들었다. 모파상은 말년에 광기에 빠져들었고, 알코올중독자였던 「검은 고양이」의 저자 역시 정신착란 속에서 생애를 마감했다. 공산당이 집권한 도시에 '칼 마르크스' 대로나 '파블로 네루다' 거리가 있듯이, 생트 안느 정신병원에는 광기에 사로잡혔던 위인들의 이름이 붙은 통행로가 있는 것이었다.
 시페르는 거만하게 코웃음을 치면서 여느 때처럼 넉살 좋고 입심 좋은 형사의 면모를 보이려고 애썼다. 하지만 그는 이미 불안이 엄습해 오고 있음을 느꼈다. 생트 안느 정신병원은 그에게 너무나 많은 추억, 너무나 많은 상처를 상기시키는 곳이었다…….
 알제리 전쟁이 끝나고 갓 스물의 청년으로 그가 표착했던 곳이 바로 이 정신병원이었다. 전쟁 신경증 때문이었다. 그는 환각에 쫓기고 자살 충동에 시달리면서 몇 달 동안 입원해 있었다. 그와 함께 알제의 보안작전 파견대에서 근무했던 다른 사람들은 그처럼 머뭇거리며 시간을 끌지 않았다. 릴 출신의 한 청년은 알제리에서 돌아오자마자 목을 매고 자살해 버렸다. 또 브르타뉴 출신의 한 젊은이는 자기 부모의 농장에서 도끼로 오른손—전기 고문과 물 고문을 자행했던 손—을 잘라 버렸다……
응급실은 비어 있었다.
검붉은 타일로 벽을 장식해 놓은 정사각형 모양의 커다란 홀. 시페르는 초인종을 눌렀다. 그러자 허리끈으로 졸라매는 가운 차림에 머리를 틀어 올리고 이중초점렌즈 안경을 쓴 예스런 모습의 여자 간호사가 나타났다.
간호사는 그의 후줄근한 몰골을 보고 눈살을 찌푸렸다. 그는 재빨리 경찰 신분증을 보여주고 용건을 설명했다. 간호사는 아무 말 없이 장·프랑수아 이르슈 박사를 찾으러 갔다.
그는 벽에 고정된 의자들 쪽으로 가서 앉았다. 타일 벽을 향하고 있던 그의 시야가 갑자기 흐려졌다. 그는 뇌리에 되살아나는 추억을 억누르려고 애썼다. 하지만 그럴 수가 없었다.

1960년

알제리로 전속되어 '정보 요원'이 되었을 때, 그는 도망치려고 하지도 않았고 술이나 의무실의 알약에 의지해서 자기가 하는 일의 잔혹성을 잊으려 하지도 않았다. 오히려 그는 자기 운명의 주인은 여전히 자기라고 확신하면서 밤낮으로 꿋꿋하게 일에 임했다. 전쟁은 그에게 어느 한쪽 진영을 선택하도록 강요했다. 그는 물러설 수도 없었고 돌아갈 수도 없었다. 실수도 용납되지 않았다. 주어진 일을 제대로 할 수 없다면 자기 머리에 대고 총을 쏘아야 하는 판국이었다.
그는 알제리 민족해방전선의 전사들에게 밤낮으로 고문을 가해서 자백을 받아냈다. 처음에는 구타, 전기 고문, 물 고문 같은 통상의 방식을 사용했다. 그러다가 자기 자신의 고문 기술을 개발했다. 그는 사형을 집행하는 척하면서 포로들에게 복면을 씌워 도시 밖으로 끌고 갔다. 그가 그들의 관자놀이에 총부리를 갖다 대면, 그들은 옷에 똥을 지리기가 일쑤였다. 또한 그는 산이 들어간 칵테일을 만든 다음 그들의 목에 깔때기를 박고 억지로 먹이기도 했다. 병원에서 의료 기구를 훔쳐 약간 변형된 고문 방식을 창안한 적도 있었다. 예컨대 위 펌프를 이용해서 콧구멍에 물을 주입하는 것과 같은 방식이었다……

공포. 그는 그것을 빚고 조각했으며, 그것에 점점 더 강렬한 형태를 부여하였다. 어느 날 그는 포로들이 창백해질 정도로 피를 뽑기로 했다. 그들을 허약하게 만들고 그들의 피를 테러의 희생자들에게 바치기 위해서였다. 그 때 그는 이상한 취기를 느꼈다. 자기가 신이라도 된 듯한 기분이 들었다. 사람을 죽이거나 살리는 권한이 자기에게 있는 것만 같았다. 때때로 그는 취조실에서 자신의 권한에 도취된 채 피로 번들거리는 두 손을 바라보며 혼자 낄낄거렸다.

한 달 뒤, 그는 무언증(無言症)에 걸린 채 프랑스로 송환되었다. 그는 턱이 마비된 사람처럼 단 한 마디도 하지 않았다. 그는 생트 안느 정신병원에 수용되었다. 그가 입원한 병동은 전쟁 중에 심한 정신적 충격을 받은 환자들만 모아놓은 곳이었다. 복도로 신음과 비명이 끊임없이 새어나오고, 식탁의 옆자리에 앉은 환자가 토사물을 튀기는 바람에 식사를 중단하기가 일쑤인 그런 곳이었다.

시페르는 침묵에 갇힌 채 늘 공포 속에서 살았다. 정원에 나갔다가 어디로 가야할지 몰라 헤매는 경우가 비일비재했다. 그는 자기가 어디에 있는지도 더 이상 알지 못했고, 다른 환자들을 자기가 고문한 포로들로 착각하곤 했다. 병동의 통로를 걸을 때면, '고문 희생자들의 눈에 띄지 않도록' 벽에 바짝 붙어서 다녔다.

밤이 되면 악몽과 환각이 교대로 찾아들었다. 공포에 뒤틀린 얼굴로 의자에 앉아 있는 벌거벗은 남자들. 전극에 그을린 고환. 세면대에 부딪혀 으스러지는 턱뼈. 주사기가 꽂힌 콧구멍에서 흘러내리는 피……. 사실 그 모든 것은 허깨비가 아니라, 그의 기억 속에 남아 있는 장면들이었다. 한 남자가 특히 그의 꿈에 자주 나타났다. 거꾸로 매달린 채로 그의 발길에 차여서 머리통이 터진 남자였다. 그를 꿈에서 다시 보고 땀에 흠뻑 젖은 채 깨어나면, 그의 뇌에서 튀어 나온 수액(髓液)이 아직도 자기 몸에 묻어 있는 것만 같았다. 어떤 때는 자다가 일어나 병실 안을 살펴보면, 지하 취조실의 반들반들한 벽과 새로 들여놓은 욕조가 보였다. 중앙 탁자에는 전기 고문 도구로 악명 높았던 ANGRC 무전기도 보였다.

의사들은 그런 기억들을 억눌러서 자기 내면 깊숙한 곳에 감추는 것은 불가능하다고 그에게 설명했다. 그러면서 그것들을 억누를 것이 아니라 오히려 그것들에 맞서라고 권했다. 일부러 그것들을 찬찬히 되새기는 시간을 매일 조금씩 가지라는 것이었다. 그런 치료법은 그의 기질과 맞아떨어졌다. 그는 전쟁터에서도 겁을 먹거나 기가 꺾인 적이 없었다. 그런 그가 허깨비들에게 무릎을 꿇는다는 건 있을 수 없는 일이었다.

그는 마침내 퇴원증에 서명을 하고 민간인의 삶 속으로 뛰어들었다.

그는 경찰에 지원했다. 정신과 병력을 숨기고 군대의 계급과 병과를 내세웠다. 때마침 정치적 상황이 그에게 유리한 쪽으로 작용했다. 파리에서 OSA[9]의 테러가 기승을 부리던 때였다. 전문 인력이 부족해서 테러범들을 잡을 수가 없었다. 테러의 냄새를 맡을 줄 아는 유경험자가 태부족이었다. 그런 일에는 시페르가 적임자였다. 그의 실전 감각은 이내 빛을 발하기 시작했다. 그의 수사방식도 마찬가지였다. 그는 누구의 도움도 받지 않고 혼자서 일을 했고, 자기가 원하는 결과를 얻기 위해서는 폭력적인 방법도 마다하지 않았다.

이후로도 그의 활동방식은 변하지 않았다. 그는 언제나 자기 자신에

---

9) '비밀 무장 조직(Organisation armée secrète)'이라는 뜻의 단체. 알제리 독립을 인정하려는 드골 장군의 정책에 맞서기 위해 살랑 장군을 비롯한 군인들과 일부 정치인들이 결성한 단체. 테러를 포함한 온갖 수단을 동원하여 알제리 독립을 저지하려 했던 이 단체의 활동은 1962년 3월 알제리 독립을 인정하는 에비앙 협정이 체결되었을 때 한층 격렬해졌다.

게 희망을 걸었다. 아무에게도 기대지 않고 오로지 자기 자신만을 믿었다. 그는 법률을 초월해 있었고, 다른 사람들보다 높은 곳에 있는 존재처럼 행동했다. 자기 자신이 바로 법이었고, 자신의 정의를 구현하는 권한을 자신의 의지에서 찾았다. 그는 일종의 우주적 계약을 맺고, 세상의 추잡한 난장판에 자기만의 방식으로 맞섰다.

"무슨 일이죠?"

그 목소리에 시페르는 소스라치게 놀랐다. 그는 의자에서 일어나 목소리의 주인공을 톺아보았다.

장·프랑수아 이르슈는 1미터 80이 넘는 큰 키에 몸이 날씬한 남자였다. 팔이 가늘고 긴 것에 비하면 손은 무척 투박한 편이었다. 시페르는 그 손이 그의 호리호리한 실루엣에 균형을 맞춰 주고 있다고 생각했다. 갈색의 곱슬머리가 후광처럼 둘러싸고 있는 그의 잘생긴 얼굴 역시 또 하나의 균형추였다. 그는 가운 차림이 아니라 암녹색 방수 외투를 입고 있었다. 퇴근하려던 참인 게 분명했다.

시페르는 경찰 신분증을 꺼내지 않고 자신을 소개했다.

"장·루이 시페르 형사입니다. 몇 가지 여쭤볼 게 있어서 왔어요. 몇 분이면 됩니다."

"지금 퇴근하는 길입니다. 이미 퇴근이 늦었어요. 내일 이야기하면 안 될까요?"

목소리도 또 하나의 균형추였다. 드레지고 차분하고 옹골진 음성이었다.

"죄송합니다. 중요한 사건이라서요."

의사는 상대방을 아래위로 훑어보았다. 두 사람 사이에 박하 냄새가 상큼하게 감돌았다. 이르슈는 한숨을 내쉬고 볼트로 고정된 의자들 중의 하나에 앉았다.

"무엇에 관한 거죠?"

시페르는 그대로 서 있었다.

"박사님의 진료를 받은 어떤 환자에 관한 겁니다. 작년 11월 14일 새벽에 왔던 터키 여자 말입니다. 제10구 경찰서의 크리스토프 보바니에 팀장이 그 여자를 데리고 왔죠."

"그래서요?"

"우리가 보기에는 그 사건에 절차상의 하자가 있어요."

"정확히 어느 부서에서 나오신 거죠?"

시페르는 거짓말을 하기로 했다.

"내사를 벌이는 중입니다. 감찰국에서 나왔어요."

"미리 말씀드리지만, 보바니에 팀장에 관한 거라면 한 마디도 하지 않겠습니다. 직업상의 비밀이라고 하면, 제 입장을 이해하시겠죠?"

의사는 수사의 목적을 오해하고 있었다. 보아하니, 그는 '미스터 맨'이 마약 문제에서 벗어나도록 도와준 적이 있는 모양이었다. 시페르는 크게 인심이라도 쓰는 듯한 어조로 말했다.

"이 수사는 크리스토프 보바니에하고는 상관이 없어요. 박사님이 그 친구의 헤로인 중독을 치료하기 위해 메타돈을 처방하신 거는 중요하지 않아요."

의사는 눈썹을 치켰다. 시페르에게 정곡을 찔린 것이었다. 그가 어조를 누그러뜨리며 말했다.

"알고 싶은 게 뭐죠?"

"그 터키 여자를 나중에 데리러 왔던 경찰관들에게 관심이 있어요."

의사는 다리를 꼬고 바지의 주름을 매만졌다.

"그들은 그 여자가 입원하고 나서 네 시간쯤 있다가 왔어요. 이송 명령서와 추방 명령서를 제시하더군요. 모든 게 법규에 딱 들어맞았어요. 너무 완벽하다 싶을 정도였죠."

"너무 완벽하다니요?"

"문서에 직인이 찍혀 있고 서명이 되어 있었는데, 내무부에서 직접 내려 보낸 것이었어요. 그것도 오전 10시에 말입니다. 단순한 불법체류자 한 사람 때문에 그런 서류를 갖춰 가지고 오는 건 처음 봤어요."

"그 여자는 어떻던가요?"

이르슈는 자신의 구두코를 내려다보며 생각을 모으고 있었다.

"그 여자가 왔을 때, 나는 저체온증이 아닐까 하고 생각했어요. 부들부들 떨면서 숨을 할딱거리고 있었거든요. 그런데 진찰을 해 보니까 체온이 정상이었어요. 호흡기에 손상을 입은 것도 아니었고요. 그 여자의 증상은 히스테리로 보였어요."

"그게 무슨 뜻이죠?"

의사는 거드름이 섞인 미소를 지었다.

"신체적인 증상은 있지만 생리적인 원인은 전혀 없었어요. 모든 게 여기(그는 집게손가락으로 관자놀이를 가리켰다), 머리에서 나온 거라는 얘기죠. 그 여자는 심리적인 충격을 받았어요. 그 충격에 몸이 반응을 보이고 있었던 겁니다."

"어떤 종류의 충격으로 보이던가요?"

"격렬한 공포를 느낀 듯합니다. 외부 요인에 의한 불안의 특징적인 징후를 보여주고 있었어요. 피검사에서도 그 점이 확인되었어요. 호르몬이 다량으로 분비되었던 흔적이 나타났거든요. 스트레스 호르몬인 코르티솔도 매우 높은 수치로 검출되었죠. 중대한 의미를 지닌 검사결과지만, 이런 얘기는 조금 전문적인 거라서……."

의사는 더욱 거만한 미소를 지었다.

시페르는 그 거드름에 짜증이 나기 시작했다. 의사는 시페르의 마음을 알아차렸는지 한결 자연스러운 어조로 덧붙였다.

"그 여자는 대단히 강도 높은 스트레스를 받았어요. 트라우마라고 할 수 있을 정도의 스트레스예요. 그 여자는 전선에서 전투가 벌어진 뒤에

만날 수 있는 환자들과 비슷한 증상을 보였어요. 이유를 설명할 수 없는 마비, 갑작스런 호흡 곤란, 말더듬기 같은 증상 말이에요."

"무슨 얘긴지 알겠어요. 그 여자의 생김새는 어땠나요?"

"갈색머리에 얼굴은 아주 창백했고, 몸은 거식증 환자처럼 빼빼했어요. 머리는 클레오파트라식으로 깎았더군요. 매우 강인한 인상을 주는 외모였어요. 하지만 그 강인함 때문에 미모가 훼손되지는 않았죠. 오히려 그 반대였어요. 그런 점에서 무척…… 인상적인 여자였어요."

시페르는 그 여자의 모습을 머릿속에 그려 보았다. 그는 본능적으로 알아차렸다. 그 여자는 평범한 노동자도 단순한 증인도 아니었다.

"그 여자를 치료했나요?"

"먼저 항불안제를 주사했죠. 근육의 긴장이 풀리더군요. 그 여자는 입을 비죽거리고 알아들을 수 없는 소리를 중얼거리기 시작했어요. 갑자기 착란 상태에 빠진 듯했죠. 말들이 앞뒤가 맞지 않았어요."

"터키 말이라서 알아듣지 못한 건 아니고요?"

"아뇨. 그 여자는 프랑스어를 했어요. 프랑스인처럼 발음이 좋았죠."

한 가지 터무니없는 생각이 시페르의 뇌리를 스쳤다. 하지만 그는 냉정을 잃지 않기 위해 그 생각을 멀리 떼어놓았다.

"그 여자가 무엇을 목격했는지 이야기하던가요? 공중목욕탕에서 무슨 일이 있었는지 말했나요?"

"아뇨. 조리에 닿지 않는 토막말들을 내뱉었을 뿐이에요."

"예를 들면요?"

"늑대들이 실수를 했다더군요. 그래요…… 늑대 얘기를 했어요. 늑대들이 엉뚱한 여자를 잡아갔다고 되뇌었죠. 무슨 소린지 도통 이해할 수가 없었죠."

시페르의 머릿속에서 섬광이 번득였다. 좀 전에 뇌리를 스쳐갔던 터무니없는 생각이 권토중래의 기세로 되돌아왔다. 그 여공은 어떻게 침입자들이 회색늑대들이라는 것을 알아차렸을까? 또 그들이 잡아간 여자가 진짜 표적이 아니라는 것을 어떻게 알았을까? 대답은 하나밖에 없었다. 진짜 표적은 바로 그 여자 자신이었다.

세마 고칼프가 바로 회색늑대들이 쫓는 여자였다.

시페르는 어렵지 않게 퍼즐 조각들을 맞춰 나가고 있었다. 살인자들은 자기들의 표적이 탈라트 귀르딜레크의 공중목욕탕에서 야간근무를 하고 있다는 정보를 입수했을 터였다. 그들은 작업장에 들이닥쳐 자기들이 가지고 있는 사진 속의 여자와 비슷하게 생긴 제이네프 튀텐길을 납치해 갔다. 하지만 그것은 실수였다. 그들이 찾는 진짜 적갈색머리 여자는 이런 일이 생길 것에 대비해서 머리를 갈색으로 물들였던 것이다.

또 다른 생각이 그의 머릿속에 떠올랐다. 그는 호주머니에서 수배 전단을 꺼냈다.

"그 여자가 이 몽타주 사진과 비슷했나요?"

의사는 몸을 숙여 사진을 들여다보았다.

"전혀 비슷하지 않았어요. 왜 그런 질문을 하시죠?"

시페르는 묵묵히 전단을 도로 집어넣었다.

두 번째 섬광이 번득였다. 새로운 사실이 확인되는 순간이었다. 세마 고칼프—정확히 말해서 이 이름 뒤에 숨어 있는 여자—의 변신은 머리를 염색하는 것에 그치지 않았다. 얼굴까지 바꾸어 버린 것이었다. 그녀는 성형수술의 힘을 빌린 게 틀림없었다. 완전한 도주를 꾀하는 자들이 흔히 사용하는 수법이었다. 특히 범죄 세계에서 그런 일이 흔했다. 그렇게 얼굴을 바꾼 다음, 그녀는 이름 없는 터키 노동자로 가장하고 '파란 문'의 증기 속으로 숨어든 것이었다. 그런데 그녀는 왜 파리에 계속 머물러 있었을까?

시페르는 잠시 그 터키 여자의 처지에서 생각해 보았다. 그녀는 2001년 11월 13일 밤 복면을 쓴 회색늑대들이 작업장에 쳐들어오는 것을 보왔다. 그 때 그녀는 모든 게 끝났다고 생각했다. 하지만 살인자들은 그녀의 옆에서 일하던 여자에게로 몰려왔다. 옛날의 자기와 비슷하게 생긴 적갈색머리 여자에게로……. 의사는 그 여자가 '대단히 강도 높은 스트레스를 받았다'고 했다. 그것은 그녀가 받은 충격을 가장 약하게 표현한 말일 뿐이었다.

시페르가 다시 물었다.

"그 여자가 다른 얘기는 안 하던가요? 한번 기억해 보세요."

"글쎄요……. (그는 두 다리를 앞으로 내밀고 구두끈을 고쳐 매었다.) 어떤 이상한 밤에 관한 얘기를 하지 않았나 싶네요. 네 개의 초승달이 빛나는 특이한 밤이라고 했던가. 아, 검은 외투를 입은 남자 얘기도 했어요."

시페르에게 마지막으로 증거 하나가 더 필요했다면, 바로 이것이었다. 네 개의 초승달. 이 상징의 의미를 아는 사람은 극히 적었다. 터키 사람들 중에서도 한 손으로 꼽을 수 있을 정도의 소수만이 알고 있었다. 진실은 시페르의 상상을 완전히 넘어서고 있었다.

그는 이제 회색늑대들이 노리는 그 '먹이'가 누구인지 알게 되었다.

또한 터키 마피아가 왜 늑대들을 풀어 그 '먹이'를 뒤쫓고 있는지도 알게 되었다.

그는 흥분을 가라앉히려고 애쓰면서 말했다.

"그 여자를 데려간 경찰관들에 관한 얘기로 넘어갑시다. 그 여자를 데려가면서 그들이 뭐라고 하던가요?"

"아무 얘기도 안 하던데요. 그냥 서류들만 보여줬어요."

"그들의 모습이 어땠어요?"

"거구들이었어요. 고급 양복을 입고 있더군요. 경호원들 같았어요."

필립 샤를리에의 부하들이었다. 놈들은 여자를 어디로 데려갔을까? 정부의 어떤 수감 시설로 데려갔을까? 터키로 돌려보냈을까? 테러 방지국에서는 세마 고칼프가 실제로 어떤 사람인지를 알고 있었을까? 아니,

그럴 가능성은 전혀 없었다. 그들이 그녀를 납치한 데에는 또 다른 이유가 있는 게 분명했다.

그는 의사에게 인사를 건네고 검붉은 타일로 장식된 홀을 가로지른 다음 문턱에서 몸을 돌렸다.

"만일 세마가 아직 파리에 있다면, 박사님은 그 여자를 어디에 가서 찾으시겠습니까?"

"정신병원이죠."

"그 여자, 지금쯤은 충격에서 벗어나 정신을 차리지 않았을까요?"

의사는 기다란 몸을 일으키며 대답했다.

"내가 말을 잘못 했나 보군요. 그 여자는 그저 겁을 먹은 게 아니에요. 공포 그 자체와 맞닥뜨렸어요. 인간이 감내할 수 있는 것의 극한치를 넘어선 공포를 경험한 것이죠."

46

필립 샤를리에의 사무실은 포부르 생토노레 거리 133번지에 자리하고 있었다. 내무부에서 멀지 않은 곳이었다.

샹젤리제 대로를 지척에 두고 있는 이곳의 건물들은 일견 조용한 고급주택들로 보이지만 사실은 삼엄한 경계를 받고 있는 벙커이다. 경찰청의 부속기관들이 들어 있는 건물들인 것이다.

장·루이 시페르는 정문을 지나 정원으로 들어섰다. 커다란 네모꼴을 그리고 있는 정원에는 반들반들한 잿빛 조약돌이 깔려 있었다. 일본식 정원만큼이나 아담하고 깔끔한 느낌을 주었다. 일매지게 전지된 쥐똥나무 울타리들은 도저히 빠져나갈 수 없을 듯한 장벽을 이루고 있었다. 나무들은 몽당팔처럼 잘린 가지들을 앙증맞게 세워 들고 있었다. 전투를 지휘하는 장소가 아니라 거짓말이 판치는 장소야 하고 시페르는 울타리를 지나가면서 생각했다.

정원 안쪽에 있는 저택은 점판암 석판으로 지붕을 이은 건물이었다. 검은 금속 골조에 유리를 끼운 베란다가 나 있고, 그 위쪽의 정면 벽은 돌림띠와 발코니와 그 밖의 석조물로 장식되어 있었다. 시페르는 벽감 속의 둥근 항아리 위에 교차되어 있는 월계수 가지들을 바라보면서 '왕국'이라는 단어를 떠올렸다. 사실 성관처럼 으리으리한 대저택을 왕국으로 규정하는 것은 그의 버릇이었다.

현관에 다다르자 두 정복경관이 그를 막아섰다.

시페르는 샤를리에라는 이름을 댔다. 밤 10시가 다 된 늦은 시각이었지만, 그는 샤를리에가 아직 사무실에 앉아 모종의 음모를 꾸미고 있을 거라고 확신했다.

두 보초 중의 하나가 시페르에게 경계심 어린 눈길을 계속 보내면서 어딘가로 전화를 걸었다. 그는 대답을 들으면서 더욱 날카로운 눈초리로 방문객을 살폈다. 그런 다음 그들은 시페르를 금속 탐지 장치의 네모 문으로 통과시키고 몸수색을 했다.

마침내 시페르는 베란다를 통과해서 돌로 된 커다란 홀로 들어섰다. "이층으로 올라가세요." 하고 보초가 말했다.

시페르는 계단 쪽으로 걸어갔다. 그의 발소리가 성당 안에서 걸을 때처럼 크게 울렸다. 시우쇠로 된 두 개의 촛대 사이로 이층으로 올라가는 계단이 보였다. 대리석 난간이 버티고 있는 오래된 화강암 계단이었다.

시페르는 테러리스트 사냥꾼들이 실내 장식에도 꽤나 신경을 쓰는구나 하면서 속으로 웃었다.

2층은 한결 현대적으로 꾸며져 있었다. 벽의 나무 패널, 마호가니 벽 등, 갈색 카펫. 복도 안쪽에 넘어야 할 장애물이 또 하나 있었다. 필립 샤를리에의 진정한 위상을 짐작케 하는 검색대였다.

방탄유리 칸막이 뒤에 네 명의 보초가 서 있었다. 모두 아래위가 붙은 케블라 전투복 차림이었다. 그들은 저마다 H&K사의 기관단총을 들고 있었고, 여러 자루의 권총과 탄창, 수류탄 등을 집어넣은 조끼형 탄입대를 착용하고 있었다.

시페르는 또 한 차례의 몸수색을 당했다. 이번에는 보초가 무전기로 샤를리에에게 연락을 취했다. 마침내 시페르는 구리판이 붙어 있는 이중 나무문 앞에 다다랐다. 분위기로 보아서 문을 두드릴 필요는 없었다.

'녹색 거인'은 셔츠 차림으로 참나무 원목 책상 앞에 앉아 있었다. 그는 자리에서 일어서며 함박웃음을 지어 보였다.

"시페르 이 친구, 오랜만일세……."

두 남자는 말없이 악수를 나누며 서로를 아래위로 훑었다. 샤를리에는 예전 모습 그대로였다. 1미터 90의 키에 1백 킬로가 넘는 몸무게. 바위처럼 단단해 보이는 몸. 내려앉은 코. 에르퀼 푸아로처럼 기른 콧수염. 고위 간부가 되어서도 여전히 허리에 차고 있는 권총.

시페르는 그가 고급스런 셔츠를 입고 있음을 알아차렸다. 샤르베 사의 유명한 모델인 하얀 깃의 하늘색 셔츠였다. 자기 딴에는 세련된 모습을 보이려고 애를 쓰는 모양이었다. 하지만 그런 노력에도 불구하고 샤를리에의 외모에서는 여전히 무시무시한 느낌이 풍겨났다. 다른 사람들에 비해 체력이 월등하게 강할 것 같은 느낌이었다. 만일 요한 묵시록에서 예언하는 것과 같은 종말의 날이 와서 인간이 오로지 육체적인 힘으로만 스스로를 방어해야 하는 상황이 된다면, 샤를리에는 가장 마지막까지 살아남을 사람 가운데 하나일 터였다…….

샤를리에가 가죽의자에 도로 몸을 묻으면서 물었다.

"무슨 일이지? (그는 옷차림이 후줄근한 상대방을 경멸 어린 눈으로 바라보며, 책상에 어지럽게 쌓여 있는 서류들 위로 손을 내저었다.) 보다시피 난 할 일이 많아."

샤를리에는 짐짓 태연한 척하고 있었다. 하지만 시페르는 그가 긴장하고 있음을 직감하면서 그가 가리키는 의자를 무시하고 단도직입적으로 말했다.

"2001년 11월 14일, 자네는 개인 사업장 침입 사건의 증인 하나를 이송했네. 파리 10구에 있는 터키식 공중목욕탕 '파란 문'에 괴한들이 난입했던 사건 말일세. 증인의 이름은 세마 고칼프, 수사 책임자는 크리스토프 보바니에였네. 문제는 자네가 그 여자를 어디로 이송했는지 아무도 모른다는 것일세. 자네는 그 여자의 자취를 없애고 어딘가로 사라지게 했어. 자네가 무엇 때문에 그랬는지는 내가 알 바 아니네. 내가 알고 싶은 건 한 가지뿐이야. 그 여자 지금 어디에 있나?"

샤를리에는 대답 대신 하품을 했다. 시늉은 그럴 듯했지만, 시페르는 그 거짓 동작에 숨겨진 뜻을 읽어냈다. 식인귀는 당황하고 있었다. 방금 그의 책상 위에 폭탄이 놓인 셈이었다. 그가 마침내 입을 열었다.

"무슨 얘기를 하는 건지 모르겠네. 자네가 왜 그 여자를 찾고 있지?"

"그 여자는 내가 수사하고 있는 사건과 관련되어 있어."

샤를리에는 따지는 듯한 어조로 말했다.

"시페르, 자네는 퇴직자야."

"다시 일을 맡았네."

"무슨 일? 어느 부서에서?"

시페르는 무언가 아주 작은 정보라도 얻어내려면 자기 쪽에서도 양보를 해야 한다는 것을 알고 있었다.

"10구에서 벌어진 세 건의 살인에 관해서 수사하고 있네."

샤를리에의 찌부러진 얼굴에 경련이 일었다.
"그 사건은 10구 수사대에서 맡고 있는데. 누가 자네를 끌어들였지?"
"폴 네르토 팀장. 그가 이 사건의 책임자일세."
"그 사건이 세마 뭐라고 하는 여자와 무슨 상관이 있지?"
"같은 사건일세."
샤를리에는 페이퍼나이프를 가지고 손장난을 하기 시작했다. 동양의 단검처럼 생긴 칼이었다. 그가 손을 놀릴 때마다 홍분한 낌새가 자꾸 드러났다. 그가 마침내 사실을 시인했다.
"그 공중목욕탕 사건에 관한 조서가 올라온 걸 봤네. 갈취 사건이었지 아마……."
시페르는 누구의 목소리든 그것의 아주 작은 뉘앙스나 미세한 떨림까지도 감지할 수 있었다. 오랜 세월에 걸친 심문의 경험에서 나온 능력이었다. 샤를리에는 진실을 말하고 있었다. '파란 문' 난입 사건은 그에게 전혀 의미가 없었다. 그가 미늘에 걸리도록 다시 미끼를 던져야 했다.
"그건 갈취 사건이 아니었네."
"아니라고?"
"샤를리에, 회색늑대들이 왔네. '파란 문'에 난입한 자들이 바로 그들일세. 그 날 밤, 그들은 여자 하나를 납치했어. 그 여자는 이틀 뒤에 시체로 발견되었네."
샤를리에의 숱 많은 눈썹이 두 개의 물음표를 그릴 듯이 꿈틀거렸다.
"그들이 여공 하나를 죽이려고 그런 짓을 했단 말이야? 그 이유가 뭐지?"
"그들에겐 청부계약이 하나 있어. 그들은 어떤 여자를 찾고 있네. 터키 타운에서 말일세. 이 일에 관해서는 나를 믿어도 돼. 그들은 벌써 세 번이나 실패했네."
"그게 세마 고칼프와 무슨 관계가 있지?"

반쯤 거짓말을 해야 할 때였다.

"그들이 공중목욕탕에 난입하던 날 밤, 그 여자는 모든 것을 목격했네. 대단히 중요한 증인이지."

샤를리에의 눈에 동요의 빛이 스쳤다. 전혀 예상하지 못했던 이야기를 듣고 있는 게 분명했다.

"자네가 보기엔 뭐가 문제인 것 같아? 도대체 무엇이 걸려 있는 거지?"

시페르는 다시 거짓말을 했다.

"모르겠어. 하지만 나는 그 살인자들을 찾고 있네. 세마가 그들을 추적할 수 있도록 나를 도와줄 수 있을 거야."

샤를리에는 의자에 더 깊이 몸을 묻었다.

"내가 자네를 도와야 할 이유가 있나? 있다면 한 가지만 말해 보게."

시페르도 마침내 자리에 앉았다. 협상이 시작되고 있었다. 그는 회심의 미소를 지었다.

"쩨쩨하게 굴고 싶은 기분이 아니라서, 두 가지 이유를 대겠네. 첫째는 내가 자네 상관들에게 자네의 비리를 폭로할지도 모른다는 것일세. 자네는 살인사건의 증인을 가로챘네. 그 사실이 알려지면 한바탕 난리가 나겠지."

샤를리에는 그에게 미소를 돌려주었다.

"나는 모든 증거 서류를 제출할 수 있네. 추방 명령서, 그 여자의 항공권 등 모든 게 법규에 맞게 갖춰져 있지."

"자네의 영향력이 대단하다는 건 알고 있네, 샤를리에. 하지만 그 영향력이 터키에까지 미치지는 못할 걸세. 세마 고칼프가 터키에 도착한 적이 없다는 것을 입증하는 것은 쉬운 일이야. 터키에 전화만 한 번 걸어보면 되는 일이지."

샤를리에는 마냥 느긋하게만 굴지는 못했다.

"부패한 경찰관의 말을 누가 믿어 준대? 기동 수사대 시절 이래로 자네는 끊임없이 밀고를 당했어. (그는 두 팔을 벌려 방을 가리켰다.) 나는 자네와 달라. 피라미드의 꼭대기에 올라와 있는 거물이지."

"바로 그런 점에서 내가 유리하지. 나는 잃을 게 전혀 없거든."

"그러지 말고 두 번째 이유나 말해 보게."

시페르는 두 팔꿈치를 책상에 괴었다. 그는 자기가 이겼다는 것을 이미 알고 있었다.

"1995년 비지피라트 조치 때였지. 자네는 제10구 경찰서에서 북아프리카 출신 용의자들을 상대로 공권력을 마구 남용했네."

"경찰의 고위 간부를 협박하는 건가?"

"협박이 아니라 양심의 가책에서 벗어나고 싶은 건지도 모르지. 나는 퇴직한 사람일세. 내 속에 감추고 있던 것을 털어놓고 싶은 생각이 들 수도 있어. 자네에게 맞아 죽은 아브델 사라우이에 관한 얘기를 할 수도 있다는 걸세. 내가 먼저 입을 열면, 10구 경찰서의 친구들이 모두 내 뒤를 따를 걸세. 분명히 말하지만, 그 날 밤에 죽은 사내의 울부짖음은 아직도 그들 모두의 마음에 남아 있네."

샤를리에는 자기의 커다란 손에 들려 있는 페이퍼나이프를 계속 살펴보고 있었다. 그가 다시 말문을 열었다. 그의 목소리가 달라져 있었다.

"한발 늦었네. 세마 고칼프는 이제 자네를 도울 수 없어."

"자네들이 그 여자를 없애 버린 거야?"

"아냐. 그 여자는 실험에 이용되었어."

"어떤 실험?"

침묵. 시페르가 다시 물었다.

"어떤 실험이지?"

"심리 조작 실험일세. 우리는 새로운 기술을 개발하려고 했지."

샤를리에가 결국 일을 저지른 것이었다. 심리 조작에 대한 집착을 끝내 떨쳐 버리지 못하고, 테러리스트들의 뇌에 침투하겠다는 둥 의식을 개조하겠다는 둥 하면서 바보짓을 한 것이었다. 세마 고칼프는 하나의 기니피그였고 그의 광기에 희생된 실험 대상이었다.

시페르는 어쩌다 그렇게 말도 안 되는 상황이 벌어졌는지 짐작할 수 있었다. 샤를리에는 세마 고칼프를 선택한 것이 아니었다. 세마가 그냥 그의 수중에 떨어진 것이었다. 그는 세마의 얼굴이 바뀌었다는 것을 모르고 있었다. 그녀가 진정 누구인지도 모르고 있는 게 분명했다.

시페르는 온몸을 휘감아오는 흥분을 억누르며 다시 일어섰다.

"왜 그 여자를 실험 대상으로 썼지?"

"그 여자의 심리 상태 때문일세. 기억이 부분적으로 상실되었기 때문에 우리의 처치에 효과적으로 반응할 가능성이 높았지."

시페르는 잘 들리지 않는다는 듯이 몸을 앞으로 숙였다.

"설마 그녀의 기억을 다 지워 버렸다는 얘기는 아니겠지?"

"우리의 프로그램에는 그런 종류의 처치가 포함되어 있네."

시페르는 두 주먹으로 책상을 내리쳤다.

"멍청하기는, 다른 사람의 기억은 몰라도 그 여자의 기억은 절대로 지워 버리면 안 되는 것이었어! 그 여자는 나한테 해 줄 이야기가 있었단 말이야!"

샤를리에는 눈살을 찌푸렸다.

"자네가 그렇게 흥분하는 이유를 모르겠군. 그 여자가 무얼 알려줄 수 있지? 그게 그토록 중요한 거야? 그 여자는 몇 명의 터키인에게 한 여자가 납치되는 것을 보았어. 그래서 어쨌다는 거야?"

시페르는 이제는 뒤로 물러설 때임을 직감하고, 우리에 갇힌 야수처럼 사무실 안을 서성이다가 말했다.

"그 여자는 살인자들에 관한 정보를 가지고 있어. 내가 보기에는 진짜 표적이 누구인지도 알고 있는 것 같아."

"진짜 표적이라니?"

"회색늑대들이 찾고 있는 여자 말일세. 놈들은 아직 그 여자를 찾아내지 못했어."

"그게 그토록 중요한가?"

"벌써 세 건의 살인이 있었네, 샤를리에. 셋도 너무 많지 않아? 놈들은 그 여자를 잡을 때까지 계속 사람을 죽일 거야."

"그래서 그 여자를 놈들에게 넘겨주겠다는 거야?"

시페르는 묵묵히 미소를 지었다.

샤를리에는 두 어깨를 크게 움직였다. 셔츠의 솔기가 금방이라도 뜯어져 버릴 듯했다. 이윽고 그가 등을 달았다.

"어쨌거나 내가 자네를 위해서 할 수 있는 일은 아무것도 없네."

"어째서?"

"그 여자가 우리에게서 도망쳤거든."

"농담하지 말게."

"내가 농담하는 거로 보여?"

시페르는 웃어야 할지 울부짖어야 할지 알 수가 없었다. 그는 샤를리에가 막 내려놓은 페이퍼나이프를 집어 들고 다시 자리에 앉았다.

"경찰에 바보들이 많은 건 예나 지금이나 똑같군. 도대체 어떻게 된 일인지 이야기해 보게."

"우리 실험의 목표는 그 여자의 인격을 완전히 바꾸어 버리는 것이었네. 유례가 없는 실험이었지. 우리는 그 여자를 프랑스의 부르주아 여성으로, 국립 행정학교 출신 고급 관료의 아내로 변화시키는 데에 성공했네. 평범한 터키 여자를 그렇게 바꾸어 버렸단 말일세. 무슨 얘긴지 알겠나? 이제 기억 조작에는 한계가 없네. 우리는 한발 더 나아가서……."

시페르는 말허리를 잘랐다.

"자네 실험에는 관심이 없어. 그보다 그 여자가 어떻게 도망갔는지 말해 보게."

샤를리에는 얼굴을 찡그렸다.

"최근 몇 주 동안 그 여자가 기억장애 증상을 보였네. 망각과 환각에 시달렸지. 우리가 그녀에게 주입한 인격에 균열이 생긴 것일세. 우리는 그녀를 정신병원에 수용할 채비를 하고 있었지. 그런데 바로 그 순간에 그 여자가 달아나 버렸네."

"그게 언제였지?"

"어제. 화요일 오전."

세상에, 회색늑대들의 먹이가 다시 놓여났다는 얘기였다. 기억에 구멍이 숭숭 뚫린 그 여자는 이제 터키인도 프랑스인도 아니었다. 일이 완전히 낭패로 돌아갔나 했더니, 다시 한 줄기 서광이 비쳐들고 있었다.

"그러니까 그 여자의 원래 기억이 되돌아오고 있다는 얘긴가?"

"그 점에 대해서는 전혀 아는 바가 없네. 어쨌거나 그 여자가 우리를 경계하고 있었던 것은 분명하네."

"자네 부하들의 수색 작업은 어느 정도나 진행되었지?"

"아무 성과가 없어. 파리 시내를 다 뒤지고 있지만, 그 여자를 잡을 길이 없어."

이제 모든 것을 걸고 거래를 할 때가 되었다. 시페르는 나무 책상에 페이퍼나이프를 꽂으며 말했다.

"만일 그 여자가 기억을 되찾았다면 터키 사람으로 행동할 거야. 터키 사람을 잡는 건 내 전공일세. 그 여자를 추적하는 데에는 그 누구보다 내가 적임자지."

샤를리에의 표정이 바뀌었다. 시페르는 목소리에 더욱 힘을 주었다.

"그 여자는 터키 사람일세, 샤를리에. 아주 특별한 사냥감이지. 그 세계를 잘 알고 아주 은밀하게 행동할 수 있는 경찰관이 필요하네."

시페르는 '녹색 거인'의 생각이 어디로 흐르고 있는지 짐작할 수 있었다. 그는 마치 더 정확한 조준을 하려는 사람처럼 뒤로 물러서며 말을 이었다.

"자아, 거래를 하세. 앞으로 24시간 동안 나에게 모든 걸 맡기게. 그 여자를 잡으면 자네에게 넘겨주겠네. 하지만 그러기 전에 내가 먼저 신문을 하겠네."

다시 침묵이 흘렀다. 마음에 아주 뚜렷한 자국을 남기는 침묵이었다. 이윽고 샤를리에는 서랍 하나를 열고 서류 뭉치를 꺼냈다.

"그 여자와 관련된 서류일세. 그 여자의 이름은 이제 안나 에메스이고……."

시페르는 한 동작으로 판지 서류철을 집어 펼쳐들었다. 그런 다음 타자된 문서들이며 진료 기록들을 훑어보다가 표적의 바뀐 얼굴과 마주쳤다. 생트 안느 정신병원의 의사가 묘사한 것과 정확하게 일치하는 얼굴이었다. 살인자들이 찾고 있는 적갈색머리 여자와는 전혀 닮은 점이 없었다. 그런 점에서 보면 세마 고칼프는 더 이상 두려워할 게 없어 보였다.

샤를리에가 말을 이었다.

"실험을 담당했던 신경학자의 이름은 에릭 아케르만일세. 그리고……."

"이 여자의 새로운 인격과 그것을 만든 자들에 대해서는 관심이 없네. 이 여자는 곧 본래의 자기로 돌아갈 거야. 중요한 점은 그것일세. 세마 고칼프에 관해서 자네가 알고 있는 건 뭐지? 예전에 그 여자는 어떤 사람이었지?"

샤를리에는 의자에 앉은 채 몸을 움직였다. 그의 셔츠 깃 바로 위에서 목의 혈관이 팔딱거리고 있었다.

"그 점에 관해서는…… 전혀 아는 바가 없네. 기억상실증에 걸린 노동자였다는 것밖에는……."

"그 여자의 옷가지나 신분증이나 소지품을 보관하고 있지 않아?"

그는 손을 내저어 부정의 뜻을 나타냈다.

"모두 없애 버렸어. 확실하지는 않지만 그랬을 거야."

"확인해 보게."

"여공의 하찮은 물건들을 보관하고 자시고 할 게 뭐가 있어……."

"그 놈의 전화 좀 걸어서 확인해 보라니까."

샤를리에는 송수화기를 집어 들었다. 두 차례 통화를 하고 나서 그가 볼멘소리를 했다.

"믿을 수가 없어. 그 바보 자식들이 옷가지 없애 버리는 것을 잊어버렸다네."

"그게 어디 있지?"

"본청 영치품 보관소에. 보바니에가 여자에게 새 옷을 주었던 모양이야. 헌옷가지는 10구 경찰서 애들이 본청으로 보냈다네. 그것을 도로 찾아다가 없애 버렸어야 하는 건데 아무도 그 생각을 못한 거야. 엘리트 부서에 속해 있다는 우리 애들이 그 모양일세."

"그 옷가지는 누구 이름으로 등록되어 있지?"

"당연히 세마 고칼프겠지. 애들이 아무리 멍청하다 해도 그런 건 제대로 하지 않았겠어?"

샤를리에는 다시 용지 한 장을 집어 문서를 작성하기 시작했다. 시페르가 경찰청의 난관을 돌파하는 데 도움을 줄 '열려라 참깨' 같은 서류였다.

'두 포식자가 하나의 먹이를 나누어 갖기로 한 셈이군.' 하고 시페르는 생각했다.

샤를리에는 문서에 서명을 하고 책상 위로 미끄러뜨렸다.

"자네에게 하루의 시간을 주겠네. 만일 작은 말썽이라도 생기면, 당장 감찰국에 연락할 거야."

시페르는 문서를 호주머니에 집어넣고 자리에서 일어섰다.

"다이빙대에 톱질을 하지는 말게나. 우리는 같은 다이빙대에 앉아 있다는 사실을 명심하라고."

47

이제 애송이에게 정보를 알려주어야 할 시간이었다.
장·루이 시페르는 포부르 생토노레 거리를 거슬러 올라가다가 마티뇽 대로로 접어들었다. 휴대폰의 배터리가 바닥나 있는 상태라서 공중전화를 이용해야 했다. 샹젤리제 대로의 원형 교차로에 있는 공중전화 부스가 눈에 들어왔다.
벨 소리가 한 차례 울리자마자 폴 네르토의 고함이 날아왔다.
"빌어먹을, 대체 어디 있는 거예요?"
화가 잔뜩 난 탓에 목소리가 떨리고 있었다.
"8구에 있어. 거물들의 동네야."
"자정이 다 돼 가요. 뭘 하다가 이제야 전화를 해요? 상카크 카페에서 목이 빠지게 기다렸잖아요……."
"새로운 정보가 많아. 도저히 믿기지 않는 이야기이지만 말이야."
"이거 공중전화죠? 휴대폰 배터리가 다 돼서 나도 공중전화를 써야겠어요. 내가 이 번호로 다시 걸게요."
시페르는 전화를 끊으면서 생각했다. 리튬이온 전지가 충전이 안 된 탓에 경찰관들이 세기의 범죄자를 놓치는 일이 생길지도 모르겠다고. 그는 공중전화부스의 문을 반쯤 열었다. 자신의 몸에서 나는 박하 냄새 때문에 숨이 막힐 지경이었다.

　비도 내리지 않고 바람도 불지 않는 포근한 밤이었다. 그는 행인들과 상가와 석재로 된 건물들을 바라보았다. 호사스럽고 안락한 삶. 이제껏 온전히 누려보지 못한 그런 삶이 어쩌면 그의 지척에 와 있는지도 모를 일이었다……

　전화벨이 울렸다. 그는 네르토가 말할 틈을 주지 않았다.

　"순찰을 강화한다더니 어떻게 됐어?"

　네르토는 자랑스레 대답했다.

　"호송차 두 대와 무선차 세 대를 확보했어요. 순찰대와 보안방범대의 경관들 70명이 이 터키 타운을 누비고 있어요. 구역 전체를 '살인범죄 발생 가능 지역'으로 선포했고, 수배 전단을 10구의 모든 지구대와 파출소에 배포했어요. 사람들이 많이 모이는 곳은 빠짐없이 뒤지고 다녔지요. 터키 타운에서 몽타주 사진을 보지 않은 사람은 한 사람도 없을 거예요. 내친김에 이웃한 2구의 경찰서에도 가볼 참이에요……."

　"그거 다 잊어버리게."

　"뭐라고요?"

　"지금 병정놀이를 하고 있을 때가 아냐. 몽타주의 사진은 맞는 얼굴이 아닐세."

　"뭐라고요?"

　시페르는 깊이 숨을 들이마셨다.

　"우리가 찾고 있는 여자는 성형수술을 받았어. 그래서 회색늑대들이 그 여자를 찾아내지 못한 거야."

　"증…… 증거가 있어요?"

　"그 여자의 달라진 얼굴을 찍은 사진까지 가지고 있네. 이제 모든 게 아귀가 맞아. 그 여자는 자신의 옛날 모습을 지우기 위해 수십만 프랑을 들여서 수술을 받았어. 외모를 완전히 바꾼 거야. 머리도 갈색으로 물들이고 체중도 20킬로그램이나 감량했어. 그러고 나서 터키 타운에 숨어든 거지. 6개월 전에 말이야."

잠시 침묵이 흘렀다. 네르토가 다시 말문을 열었다. 그의 목소리는 몇 데시벨쯤 약해져 있었다.

"누구예요…… 그 여자? 수술비는 어디에서 마련했죠?"

시페르는 거짓말을 했다.

"그건 전혀 모르겠어. 하지만 평범한 노동자가 아닌 것은 분명해."

"또 뭘 알고 있죠?"

시페르는 몇 초 동안 생각을 궁굴렸다. 그런 다음 자기가 알아낸 것들을 전해 주었다. 회색늑대들이 애먼 여자를 납치한 일. 쇼크 상태에 빠진 세마 고칼프. 10구 경찰서에서 그녀를 상대로 벌인 신문. 생트 안느 정신병원 입원. 샤를리에가 벌인 납치극과 그의 바보 같은 프로젝트. 끝으로, 세마 고칼프가 안나 에메스로 바뀌었다는 사실.

시페르는 이야기를 중단했다. 젊은 경찰관의 뇌가 전속력으로 회전하고 있으리라는 짐작이 들었다. 10구의 어딘가에 있는 공중전화부스에서 자기처럼 완전히 녹초가 되어 있을 그의 모습이 눈에 선했다. 그들 두 사람은 저마다 보호 상자 속에 홀로 갇힌 채 깊은 바다 속에서 산호를 잡는 잠수부들 같았다…….

이윽고 네르토가 의구심 섞인 어조로 물었다.

"그런 얘기를 누구한테 들었죠?"

"샤를리에가 직접 한 얘기일세."

"샤를리에가 선배님한테 그런 얘기를 털어놓았단 말이에요?"

"왕년에 우리는 공모자였네."

"추잡한 짓을 같이 했군요."

시페르는 껄껄 웃었다.

"자네도 이제 어떤 세상에서 살고 있는지 깨닫기 시작한 모양이군.

1995년 수도권 고속전철 생미셸 역에서 테러 사건이 터진 뒤에, 제6국이라 불리던 국가보안국의 경찰관들은 엄청난 분노에 휩싸여 있었네. 새로운 법률에 따라 뚜렷한 이유도 없이 용의자를 강제 구금하는 일이 속출했지. 그야말로 난장판이었네. 내가 거기에 있었기 때문에 잘 알지. 이슬람주의자들이 모여 있는 곳이면 어디에서나 검거 선풍이 불었네. 특히 10구에서 그게 심했지. 어느 날 밤, 샤를리에가 10구 경찰서에 왔어. 그는 아브델 사라우이라는 사내를 테러범으로 확신하고 손찌검을 해가며 끈질긴 심문을 벌였네. 나는 이웃한 사무실에 있었지. 이튿날 사내가 죽었어. 간이 파열된 채로 생루이 섬에서 발견되었지. 오늘 밤, 나는 옛날의 그 일을 샤를리에에게 상기시켜 주었네."

"썩어빠진 경찰관들끼리 서로 통하는 게 있는 모양이군요."

"방법이야 어찌되었든, 원하는 결과를 얻는 게 중요한 거 아니겠나?"

"내가 생각했던 수사방식과 달라서 하는 소리예요. 그뿐이에요."

시페르는 공중전화부스의 문을 다시 열고, 바깥 공기를 깊이 들이마셨다.

"지금 세마는 어디에 있어요?"

"바로 그 문제가 이 사건을 더욱 극적으로 만들고 있네. 그 여자는 어제 아침에 달아났어. 그들의 음모를 알아차린 모양이야. 자신의 기억을 되찾아 가고 있는 중일세."

"빌어먹을……."

"내 말이 그 말일세. 지금 한 여자가 두 사람의 인격을 지닌 채 파리에서 돌아다니고 있고, 두 패거리의 개자식들이 그 여자를 쫓고 있네. 우리는 그 두 패거리의 중간에 있는 거야. 내가 보기에 그 여자는 자기 자신에 관해서 조사를 벌이고 있는 중일 거야. 자기가 진정 누구인지를 알아내려 하고 있을 거란 말일세."

전화선 건너편이 다시 잠잠해졌다.

"이제 어떻게 해야 되죠?"

"나는 샤를리에와 계약을 맺었었네. 나는 그 여자를 찾아내는 데에는 내가 최상의 적임자라는 점을 내세웠네. 터키 사람과 관계된 일은 내 전공이니까 말일세. 그는 이 사건을 하루 동안 나에게 일임했네. 그는 지금 곤경에 빠져 있어. 그가 주도한 실험은 불법일세. 악마적인 냄새가 물씬 나는 짓을 한 거지. 나는 세마의 후신인 안나 에메스에 관한 서류를 가지고 있네. 그리고 그 여자를 추적하기 위한 단서가 두 가지 있네. 첫 번째 것은 자네가 맡게. 수사를 계속할 생각이라면 말일세."

그는 종이가 부스럭거리는 소리를 들었다. 네르토가 메모지를 꺼내고 있는 것이었다.

"얘기하세요."

"첫째 단서는 성형수술일세. 세마에게 수술을 해 준 의사는 파리에서 가장 뛰어난 성형외과 의사들 가운데 한 사람이야. 그 의사를 찾아내야 해. 그 의사는 진짜 표적을 만났어. 얼굴이 바뀌기 전의 여자를 만났단 말일세. 아마 파리에서는 오로지 그 사람만이 진짜 세마에 관해서 우리에게 무언가를 말해 줄 수 있을 거야. 받아 적고 있는 거야?"

네르토는 즉시 대답하지 않았다. 무언가를 적고 있는 게 틀림없었다.

"조사해 봐야 할 의사들이 수백 명은 되겠는걸요."

"전혀 그렇지 않아. 최고 수준의 의사들을 상대로 탐문해야 해. 그 중에서도 무슨 수술이든 거리낌 없이 하는 의사들만 찾아가 봐. 얼굴을 완전히 뜯어고치는 짓은 아무 의사나 하는 게 아니거든. 날이 밝기 전에 그 의사를 찾아내. 일이 돌아가는 양상으로 보아, 우리 말고 다른 자들도 곧 그 쪽으로 달려들 거야."

"샤를리에의 부하들 말인가요?"

"아니. 샤를리에는 세마의 얼굴이 바뀌었다는 사실조차 모르고 있어. 내가 말하는 건 바로 회색늑대들이야. 그들은 세 번이나 실패했어. 결국엔 자기들이 엉뚱한 얼굴을 찾고 있다는 걸 알게 될 거야. 그러면 성형수술에 생각이 미칠 거고 의사를 찾으러 다니겠지. 곧 같은 궤도에서 그들과 마주치게 될 거야. 그런 예감이 들어. 그 여자에 관한 서류와 바뀐 얼굴의 사진을 10구 수사대에 맡겨 놓을게. 거기에 들러서 그거 찾아가지고 일을 시작하게."

"사진을 순찰대에 줄까요?"

시페르는 등골이 서늘해지는 기분을 느꼈다.

"절대로 그러면 안 돼. 의사들에게만 보여줘. 자네가 배포한 몽타주 사진과 함께 말이야. 알겠지?"

다시 침묵이 전화선을 채웠다.

그들은 깊은 바다 속에서 헤매는 잠수부들이나 진배없었다. 다른 어느 때보다 그런 느낌이 강했다. 네르토가 물었다.

"그럼 선배님은요?"

"나는 두 번째 추적로를 맡을게. 테러 방지국 애들이 깜박 잊고 세마의 헌 옷들을 없애 버리지 않은 모양이야. 우리로선 다행이지. 어쩌면 그 옷가지에 어떤 실마리나 증거가 있을지도 몰라. 본래의 세마에게로 우리를 이끌고 갈 어떤 것이 있을 거야."

그는 손목시계를 들여다보았다. 자정이었다. 한시가 급했다. 하지만 그는 마지막으로 폴이 입수한 정보들을 점검해 두고 싶었다.

"자네 쪽에는 뭐 새로운 거 없어?"

"터키 타운에서는 지금 수색이 한창 벌어지고 있고……."

"노브렐과 마트코프스카의 탐문 수사에서는 아무것도 밝혀진 게 없어?"

"여전히 아무 성과가 없어요."

시페르는 네르토가 그 질문에 놀라고 있음을 알아차렸다. 애송이는 그가 고압의 잠함을 추적하는 것에 관심이 없다고 생각한 모양이었다.

그건 오산이었다. 시페르는 법의관이 질소 얘기를 했을 때부터 그것에 깊은 관심을 갖고 있었다.

법의관은 그 얘기를 하면서 스쿠버다이빙을 해보지 않았다고 말했다. 하지만 시페르는 스쿠버다이버였다. 젊은 시절에 몇 해에 걸쳐 홍해와 중국해에서 잠수를 해 본 적이 있었다. 한때는 모든 것을 작파하고 태평양에 가서 잠수 학교나 열어볼까 하고 생각한 적도 있었다.

따라서 그는 고압이 신체에 어떤 영향을 끼치는지 잘 알고 있었다. 고압은 혈액 속에 질소가 생기게 할 뿐만 아니라 환각 효과도 불러일으킨다. 잠수부들이라면 누구나 '심해 황홀증'이라는 이름의 그런 착란 상태를 경험한다.

수사 초기에 그들이 연쇄살인범을 쫓고 있다고 생각했을 때, 시페르는 그런 상황증거가 석연치 않게 느껴졌다. 면도날로 피해자들의 질을 쑤실 수 있는 살인자가 왜 피해자들의 혈액 속에 질소 기포가 생기게 하는 번거로운 짓을 했을까? 그건 앞뒤가 맞지 않는 얘기였다. 하지만 고문이라는 관점에서 보면, 심해의 황홀증을 야기한 살인자의 행위에 나름대로의 의미가 있었다.

고문의 원리 가운데 하나는 으르기와 어르기를 번갈아가면서 하는 것이다. 예를 들면, 따귀를 때리고 나서 담배 한 개비를 준다든가 전기 충격을 주고 나서 샌드위치를 권하는 식이다. 고문을 당하는 사람들은 대개 그 어르기의 순간에 무너진다.

시페르가 보기에 회색늑대들이 잠함을 사용한 까닭은 그저 그 원리의 효과를 극대화하자는 것이었다. 놈들은 극도로 심한 고문을 가한 뒤에 피해자를 고압 상태에 둠으로써 갑작스런 긴장 이완과 황홀감을 느끼게 했다. 놈들은 아마도 피해자들이 극심한 고통을 느끼다가 갑작스럽게 행복감을 맛보는 그 순간에 모든 것을 자백하리라고 기대했을 터였다. 아니면 그저 피해자의 착란 상태가 마치 반수면 상태에서 진실을 고백하도록 만드는 약과 같은 역할을 하리라고 생각했을 수도 있었다…….
 시페르는 그 무시무시한 기술의 배후에 냉혹하기 짝이 없는 고문 기술자가 있음을 짐작하였다.
 그 자가 누구일까?
 그는 제풀에 생긴 불안을 쫓아내며 중얼거렸다.
 "고압의 잠함을 파리에서 찾기는 쉽지 않을 거야."
 "노브렐과 마트코프스카는 아무것도 찾아내지 못했어요. 그런 기구가 있는 곳들을 가보고, 기계의 내구성 검사를 전문으로 하는 기업들을 찾아가서 물어보았지만, 아무 소득이 없어요."
 시페르는 네르토의 어조에서 불안의 기미를 느꼈다. 이 친구가 무언가를 숨기고 있는 것은 아닐까? 그걸 따지고 있을 겨를은 없었다.
 "고대의 가면들에 관한 조사는 어떻게 됐어?"
 "그것에도 관심이 있어요?"
 네르토의 의구심이 더욱 커지고 있었다.
 "사건의 맥락으로 보아, 그런 것에도 관심을 가지지 않을 수가 없어. 아마도 회색늑대들 가운데 한 놈은 강박증이나 특이한 광기를 지니고 있을 거야. 그래, 뭐 좀 알아냈어?"
 "전혀 진척이 없어요. 더 조사할 시간이 없었어요. 그 일을 맡은 경관이 고대 유적이나 유물에 관한 다른 자료들을 찾아냈는지조차 모르고 있는 걸요……."
 시페르는 말허리를 자르고 결론 삼아 말했다.
 "두 시간 후에 상황 점검을 하자고. 그 때까지 어떻게든 휴대폰을 충전해 놓게."
 시페르는 전화를 끊었다. 네르토의 실루엣이 섬광처럼 눈앞을 스쳐갔다. 인도 사람처럼 검은 머리, 붉은 아몬드 빛깔의 눈, 얼굴이 너무 곱상해서 일부러 거친 인상을 주려고 면도를 하지 않고 가죽옷을 입고 다니는 경찰관. 순진하고 고지식하기는 하지만 누구보다 임무에 충실한 타고난 경찰관.

그는 자기가 그 애송이를 무척 좋아하고 있음을 깨달았다. 내가 나약해지고 있는 것은 아닐까? 이제 이 사건은 '내 것'이 되었는데 그를 끌어들인 게 과연 잘한 일일까? 그에게 너무 많은 것을 이야기한 것은 아닐까?

그는 공중전화부스에서 나와 택시를 불렀다.

아냐. 가장 끗수가 높은 패는 그에게 보여주지 않았어.

사실 그는 가장 중요한 사실을 네르토에게 알려주지 않았다.

그는 택시에 올라타서 오르페브르 강변로의 경찰청으로 가자고 했다.

그는 이제 먹이가 누구인지, 회색늑대들이 왜 그 먹이를 찾는지 알고 있었다.

그가 알고 있는 이유는 간단했다. 그 역시 10개월 전부터 그 먹이를 쫓고 있었던 것이다.

48

흰색 목재로 된 긴네모꼴 상자. 길이 70센티미터에 높이는 30센티미터쯤 되고 빨간 봉랍 관인이 찍혀 있었다. 시페르는 뚜껑에 쌓인 먼지를 훅 불었다. 아기의 관 같은 그 상자 속에 세마 고칼프의 존재를 입증하는 유일한 증거물들이 들어 있었다.

그는 스위스 칼을 꺼내어 가장 얇은 날을 봉랍 관인 밑으로 밀어 넣어

빨간 껍질을 떼어내고 뚜껑을 들어올렸다. 곰팡내가 코를 찔러 왔다. 옷가지를 보자마자 그 안에 무언가 자기를 위한 것이 있을 거라는 확신이 가슴을 파고들었다.

그는 무의식적으로 뒤쪽을 힐끔 보았다. 그가 와 있는 곳은 경찰청 바로 옆의 법원 지하층에 있는 영치품 보관소였다. 더러운 커튼이 드리워진 기표소 같은 방. 유치장에서 풀려난 사람들이 돌려받은 개인 소지품을 남몰래 확인하는 장소이자, 잊혀진 것을 되살리기에 딱 좋은 장소였다.

그가 가장 먼저 찾아낸 것은 귀르딜레크의 작업장에서 일하는 여공들의 정규 제복인 하얀 가운과 주름종이로 된 모자였다. 그 다음은 기다란 연두색 치마, 뜨개질을 해서 만든 나무딸기 빛깔의 스웨터, 깃이 동그스름한 청회색 블라우스 등과 같은 사복. 모두 '타티'라는 가게에서 샀을 법한 싸구려 옷들이었다.

이 옷들은 분명 서구의 제품이었다. 하지만 그것들의 선이며 색깔, 특히 배합은 터키 시골여자들의 옷차림을 생각나게 했다. 그녀들은 여전히 헐렁한 연보라색 바지와 연두색이나 레몬색의 블라우스를 입고 다닌다. 그는 자기 안에서 음험한 욕구가 이는 것을 느꼈다. 그녀들의 벌거벗은 몸, 굴종, 노예 같은 삶을 강요하는 가난 따위를 떠올리자 욕구가 더욱 강하게 일었다. 그는 그 옷들에 감싸여 있던 창백한 몸을 상상했다. 신경의 흥분이 고조되고 있었다.

그는 속옷으로 넘어갔다. 작은 치수의 살굿빛 브래지어, 보풀이 일어난 낡은 검정 속바지—이 옷의 광택은 마모의 효과일 뿐이었다. 청소년기의 여자가 입을 법한 속옷들이었다. 그는 세 피살자들을 떠올렸다. 평퍼짐한 둔부, 풍만한 젖가슴. 세마는 얼굴을 바꾸는 것으로 만족하지 않았다. 뼈가 앙상하게 드러나도록 실루엣까지 깎아 버린 것이었다.

그는 상자 속을 계속 뒤졌다. 오글쪼글한 구두, 반들거리는 스타킹, 닳아 해진 양모 외투. 옷의 호주머니들은 모두 비워져 있었다. 그는 호주머니에 들었던 것들이 어딘가에 한데 모여 있으리라 기대하며 상자의 바닥을 더듬었다. 비닐봉지 하나가 그의 기대에 화답해 왔다. 열쇠고리, 지하철 티켓, 이스탄불에서 가져온 화장품…….

그는 열쇠에 관심이 많았다. 열쇠를 연구하는 것은 그의 취미였다. 그는 납작 열쇠, 다이아몬드 형 열쇠, 브라마 열쇠, 갈래 열쇠 등 모든 형태의 열쇠를 알고 있었다. 그는 자물쇠에 관해서도 척척박사였다. 자물쇠의 작용 원리는 그가 침해하고 비틀고 통제하기를 좋아하는 인간 사회의 메커니즘과 닮은 점이 있었다.

그는 열쇠고리에 끼워져 있는 두 개의 열쇠를 살펴보았다. 하나는 구멍 자물쇠를 여는 데에 쓰는 네모 머리 열쇠였다. 기숙사나 여관방이나 오래 전부터 터키인들이 살아오던 초라한 아파트의 열쇠인 듯했다. 두 번째 것은 납작 열쇠였다. 같은 문의 위쪽에 있는 자물쇠를 여는 데에 쓰는 것임이 분명했다.

도움이 될 만한 게 전혀 없었다.

시페르는 욕설이 튀어나오는 것을 억눌렀다. 그의 전리품은 아무런 쓸모가 없었다. 그 옷들과 소지품들은 이름 없는 한 여성 노동자의 모습을 상상하게 할 뿐이었다. 모든 게 장난 같고 희화 같은 고약한 기분이 들었다.

그는 세마 고칼프에게 은닉처와 은신처가 있을 것으로 확신했다. 그 여자는 얼굴을 바꾸고 몸무게를 20킬로나 줄일 수 있는 사람이었고, 일부러 노예의 지하 생활을 선택할 수 있는 사람이었다. 그런 사람이라면 퇴로를 마련해 두지 않았을 리가 없었다.

시페르는 보바니에의 말을 떠올렸다. "우리는 치마 속에 꿰매어 놓은 여권을 찾아냈어요." 그는 옷들을 하나하나 손으로 만져보았다. 외투의 안감을 찬찬히 더듬어 내려가던 그의 손가락들이 아랫단의 돌출부에서 멈추었다. 무언가 단단하고 갸름하고 가장자리에 톱니가 나 있는 물건이 잡혔다.

그는 안감을 북 찢고 외투를 흔들었다.

열쇠 하나가 그의 손바닥에 떨어졌다.

막대에 구멍이 나 있고, 4C 32라는 번호가 찍힌 열쇠였다.

'십중팔구 수하물 보관소다' 하고 그는 생각했다.

49

"아뇨, 수하물 보관소가 아니에요. 그런 데서는 요즘에 암호 자물쇠를 쓰거든요."

시릴 브루야르는 천재적인 자물쇠장이였다. 장·루이 시페르는 어떤 주거침입 사건을 계기로 그와 인연을 맺게 되었다. 현장에 출동해 보니 열쇠 없이는 절대로 털 수 없는 것으로 알려진 금고가 열려 있었다. 범인의 솜씨가 절묘했다. 시페르는 현장에서 범인의 것으로 보이는 지갑을 발견했다. 신분증의 주인을 찾아가 보니, 그는 금발이 덥수룩하고 도수 높은 안경을 쓴 젊은이였다. 시페르는 그에게 신분증을 돌려주면서, "성이 브루야르[10]라고 정신까지 흐리멍덩하면 안 되지. 정신을 더 바싹 차리는 게 좋을 거야." 하고 말했다. 시페르는 그 침입 절도 사건을 눈감아 주고, 그 대가로 독일 출신 프랑스 화가 벨메르의 원본 석판

---

10) 브루야르는 '안개'라는 뜻.

화 한 점을 받았다.

"수하물 보관소가 아니면 뭐야?"

"무인 창고의 열쇠예요."

"뭐라고?"

"이삿짐 보관 창고 말이에요."

그렇게 인연을 맺은 뒤로 브루야르는 시페르의 부탁을 거절한 적이 없었다. 영장 없이 가택수색을 할 수 있도록 문을 열어 주었고, 야간의 범행 현장을 급습할 수 있도록 자물쇠를 따 주었으며, 시페르를 위험에 빠뜨릴 수 있는 문서를 찾아낼 수 있도록 금고를 파손해 주기도 했다. 한 마디로 이 도둑은 합법적인 허가증의 완벽한 대안이었다.

브루야르는 밤나들이의 전리품을 모아 마침내 랑크리 거리에 가게를 냈고, 그 위층에 집도 장만했다.

"그것 말고 더 알려줄 수 있는 거 없어?"

브루야르는 인버터 스탠드 불빛에 열쇠를 비춰 보았다. 그는 자물쇠 분야에서 둘도 없는 달인이었다. 그가 자물쇠에 손을 대면 놀라운 일이 벌어졌다. 한 차례 흔들거나 살짝 만지는 것만으로도 기적이 눈앞에 펼쳐지곤 했다. 그가 일하는 모습은 아무리 보아도 싫증이 나지 않았다. 도저히 설명할 수 없는 어떤 재능의 감춰진 이면이나 본질 그 자체를 간파할 수 있으리라는 기대 때문이었다.

"창고 이름이 쉬르제르예요. 여기 가장자리 단면에 글자들이 아주 가느다란 선으로 정교하게 새겨져 있어요."

"자네가 아는 창고야?"

"물론이죠. 거기에는 제 물건을 보관해 두는 방도 몇 개 있는 걸요."

"어디에 있는데?"

"샤토 랑동 구역의 지라르 거리에 있죠."

시페르는 침을 꿀꺽 삼켰다.

"현관문에 비밀번호가 있나?"

"AB 756이에요. 열쇠 번호가 4C 32이니까, 4층이에요. 칸들이 작게 나 있는 층이죠."

시릴 브루야르는 고개를 들며 안경테를 만졌다. 그가 노래하는 듯한 목소리로 덧붙였다.

"작은 보물들을 보관하는 곳이로군요……."

50

창고 건물은 동역의 철길을 굽어보며 우뚝하게 솟아 있었다. 외따로 서 있는 그 위압적인 모습이 마치 항구로 들어오는 화물선 같았다. 개축을 하고 페인트칠을 새로 한 것으로 보이는 이 5층짜리 건물은 재화를 일시적으로 보관해 두는 정갈한 섬이었다.

시페르는 울타리를 지나 주차장을 가로질렀다.

오전 2시. 그는 경비원이 나타날 것이라고 예상했다. '쉬르제르'의 로고가 찍힌 검은 제복을 입고 전기 곤봉을 찬 사내가 사나운 개들을 데리고 나타날 법했다. 하지만 아무도 그를 막아서지 않았다.

그는 비밀번호를 누르고 유리를 끼운 현관문을 통과했다. 현관은 붉은색이 감도는 이상한 빛 속에 잠겨 있었다. 그는 현관 끄트머리에서 시멘트 통로를 발견했다. 통로 좌우로 철제 셔터가 드리워진 방들이 도열해 있었다. 20미터 정도의 간격으로 이 중앙 통로와 수직으로 교차하는 작은 통로들이 나타났다. 방들이 바둑판 모양의 미로를 이루고 있음을 짐작할 수 있었다.

그는 작은 비상등들의 불빛을 받으며 맨 안쪽으로 곧장 나아가서 골조가 드러나 있는 계단에 다다랐다. 연회색 시멘트 바닥을 디딜 때마다 둔탁한 소리가 들릴 듯 말 듯하게 울렸다. 정적, 고독, 힘찬 발걸음에 배어 있는 긴장. 시페르는 그런 분위기를 느긋하게 음미했다.

그는 4층에 다다라서 걸음을 멈추었다. 새로운 통로가 열려 있었다. 칸들이 한결 촘촘해 보였다. 시페르는 '작은 보물들을 보관하는 곳'이라고 한 브루야르의 말을 떠올리며 호주머니를 뒤져 열쇠를 꺼냈다. 그는 셔터들의 번호를 읽으며 이리저리 헤매다가 마침내 4C 32라는 번호를 찾아냈다.

그는 자물쇠를 따기 전에 잠시 꼼짝 않고 서 있었다. 그가 아직 이름도 알지 못하는 '적수'의 체취가 느껴지는 듯했다.

그는 무릎을 꿇고 열쇠를 돌렸다. 그런 다음 철제 셔터를 홱 들어올렸다.

가로 1미터에 세로 1미터의 작은 방이 희미한 빛 속에 나타났다. 방은 비어 있었다. 하지만 당황할 필요는 없었다. 가구와 하이파이 오디오 세트 따위로 가득 찬 방을 예상하지는 않았던 터였다.

그는 브루야르에게서 훔쳐온 손전등을 호주머니에서 꺼내들었다. 그러고는 문턱에 쭈그리고 앉아 시멘트 입방체 안을 손전등 불빛으로 천천히 훑어나갔다. 시멘트 블록 하나하나까지 샅샅이 비춰 가던 불빛이 마침내 맨 안쪽에 있는 골판지 상자에 닿았다.

'적수'의 체취가 점점 가까이에서 느껴졌다.

그는 어둠 속으로 들어가 상자 앞에서 멈춰 섰다. 그런 다음 손전등을 입에 물고 상자를 뒤지기 시작했다.

한결같이 빛깔이 어둡고 명품 상표가 붙어 있는 옷들. 이세이 미야케,

헬무트 랑, 펜디, 프라다……. 그의 손가락들이 속옷에 닿았다. 검은 광택이라는 말이 그의 머릿속에 떠올랐다. 광택에서조차 검은색이 감도는 것처럼 느껴졌다. 옷감이 부드럽고 거의 음란하다 싶을 만큼 육감적이었다. 레이스가 손가락 끝에 닿아 바르르 떨렸……. 하지만 이번엔 아무런 욕구도 일지 않았다. 그 속옷들에 배여 있는 거드름과 앙큼한 도도함이 그의 욕정을 가로막고 있었다.

그는 계속 뒤지다가 비단 스카프 속에서 또 다른 열쇠 하나를 찾아냈다.

막대가 납작하고 투박하게 생긴 이상한 열쇠였다.

브루야르에게 부탁할 일이 또 생긴 것이었다.

시페르에게는 아직 한 가지가 부족했다. 1백 퍼센트의 확신에 도달하기 위해서 마지막으로 찾아내야 할 것이 있었다.

그는 다시 더듬더듬 찾다가 상자를 들어서 뒤집었다.

갑자기 황금 브로치 하나가 손전등 불빛을 받아 마법의 신성갑충처럼 반짝였다. 양귀비 꽃잎들을 형상화한 브로치였다. 그는 침에 젖은 손전등을 밀어내고 침을 뱉은 다음 어둠 속에서 중얼거렸다.

"알라하 쉬퀴르[11]! 네가 돌아왔구나."

---

[11] '하느님 감사합니다' 라는 뜻.

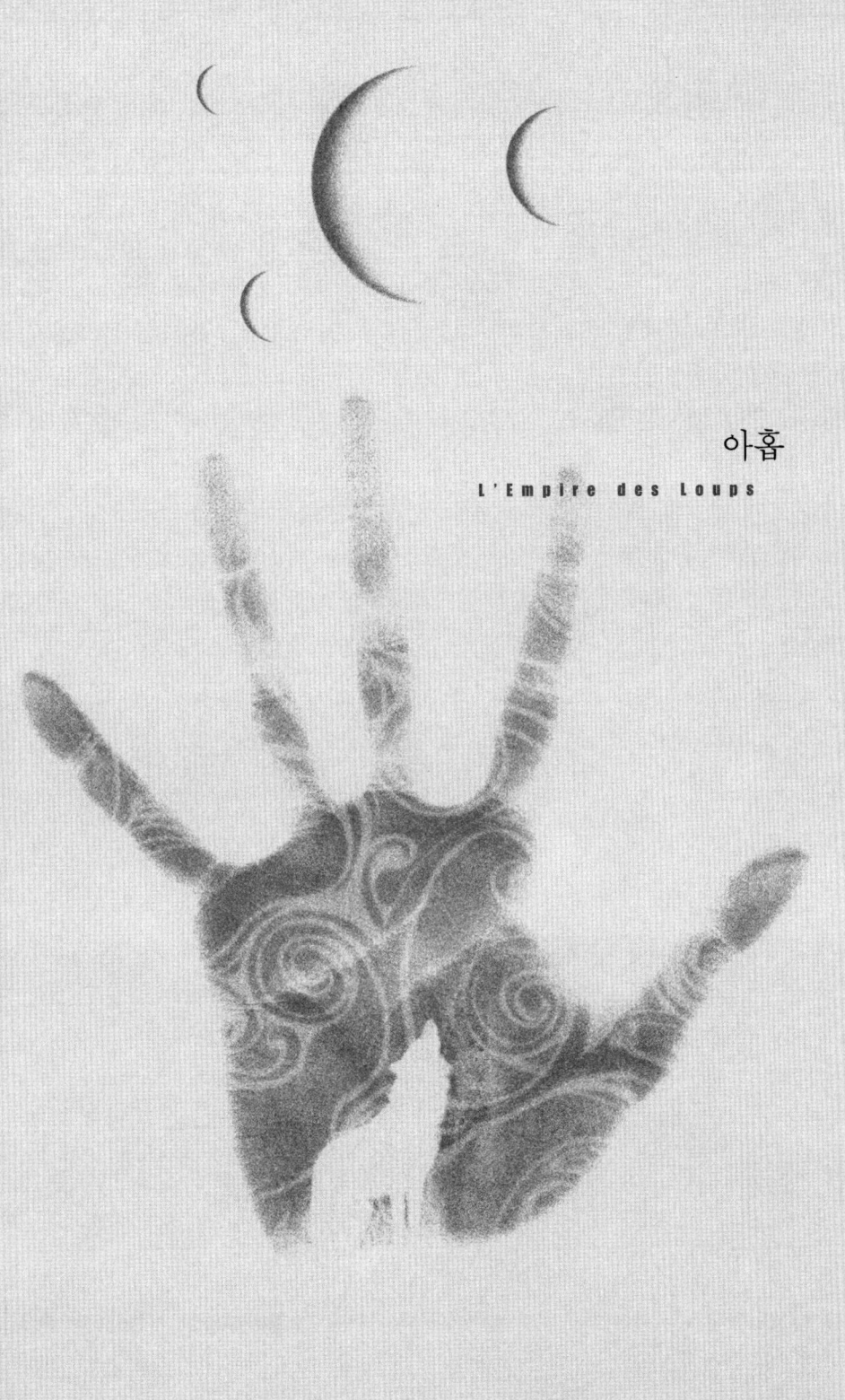

51

마틸드 빌크로는 페트 스캐너를 그토록 가까이에서 살펴본 적이 없었다.

겉으로 보기에 이 기계는 기존의 스캐너와 생김새가 비슷했다. 커다란 흰색 바퀴의 한복판에 들것처럼 생긴 스테인리스 판이 박혀 있었고, 이 스테인리스 판에는 여러 가지 검사 도구와 측정기가 달려 있었다. 그 근처에 있는 지주에는 점적 주사액 봉지들이 걸려 있었고, 바퀴 달린 탁자에는 진공포장 주사기들과 비닐에 싸인 플라스크들이 가지런하게 놓여 있었다. 검사실의 미광 속에서 이 모든 것이 하나의 기이한 도형으로 보였다. 마치 거대한 상형문자를 보는 듯했다.

이 기계를 찾아내기 위해 그들은 파리에서 1백 킬로미터를 달려 랭스 대학병원까지 와야 했다. 에릭 아케르만은 이 병원의 방사선과 과장을 알고 있었다. 집에서 아케르만의 전화를 받은 그는 즉시 달려 나와 진심으로 환영해 주었다. 그는 전설적인 장군의 뜻하지 않은 방문을 받은 국경 검문소의 장교처럼 굴었다.

아케르만은 여섯 시간 전부터 페트 스캐너 주위에서 분주하게 움직이고 있었다. 마틸드 빌크로는 통제실에서 그가 일하는 모습을 지켜보는 중이었다. 안나는 길게 누운 채 기계 속에 머리를 들이밀고 있었다. 그는 안나 위로 몸을 숙인 채 주사를 놓기도 하고 점적 상태를 조절하기도 하고 원통의 위쪽 내벽에 비스듬하게 설치된 거울에 이미지들을 투사하기도 했다. 그러면서 안나에게 무슨 이야기인가를 계속 들려주고 있었다.

마틸드는 열정적으로 일에 몰두해 있는 그를 바라보면서 약간의 매력이 느껴지는 것을 어찌할 수 없었다. 정신적으로 미숙한 그 장대 같은 사내는 극단적인 정치적 폭력에 휘말려 뇌에 관한 전례 없는 실험을 해냈다. 그럼으로써 뇌 과학과 뇌의 통제라는 분야에서 중대한 단계를 넘어섰다.

그의 실험이 만일 다른 정황에서 행해졌다면 치료법의 획기적인 발전으로 이어질 수도 있었을 터였다. 신경학과 정신의학의 교재에 그의 이름을 어떤 식으로 올려야 할까? 아케르만의 방법이 다시 빛을 볼 기회가 올까?

그는 흥분된 동작을 자주 보이면서 여전히 분주하게 움직이고 있었다. 마틸드는 그의 동작에 담긴 의미를 알아차렸다. 그의 흥분은 일 그 자체에서 온 것일 뿐만 아니라 마약을 복용한 결과이기도 했다. 그는 암페타민이나 다른 흥분제가 없으면 살 수 없는 사람이었다. 병원에 도착하기가 무섭게 그가 약국으로 달려간 것도 '보급'이 필요했기 때문이었다. 그 합성마약들은 그의 이미지와 아주 잘 맞아떨어졌다. 그는 모험을 마다하지 않는 열정적인 연구자였고, 화학을 위해서 그리고 화학의 힘으로 살아온 사람이었다…….

여섯 시간.

컴퓨터들의 윙윙거리는 소리를 자장가 삼아 마틸드는 여러 차례 꾸벅꾸벅 졸았다. 그러다가 퍼뜩 깨어나 다시 정신을 차리려고 애썼지만 뜻대로 되지 않았다. 비몽사몽의 상태에서 그녀는 오로지 한 가지 생각에만 빠져 있었다. 그 생각이 마치 나방을 유인하는 등불처럼 그녀의 정신을 자꾸 현혹하고 있었다.

안나의 변신.

전날, 마틸드는 기억상실증에 걸린 한 여자를 맞아들였다. 여자는 알몸을 겨우 가린 옷차림이었고 아기처럼 상처받기 쉬운 존재로 보였다. 그런데 여자의 손톱에서 헤나가 발견됨으로써 상황이 일변했다. 자기가 예전에는 터키 사람이었다는 새로운 사실 앞에서 수정처럼 굳어 있던 바로 그 순간에, 여자는 이제 최악의 경우를 두려워할 것이 아니라 그것을 예상하고 대처해야 한다는 것을 깨달은 듯했다. 여자는 적들과 과감하게 맞서기를 원했으며, 위험을 무릅쓰고 에릭 아케르만을 기습하고 싶어했다.

이제 배의 키를 조종하고 있는 사람은 그 여자였다.

주차장에서 심문을 벌인 끝에 세마 고칼프라는 이름이 등장했다. 여러 가지 모순점을 지닌 불가사의한 여공. 아나톨리아에서 온 불법 체류자이면서 프랑스어를 완벽하게 구사하는 여자. 심한 정신적 충격을 받은 상태에서 경찰에 붙잡힌 여자. 침묵과 바뀐 얼굴의 배후에 또 다른 과거를 감추고 있는 여자……

세마 고칼프라는 이름 뒤에 숨어 있는 사람은 누구일까? 딴사람이 되기 위해 그토록 자신을 변모시킬 수 있는 그 여자는 대체 누구일까?

대답은 그녀가 기억을 되찾을 때에 나올 것이었다. 안나 에메스, 세마 고칼프……. 그녀는 러시아 인형과 같았다. 큰 것 속에 작은 것이 들어 있고 그 작은 것 속에 더 작은 것이 들어 있는 러시아 인형처럼 그녀는 여러 사람의 인격을 품고 있었다. 그리고 그 서로 다른 이름과 실루엣들은 저마다 비밀을 감추고 있었다.

에릭 아케르만이 자기 의자에서 몸을 일으켰다. 그러더니 안나의 팔에서 점적주사 바늘을 빼내고 수액 세트 받침대를 뒤로 물린 다음 원통 내벽의 거울을 올렸다. 일이 끝난 모양이었다. 마틸드는 기지개를 켜고 다시 정신을 차리려고 애썼다. 하지만 헛일이었다. 또 하나의 이미지가 그녀의 정신을 혼미하게 만들고 있었다.

헤나.

이슬람 여자들이 손에 그리는 그 붉은 줄들은 파리 여자 안나 에메스의 세계와 세마 고칼프의 머나먼 세계 사이에 확연한 경계선을 긋고 있는 것처럼 보였다. 세마의 세계는 사막과 중매결혼과 오랜 관습의 세계였고, 뜨거운 바람과 맹금류와 바위가 많은 무시무시한 야성의 세계였다.

마틸드는 눈을 감았다.

문신을 새긴 손들. 굳은살이 박인 손바닥과 거무스레한 손목과 마디가 굵은 손가락을 얼키설키 덮고 있는 아라베스크 무늬. 손의 살갗 어디에도 줄이 닿지 않은 곳이 없다. 이 붉은 줄은 끊어지는 법이 없다. 쭉 뻗어나갔다가 되돌아오기를 되풀이하면서 고리를 짓고 장식을 새기다가 마침내 보는 사람의 넋을 빼앗는 복잡한 문양을 만들어낸다…….

"안나 씨는 잠들었어."

마틸드는 소스라치며 졸음에서 깨어났다. 아케르만이 앞에 서 있었다. 그의 가운이 하얀 깃발을 어깨에 걸친 것처럼 헐렁해 보였다. 그의 이마에서는 구슬 같은 땀방울이 반짝이고 있었다. 얼굴엔 경련이 일고 몸까지 떨고 있었지만, 그의 실루엣에서는 이상하게도 어떤 견고한 느낌이 배어나고 있었다. 마약이 가져다준 흥분에 자신의 지식에 대한 자신감이 뒤섞여 있는 듯했다.

"어떻게 됐어?"

그는 컴퓨터 콘솔에서 담배 한 개비를 집어 들고 불을 붙였다. 그러고는 한 모금을 깊이 빨아들이며 뜸을 들이다가 연기에 휘감긴 채 대답했다.

"먼저 발륨의 해독제인 플루마제닐을 주사했어. 그런 다음 산소-15를 투여하고 기억의 각 영역을 자극하면서 나 자신이 주입했던 기억을 지워 버렸어. 똑같은 길을 정확하게 거슬러 올라간 거지. (그는 담배로 수직선을 그려 보였다.) 똑같은 말들과 똑같은 상징들을 다시 사용했어. 진짜 안나 에메스의 사진과 비디오가 없는 게 아쉽긴 하지만, 중요한 작업은 완수되었다고 생각해. 현재 저 여자의 기억은 혼미한 상태야. 하지만 진짜 기억이 차츰차츰 돌아올 거야. 그러면 안나 에메스가 지워지고 원래의 인격이 되살아나겠지. 그러나 장담할 수는 없어. (그는 담배를 흔들어댔다.) 이건 순전히 실험적인 것이거든!"

냉정과 열광이 뒤섞인 진짜 미치광이, 하고 마틸드는 생각했다. 그녀가 무언가를 말하려고 하는데, 어떤 이미지가 다시 섬광처럼 뇌리를 스치며 말문을 막았다. 또 다시 헤나로 그린 무늬가 머릿속에 떠오른 것이었다. *손에 그려진 선들이 살아 움직인다. 고리와 소용돌이가 혈관을 따라 구불거리다가 손가락들을 휘감고 올라가 안료 때문에 시커메진 손톱에 다다른다……*

아케르만이 담배를 빨면서 말을 이었다.

"처음엔 그다지 유쾌한 기분이 아닐 거야. 여러 층의 의식이 서로 겹쳐질 테니까 말이야. 저 여자는 때때로 실제와 가공의 기억을 구별하지 못하게 될 수도 있어. 하지만 점차로 본래의 기억이 우위를 점하게 될 거야. 플루마제닐을 투여했기 때문에 경련이 일어날 염려도 있어. 그런 부작용을 줄이기 위해 또 다른 것을 투여해 놓긴 했지만 말이야…….."

마틸드는 머리채를 뒤로 쓸어 넘겼다. 자신이 유령처럼 보일 거라는 생각이 들었다.

"그럼 얼굴들과 관련된 장애는 어떻게 되지?"

그는 나른한 손짓으로 담배 연기를 흩뜨렸다.

"그것도 사라질 거야. 기억이 분명해지고 갈피가 확실하게 잡히면, 사람들의 얼굴에 대한 반응도 안정을 되찾겠지. 그러나 다시 한 번 말하지만, 이 모든 게 아직 실험 단계에 있는 거라서……."

마틸드는 유리창 건너편에서 인기척을 느꼈다. 그녀는 즉시 검사실로 달려갔다. 안나는 이미 잠에서 깨어나 페트 스캐너의 스테인리스 판 위에 앉아 있었다. 두 다리를 아래로 늘어뜨리고 두 팔로 뒤쪽 바닥을 짚고 있는 자세였다.

"기분이 어때요?"

안나의 얼굴에 미소가 떠올랐다. 입술이 하얘서 얼굴의 피부와 거의 구별이 되지 않았다.

아케르만이 뒤따라와서 아직 켜져 있던 기계들을 껐다. 마틸드가 다시 물었다.

"기분이 어때요?"

안나는 그녀에게 주저의 기색이 담긴 눈길을 보냈다. 그 순간 마틸드는 깨달았다. 안나는 이제 다른 여자가 되어 있었다. 그녀의 쪽빛 눈이 짓고 있는 미소는 또 다른 의식의 내부에서 나온 것이었다.

자신의 본래 음색을 찾고 있는 듯한 목소리로 그녀가 말문을 열었다.

"담배 가진 거 있어요?"

마틸드는 말보로 한 개비를 내밀고, 그것을 집어 들고 있는 가냘픈 손을 눈으로 좇았다. 헤나로 그린 무늬가 다시 떠오르면서 그녀의 손과 겹쳐졌다. *꽃과 뾰족한 산봉우리와 뱀 모양의 선들이 주먹 쥔 손을 휘*

감고 있다. 헤나 문신으로 뒤덮인 채 자동권총을 그러쥐고 있는 손…….

갈색머리 여자가 담배 연기의 소용돌이 너머로 중얼거렸다.
"안나 에메스일 때가 더 좋았어요."

52

팔미에르 철도역은 랭스에서 서쪽으로 10킬로미터쯤 떨어져 있었다. 평탄한 들판에 철길을 따라서 외따로 서 있는 건물이었다. 규석 벽돌로 지은 허름한 역사가 검은 지평선과 밤의 정적 사이에 끼여 있었다. 그래도 돔 모양의 지붕에서 노랗게 빛나는 작은 채광창과 얇은 유리판을 겹쳐 만든 차양이 있어서 제법 아늑한 느낌을 주었다. 기와지붕과 청백의 두 띠로 나누어져 있는 벽, 나무 울타리 등은 이 건물을 전동 장난감 열차의 장식처럼 보이게 했다.

마틸드는 주차장에 승용차를 세웠다.

에릭 아케르만이 기차역에 내려주기를 원해서 그를 데려온 것이었다. 아무 역에나 데려다 주면 그 다음부터는 자기가 알아서 하겠다는 게 그의 말이었다.

병원을 나선 뒤로 그들은 한 마디도 하지 않았다. 하지만 침묵의 의미는 달라져 있었다. 증오와 분노와 불신은 수그러들고, 묘한 묵계 같은 것이 세 사람 사이에 자리를 잡은 것이었다.

마틸드는 엔진을 껐다. 뒤보기 거울로 뒷좌석에 앉은 신경학자의 창백한 얼굴이 보였다. 그야말로 니켈 판 같은 얼굴이었다. 그들은 동시에 차에서 내렸다.

바람이 몰려왔다. 사나운 돌풍이 아스팔트 바다를 휩쓸며 울림판처럼 소리를 냈다. 하늘 멀리에서는 가장자리가 삐죽삐죽한 구름들이 투창으로 무장한 군대처럼 멀어져 가면서 아주 맑은 달을 드러내고 있었다. 달은 마치 과육이 파르스름한 커다란 열매처럼 보였다.

마틸드는 외투의 앞섶을 여몄다. 수분 크림이 무척이나 아쉬웠다. 바람이 한 번 몰아칠 때마다 살갗이 마르고 얼굴의 주름이 더 깊이 패는 것만 같았다.

그들은 꽃이 피어 있는 울타리까지 걸어갔다. 여전히 아무 말이 없었다. 마틸드는 냉전 시대에 옛 베를린의 다리에서 있었던 인질 교환 장면을 떠올렸다. 굳이 서로에게 작별인사를 할 까닭이 없는 이별이었다.

그 때 안나가 느닷없이 물었다.

"로랑은 어떻게 되죠?"

앙베르 광장의 주차장에서 이미 했던 질문이었다. 이건 그녀가 겪은 일의 또 다른 측면이었다. 로랑의 배신과 거짓말과 잔인성에도 불구하고 사랑의 감정이 아직 남아 있다는 얘기였다.

아케르만은 너무 지쳐서 거짓말을 할 기운조차 없는 듯했다.

"솔직히 말해서, 그가 아직 살아 있을 가능성은 아주 적어요. 샤를리에는 어떤 흔적도 남기지 않을 거예요. 샤를리에가 보기에 로랑은 신뢰할 수 없는 사람이었어요. 그가 만일 심문을 받았다면, 어떤 심문에든 무너지고 말았을 거예요. 자기 발로 걸어가서 자수를 했을 수도 있어요. 자기 아내가 죽은 뒤로 그는……."

아케르만은 말을 중단했다. 안나는 잠시 바람에 맞서는 듯하다가 어깨를 움츠렸다. 그러고는 말없이 발길을 돌려 승용차로 돌아갔다.

마틸드는 레인코트에 파묻혀 있는 당근빛 머리의 바지랑대 같은 사내를 마지막으로 한 더 살펴보았다. 연민에 가까운 감정을 느끼며 그녀가 물었다.

"이제 어쩌려고?"

"알사스로 갈 거야. 다수의 '아케르만'들 속에 묻혀 있으려고."

그는 귀에 거슬리는 소리로 몸이 흔들리도록 웃더니, 고양된 감정을 과장되게 드러내며 덧붙였다.

"그런 다음 또 다른 목적지를 찾을 거야. 난 떠돌이거든!"

마틸드는 대꾸하지 않았다. 그는 서류가방을 품에 껴안으며 몸을 좌우로 흔들어댔다. 대학 시절의 모습 그대로였다. 그는 입을 조금 열고 잠시 머뭇거리다가 속삭였다.

"어쨌든, 고마워."

그는 집게손가락을 권총처럼 내밀어 카우보이식의 인사를 하고, 바람을 어깨로 맞서면서 외따로 떨어져 있는 역사 쪽으로 걸어갔다.

저 남자는 대체 어디로 가는 것일까? "또 다른 목적지를 찾을 거야. 난 떠돌이거든!"

다른 목적지란 어디를 말하는 것일까? 지상의 어떤 나라일까? 아니면 뇌 속의 또 다른 영역일까?

53

"마약이 문제였어요."

마틸드는 자동차의 속도 때문에 불규칙하게 흔들거리고 있는 고속도로의 흰색 차선에 정신을 집중하고 있었다. 밤에 플랑크톤들이 뱃머리에서 반짝반짝 빛나듯 차선들이 그녀의 눈앞에서 반짝였다. 그녀는 몇 초가 지나서야 옆에 앉은 승객에게 힐끗 눈을 주었다. 수수께끼 같은 표정을 짓고 있는 희고 반들반들한 얼굴.

안나가 담담한 어조로 다시 말했다.

"나는 마약 밀거래자였어요. 프랑스말로 '쿠리에' 라고 부르는 공급자, 혹은 운반자였죠."

마틸드는 마치 예상했던 고백을 듣기라도 한 것처럼 고개를 끄덕였다. 사실, 그녀는 무슨 이야기든 놀라지 않고 들을 준비가 되어 있었다. 이제 이 사건의 진실에는 한계가 없었다. 걸음을 새로 내디딜 때마다 현기증을 느껴야 하는 게 그 날의 일진인 모양이었다.

마틸드는 다시 도로에 주의를 집중했다. 한참이 지나서 그녀가 물었다.

"어떤 종류의 마약이죠? 헤로인, 코카인, 암페타민? 뭐죠?"

끝말에서 그녀의 언성이 외치다시피 높아졌다. 그녀는 운전대 위에 놓인 손가락들을 까불었다. 이내 마음이 가라앉았다.

안나의 목소리가 다시 들려왔다.

"헤로인이에요. 전적으로 헤로인만 운반했어요. 터키에서 유럽으로 올 때마다 몇 킬로그램씩 가져왔죠. 몸에 지니거나 내 짐 속에 넣거나 그 밖의 방법을 통해서 들여왔어요. 여러 가지 교묘한 방법과 비책이 있어요. 그 모든 것들을 익히는 게 내 일이었죠."

마틸드는 목이 너무 건조해서 숨을 쉴 때마다 괴로움을 느끼고 있었다.

"누구…… 누구를 위해서 일한 거죠?"

"마틸드, 이제 규칙이 바뀌었어요. 나에 관해서 많은 것을 알려고 하지 말아요. 아는 게 적으면 적을수록 신상에 좋을 거예요."

안나의 어조가 이상했다. 오만하다 싶을 정도의 어조였다.

"당신의 진짜 이름이 뭐예요?"

"진짜 이름은 없어요. 그게 그 바닥의 속성이죠."

"일을 어떤 식으로 했죠? 자세하게 얘기해 봐요."

안나는 다시 침묵으로 맞섰다. 대리석만큼이나 단단한 침묵이었다. 그러다가 한참 만에 말을 이었다.

"그다지 짜릿한 삶은 아니었어요. 공항에서 늙어가는 삶이었으니까요. 가장 좋은 기항지와 가장 경비가 허술한 국경이 어디인지를 알아야 했죠. 또 비행기를 갈아타기가 가장 간편한 곳과 가장 복잡한 곳, 짐을 공항 활주로에서 바로 찾을 수 있는 도시, 짐을 뒤지는 세관과 뒤지지 않는 세관, 항공기 화물 적재소와 보세 구역의 내부구조 등도 훤히 알고 있어야 했죠."

마틸드는 이야기에 귀를 기울이면서도 목소리의 결에 유독 신경을 썼다. 안나가 그토록 진솔하게 말하는 것은 일찍이 없었던 일이었다.

"정신분열증 환자처럼 사는 인생이었어요. 끊임없이 언어를 바꿔서 말하고 여러 개의 이름에 대답하고 다중의 국적을 가져야 했죠. 공항 내 VIP 살롱의 규격화된 편의시설이 유일한 안식처였어요. 거기를 벗어나면 언제 어디에서나 불안과 공포에 시달렸죠."

마틸드는 졸음을 쫓기 위해 눈을 깜박였다. 시야가 흐릿해지고 있었다. 도로의 차선이 흔들거리며 잘게 찢어지는 것처럼 보였다……. 그녀가 다시 물었다.

"출신지는 정확히 어디예요?"

"아직은 분명하게 기억이 나지 않아요. 하지만 생각이 날 거예요. 확신해요. 당분간은 현재 상태로 만족해야죠."

"그런데 무슨 일이 있었던 걸까요? 어떻게 당신이 노동자 신분으로 파리에 있게 된 거죠? 왜 얼굴을 바꿨죠?"

"고전적인 얘기예요. 마지막으로 맡은 짐을 내가 차지하려고 했던 거죠. 내 고용주들을 배신하려고 했던 거예요."

그녀는 말을 멈추었다. 기억을 한 가지씩 되살려 낼 때마다 애를 써야 하는 모양이었다.

"그건 작년 6월의 일이었어요. 나는 마약을 파리로 운반하는 임무를 맡았어요. 매우 중요한 짐을 옮기는 특별 임무였죠. 나는 파리에 있는 연락원과 접선하기로 되어 있었어요. 하지만 나는 다른 길을 선택했어요. 헤로인을 숨겨 놓고 성형외과 의사를 찾아갔죠. 그 때는 모든 게 잘 될 거라고 생각했어요……. 그런데 성형수술을 받고 회복기를 보내고 있던 중에 예상치 못했던 일이 벌어졌어요. 나뿐만 아니라 그 누구도 예상하지 못했던 일이죠. 바로 9.11 테러예요. 그 다음날로 공항의 세관은 장벽으로 바뀌었죠. 어디에서나 수색과 검사가 행해졌어요. 처음에 예상했던 것과는 달리 마약을 가지고 다시 떠날 수 있는 상황이 아니었어요. 그렇다고 그것을 파리에 두고 갈 수도 없는 노릇이었죠. 나는 그냥 파리에 남아 상황이 진정되기를 기다리기로 했어요. 하지만 나를 고용한 사람들이 어떤 식으로든 나를 다시 찾아내리라는 것을 알고 있었어요……. 그래서 터키인들에게 쫓기는 여자가 숨어 있을 거라고는 누구도 쉽게 생각할 수 없는 곳, 즉 터키인들의 구역으로 숨어들었죠. 10구의 불법체류 노동자들 속으로 말이에요. 나는 얼굴도 신분도 달라져 있었어요. 아무도 나를 찾아낼 수가 없었지요."

목소리가 지친 듯이 잦아들었다. 마틸드는 다시 불꽃을 살리려고 했다.

"그 다음엔 무슨 일이 있었어요? 경찰이 어떻게 당신을 찾아낸 거죠? 그들이 마약에 대해서 알고 있었나요?"

"일이 그렇게 된 게 아니에요. 아직 어렴풋하기는 하지만 그 장면이 생각나요……. 11월에 나는 어떤 염색 공장에서 일하고 있었어요. 터키식 공중목욕탕 안에 있는 지하 작업장이었죠. 박사님은 상상도 못 할 장소예요. 어쨌거나 박사님 동네에서는 찾아볼 수 없는 곳이죠. 어느 날 밤, 그들이 왔어요."

"경찰관들이요?"

"아뇨. 나를 고용한 사람들이 보낸 터키인들이요. 그들은 내가 거기에 숨어 있다는 것을 알고 있었어요. 잘은 모르지만 그들과 내통한 자가 있지 않았나 싶어요……. 그런데 그들은 분명 내 얼굴이 바뀌었다는 것을 모르고 있었어요. 내 눈앞에서 옛날의 나와 비슷하게 생긴 여자를 납치해 갔으니까요. 제이네프 아무개라는 여자를 말이에요……. 젠장, 그 살인자들이 들이닥치는 것을 보고 얼마나 놀랐던지……. 지금 기억나는 건 섬광처럼 번쩍였던 공포뿐이에요."

마틸드는 사건을 재구성하면서 빠진 것을 보충하려 하고 있었다.

"샤를리에한테는 어떻게 가게 된 거죠?"

"그 일에 관해서는 정확한 기억이 없어요. 나는 쇼크 상태에 있었어요. 경찰관들이 공중목욕탕을 뒤지다가 나를 찾아낸 게 틀림없어요. 경찰서와 병원에 갔던 일이 어렴풋하게 기억나요……. 샤를리에는 어떤 경로를 통해서였는지는 모르지만 나 같은 사람이 존재한다는 것을 알게 되었죠. 프랑스에 불법 체류하고 있는 노동자가 기억까지 상실했으니, 그들에게는 내가 더없이 좋은 기니피그로 보였겠지요."

안나는 자신의 가정을 요모조모 따져보기라도 하듯 잠시 뜸을 들이다가 나직하게 말했다.

"이 사건에는 놀라운 아이러니가 있어요. 경찰관들은 내가 진정 누구인지를 전혀 몰랐어요. 결국 그들은 본의 아니게 터키인들로부터 나를 지켜준 셈이죠."

마틸드는 무언인가 폐부를 아프게 찔러오는 것이 있음을 느끼기 시작했다. 그것은 피로 때문에 한층 심해진 공포와 불안이었다. 그녀의 눈앞이 흐려지고 있었다. 도로의 하얀 형상들이 갈매기가 되고 희미한 새가 되어 발작적으로 날아오르곤 했다.

바로 그 때, 파리 외곽순환도로의 표지판이 나타났다. 파리가 지척에 있었다. 그녀는 도로에 정신을 집중하고 다시 물었다.

"당신을 찾고 있는 그 남자들은 누구예요?"

"그건 다 잊어버리세요. 다시 한 번 말하지만, 나에 관해서 많은 것을 알려고 하지 말아요. 아는 게 적으면 적을수록 신상에 이로와요."

마틸드는 화를 억누르며 반박했다.

"나는 당신을 돕고 보호해 준 사람이에요. 말해요! 난 진실을 알고 싶어요."

안나는 다시 머뭇거렸다. 이건 자신의 세계, 일찍이 아무에게도 드러내 본 적이 없는 세계에 관한 이야기였다.

이윽고 그녀가 말문을 열었다.

"터키 마피아에게는 한 가지 독특한 점이 있어요. 정치권에서 온 하수인들을 이용한다는 점이에요. 이 하수인들은 회색늑대라 불리는 민족주의자들이에요. 위대한 터키 제국이 복원될 것이라고 믿는 극우의 광신자들이죠. 그들은 어린 시절부터 캠프에서 훈련을 받은 테러리스트들이에요. 그들에 비하면 샤를리에의 부하들은 주머니칼로 무장한 스카우트 대원들이나 진배없어요."

파리 외곽순환도로로 진입할 때가 되었음을 알리는 파란 표지판들이 커져 가고 있었다. 클리냥쿠르 시문. 라 샤펠 시문. 마틸드의 머릿속에는 이제 한 가지 생각밖에 없었다. 그 폭탄 같은 여자를 가장 먼저 나오는 택시 정류장에 떼어놓겠다는 게 그것이었다. 그런 다음 자신의 아파트로 돌아가서 편안하고 안전한 삶을 되찾을 생각이었다. 스무 시간 동안 늘어지게 자고 이튿날 잠에서 깨어나 '그저 한바탕의 악몽이었을 뿐이야' 하고 생각하는 것, 그게 바로 그녀의 길이었다.

라 샤펠 시문 쪽으로 고속도로를 빠져나가면서 그녀가 말했다.

"안나 씨와 계속 함께 있겠어요."

"안 돼요. 불가능해요. 저 혼자 해야 할 중요한 일이 있어요."

"무슨 일인데요?"

"내 짐을 되찾는 일이에요."

"나도 갈게요."

"안 돼요."

무언가 단단한 것이 그녀의 가슴에 맺혔다. 용기라기보다는 오기였다.

"그게 어디에 있죠? 마약이 어디에 있어요?"

"페르 라셰즈 공동묘지에 있어요."

마틸드는 안나를 흘낏 보았다. 지친 기색이었지만 다른 때보다 더욱 단단하고 야무진 느낌을 주었다. 진실을 켜켜이 감춘 채 압축되어 있는 수정 덩어리 같았다.

"왜 거기에 감췄죠?"

"20킬로그램이나 되는 짐이라서 보관소가 필요했죠."

"그게 공동묘지와 무슨 상관이 있다는 건지 모르겠네요."

안나는 생각에 잠긴 표정으로 빙긋 웃었다. 자신의 내면을 향하고 있는 듯한 미소였다.

"잿빛 가루 속에 약간의 흰 가루가 있죠······."

마틸드는 빨간 신호에 걸려 차를 세웠다. 라 샤펠 거리에서 마르크스 도르무아 거리로 넘어가는 교차로 앞에서였다. 그녀가 목청을 높여 되물었다.

"그게 공동묘지와 무슨 관계가 있느냐니까요?"

"파란 불이에요. 라 샤펠 광장에서 스탈린그라드 역 쪽으로 가세요."

55

사자(死者)들의 도시.

넓고 곧은 길들과 그 가장자리에 늘어선 우람하고 끝맛한 나무들. 육중한 돌덩이와 높이 솟은 기념물과 검고 반들반들한 무덤들.

어둠이 맑았다. 페르 라셰즈 공동묘지의 이 구역에는 묏자리들이 널찍널찍하게 배치되어 있었다. 사자들이 공간의 호사를 누리는 곳이었다.

밤공기에는 크리스마스 때 같은 분위기가 감돌고 있었다. 만상이 어둠의 돔에 싸인 채 수정처럼 굳어 있었다. 마치 스노우 볼에 갇힌 풍경을 보는 듯했다. 조금만 흔들리면 금방이라도 하얀 눈이 풍경 위로 흩날릴 것만 같았다.

두 여자는 이 묘지에 들어오기 위해 마치 요새를 공략하듯이 페르 라셰즈 거리의 강베타 광장 근처에 있는 문을 넘어왔다. 마틸드는 안나가 이끄는 대로 문 가장자리의 빗물받이 홈통을 타고 올라가 담장의 쇠꼬챙이들 사이로 지나갔다. 담장 반대편으로 내려가기는 한결 수월했다. 마침 그 자리에서 전기 케이블이 돌담을 따라 내려가고 있기 때문이었다.

그녀들은 이제 '국외 참전용사'의 길을 올라가고 있었다. 달이 구름 속에서 완전히 빠져나오자, 무덤과 묘비가 분명하게 보였다. 벙커 모양의 기념물 하나가 1차 세계대전 때 전사한 체코슬로바키아인들에게 바쳐져 있었다. 통돌로 된 흰색 기념비는 벨기에 참전용사들을 추모하기 위한 것이었다. 그런가 하면, 바자렐리식으로 꺼끄러기를 되풀이해서 형상화한 거대한 이삭 모양의 기념물은 아르메니아의 전몰장병들을 기리기 위한 것이었다…….

비탈길 꼭대기에 두 개의 굴뚝이 솟은 커다란 건물이 보였다. 그 때 마틸드는 '잿빛 가루 속에 약간의 흰 가루가 있죠'라는 말의 의미를 깨달았다. 그 건물은 납골당이었다. 마약 밀거래자 안나는 자기가 차지한 헤로인을 유골단지들 사이에 숨겨둔 것이었다. 기이한 냉소주의의 발로였다.

밤하늘을 등지고 있는 납골당 건물은 회교 사원 같은 느낌을 주었다. 크림색과 금색이 어우러져 있고 커다란 둥근 지붕을 이고 있는데다가 굴뚝들이 첨탑처럼 솟아 있기 때문이었다. 이 건물을 둘러싸고 기다란 건물 네 채가 주사위의 5점 모양으로 배치되어 있었다.

그녀들은 경내로 들어가 빽빽한 네모꼴 울타리가 처진 정원들을 지났다. 마틸드는 울타리 너머로 회랑의 납골 벽감들과 꽃들을 보았다. 그녀는 그 모습이 글자들과 울긋불긋한 도장들이 새겨져 있는 대리석 책을 펼쳐 놓은 것 같다고 생각했다.

인기척은 전혀 없었다. 경비원 하나 보이지 않았다.

정원의 안쪽에 다다라 보니, 지하 납골당으로 통하는 계단이 관목 덤불 아래로 나 있었다. 계단 아래의 검은 철문에는 빗장이 질러져 있었다. 그녀들은 들어갈 수 있는 길을 몇 초 동안 찾아보았다. 그녀들에게 어떤 영감을 주려는 듯 날갯짓 소리가 푸드덕 하고 들려왔다. 그녀들은 고개를 들었다. 2미터 정도의 높이에 채광창이 나 있고 그 쇠창살 사이에서 비둘기들이 날개를 치고 있었다.

안나는 뒤로 물러서서 채광창의 크기를 가늠했다. 그러고는 문의 금속 장식을 디디고 기어 올라갔다. 몇 초 후, 마틸드는 채광창의 쇠창살 하나가 뽑혀 나가는 소리와 창유리가 쨍 하고 깨지는 소리를 들었다.

마틸드는 이것저것 따질 겨를도 없이 안나의 뒤를 따랐다.

그녀는 문 꼭대기에 다다라 채광창으로 몸을 밀어 넣었다. 그녀가 바닥에 닿았을 때 안나가 스위치를 켰다.

지하 납골당은 아주 넓었다. 네모난 계단통을 둘러싸고 곧은 통로들이 배치되어 있었다. 화강암에 구멍을 뚫어서 만든 통로들이었다. 어둠 속으로 가물가물 사라져 가는 이 기다란 통로들에는 일정한 간격을 두고 희미한 전등이 밝혀져 있었다.

마틸드는 우물처럼 뚫린 계단통의 난간으로 다가갔다. 아래로 세 개의 층이 더 나 있고 층마다 많은 통로들이 뚫려 있었다. 그 심연의 바닥에 있는 세라믹 수조가 손바닥처럼 작아 보였다. 어떤 성스런 샘에서 가장 가까운 곳에 건설된 지하 도시의 한복판에 와 있는 듯한 느낌이 들었다.

안나는 두 계단 가운데 하나로 내려갔다. 마틸드는 그녀의 뒤를 따랐다. 아래로 내려갈수록 환기 장치의 윙윙거리는 소리가 크게 들렸다. 계단참에 다다를 때마다 사원이나 거대한 무덤 속에 들어와 있다는 느낌이 더욱 강하게 엄습해 왔다.

지하 2층에서 안나는 오른쪽 통로로 접어들었다. 바닥에 흰색과 검은

색의 타일이 깔려 있고 수백 개의 납골 벽감이 뚫려 있는 통로였다. 그녀들은 한참동안 걸었다. 마틸드는 무대를 바라보는 관객처럼 묘한 거리감을 느끼며 좌우를 살폈다. 알루미늄 포일에 싸인 채 바닥에 놓여 있는 싱싱한 꽃다발이 눈에 띄었다. 꾸밈새나 장식물 때문에 유난히 눈길을 끄는 납골 벽감들도 더러 있었다. 예를 들어 어떤 벽감에는 흑인 여자의 얼굴이 실크스크린으로 인쇄되어 있었는데, 그 곱슬곱슬한 머리카락이 대리석 표면에서 이는 거품처럼 보였다. 거기에는 이런 글이 새겨져 있었다. '그대는 늘 여기에 우리와 함께 있었고 앞으로도 영원히 우리와 함께 있을 것이다.' 거기에서 조금 떨어진 곳에는 눈언저리가 푸르스름한 아이의 사진이 소박한 석고판에 붙어 있었다. 그 아래에는 펠트펜으로 이런 말이 적혀 있었다. '아이는 죽은 것이 아니라 잠을 자고 있다 - 누가 복음 8장 52절.'

"여기예요."

통로를 막아선 널따란 납골 벽감 앞에서 안나가 말했다.

"잭 주세요."

마틸드는 어깨에서 허리로 비스듬하게 둘러메고 있던 가방을 열어 잭을 꺼냈다. 안나는 벽감을 막고 있는 대리석 판과 벽 사이에 잭을 박아 고정시킨 다음 지렛대를 누르듯이 있는 힘을 다해 눌렀다. 대리석 표면에 균열이 생기기 시작했다. 그녀는 다시 힘껏 잭을 눌렀다. 대리석 판이 바닥에 떨어지며 두 조각으로 갈라졌.

안나는 잭을 접더니 그것을 망치로 삼아 벽감 속의 석고 칸막이벽을 두드렸다. 석고 가루가 튀어 올라 그녀의 갈색머리에 달라붙었다. 그녀는 쿵쿵 소리가 울리는 것을 아랑곳하지 않고 악착스럽게 두들겨댔다.

마틸드는 마음이 조마조마했다. 쿵쿵 소리가 강베타 광장까지 울려 퍼질 것만 같았다. 곧 경비원들이 달려오지 않을까?

다시 정적이 찾아왔다. 안나는 뿌연 먼지에 휩싸인 채 벽감 속으로 몸을 들이밀어 석고 조각들을 치웠다. 팔을 크게 내저어 석고 조각들을 벽으로 밀어 붙일 때마다 다시 먼지가 부옇게 일었다.

그 때 갑자기 그녀들의 등 뒤에서 땡그랑 하는 소리가 울렸다.

두 여자는 몸을 돌렸다.

그녀들의 발치에 떨어진 열쇠 하나가 석고 파편 사이에서 반짝이고 있었다.

"이 열쇠를 가지고 해 봐. 시간을 벌 수 있을 거야."

상고머리의 남자가 통로의 입구에 서 있었다. 그의 실루엣이 타일 바닥에 그림자를 드리우고 있었다. 마치 물가에 서 있는 사람의 그림자가 물에 비치고 있는 것처럼 보였다.

그는 펌프 액션 소총을 들어올리며 물었다.

"그거 어디에 있지?"

그는 실루엣을 일그러뜨리는 후줄근한 바바리코트를 입고 있었다. 하지만 그런 옷차림도 괴력의 소유자로 보이는 그의 인상을 전혀 누그러뜨리지 않았다. 무엇보다 그의 얼굴은 전등 불빛을 옆으로 받고 있는 탓에 더욱 잔인하고 무시무시한 분위기를 풍기고 있었다.

그가 한 걸음 더 다가들면서 다시 물었다.

"그거 어디에 있지?"

마틸드는 몸에 이상이 생기고 있음을 느꼈다. 무언가가 뱃속을 짜르르하게 후벼 파고 두 다리에 힘이 쪽 빠졌다. 그녀는 쓰러지지 않기 위해 벽감을 잡고 매달려야만 했다. 이건 게임이 아니었다. 그녀가 즐기는 스포츠 사격이나 3종경기도 아니었고, 위험이 미리 고려되어 있는 그 어떤 경기도 아니었다.

그녀들은 곧 죽게 될 것이었다. 그냥 속절없이.

침입자는 다시 다가들더니, 정확한 동작으로 소총을 장전했다.

"망할 것, 마약 어디 있느냐니까?"

55

바바리코트를 입은 사내 쪽에서 불이 번쩍했다.

마틸드는 다이빙을 하듯이 바닥으로 몸을 날렸다. 바닥에 닿는 순간에 그녀는 불꽃이 그의 소총에서 분출한 것임을 깨달았다. 그녀는 석고 파편들 속에서 뒹굴었다. 바로 그 순간, 또 다른 깨달음으로 그녀의 머릿속이 환해졌다. 안나가 사내보다 먼저 총을 쏘았다는 사실을 알아차린 것이었다. 안나는 벽감에 자동권총을 숨겨 놓았던 모양이었다.

총성이 계속 들렸다. 마틸드는 주먹 쥔 두 손을 머리에 올려놓은 채 몸을 옹송그렸다. 그녀 위쪽에 있는 벽감들이 터지면서 납골 단지가 부서지고 그 내용물이 쏟아져 나왔다. 가장 먼저 쏟아져 나온 유골이 몸에 닿았을 때 그녀는 비명을 질렀다. 잿빛 구름먼지가 일고 총알들이 핑핑 날아다니며 여기저기에 부딪쳤다가 튀어나왔다. 대리석 모서리와 석고 파편에서 불꽃이 튀는가 하면, 꽃병들이 바닥에 굴러 떨어졌다가 은빛을 발하며 다시 튀어 올랐다. 통로는 금빛과 쇳빛이 뒤섞인 아수라장이었다.

마틸드는 다시 몸을 웅크렸다. 계속되는 총격에 벽감이 부서지고 꽃들이 갈기갈기 찢어지고 있었다. 부서진 유골 단지에서는 골분이 연신 쏟아져 내렸다. 그녀는 총성이 날 때마다 깜짝깜짝 놀라며 눈을 감은 채 엉금엉금 기어가기 시작했다.

갑자기 정적이 되돌아왔다.

마틸드는 기어가기를 딱 멈추고 몇 초를 기다렸다가 눈을 떴다.

아무것도 보이지 않았다.

화산이 폭발하고 난 뒤처럼 통로에 골분이 자욱했다. 그 먼지에 화약 냄새가 더해져서 숨쉬기가 더욱 힘들었다.

더 움직일 엄두가 나지 않았다. 마틸드는 하마터면 안나를 부를 뻔했다. 하지만 소리가 터져 나오려는 것을 가까스로 참았다. 살인자에게 자신의 위치를 알리면 안 되는 것이었다.

그녀는 자기 몸을 더듬더듬 만져 보았다. 다친 데는 없었다. 그녀는 다시 눈을 감고 정신을 집중했다. 그녀의 주위에서는 숨소리 하나 들리지 않았고, 가벼운 떨림조차 느껴지지 않았다. 다만 석고 조각 몇 개가 둔탁한 소리를 내며 떨어지고 있을 뿐이었다.

안나는 어디에 있지?

남자는 어디에 있지?

두 사람 다 죽은 것일까?

마틸드는 무언가 보이는 게 있지 않을까 싶어서 눈살을 모았다. 마침내 2, 3미터 떨어진 곳에서 희미한 신호를 보내고 있는 전등이 눈에 띄었다. 통로에 전등들이 약 10미터 간격으로 달려 있었던 것에 생각이 미쳤다. 하지만 저게 어느 쪽에 있는 전등이지? 통로 입구에 있는 전등일까? 출구가 어느 쪽에 있는 거지? 오른쪽으로 가야 할까, 아니면 왼쪽으로 가야 할까?

그녀는 기침이 나오려는 것을 눌러 참고 침을 삼킨 다음, 한쪽 팔꿈치로 버티며 가만히 몸을 일으켰다. 그러고는 두 무릎을 바닥에 대고 왼쪽으로 나아가기 시작했다. 석고 파편, 탄피, 꽃병이 깨지면서 생긴 물웅덩이 따위가 자꾸 거치적거렸다.

안개처럼 자욱한 먼지 속에서 갑자기 하나의 형체가 뚜렷하게 나타났다.

온통 잿빛을 띤 형체. 살인자였다.

그녀가 입술을 벌리려고 하는데 손 하나가 입을 짓눌러 왔다. 마틸드는 자신을 바라보는 충혈된 눈에서 '소리치면 죽어'라는 뜻의 메시지를 읽었다. 권총의 총열이 그녀의 목에 박혀 있었다. 그녀는 알았다는 뜻으로 미친 듯이 눈을 깜박였다. 남자는 한 손의 손가락들을 천천히 들어올렸다. 그녀는 철저히 순종하겠다는 뜻을 표정에 담고 다시 애원의 눈길을 보냈다.

바로 그 순간, 죽음의 공포보다 그녀를 더욱 얼빠지게 하는 일이 벌어졌다. 그녀는 지독한 열패감과 수치심을 느꼈다.

괄약근이 풀리면서 똥오줌을 지리고 만 것이었다.

그녀의 다리 사이로 똥과 오줌이 흘러내리며 스타킹을 적셨다.

사내는 그녀의 머리채를 움켜쥐었다. 마틸드는 바닥으로 질질 끌려가면서 울부짖지 않으려고 입술을 깨물었다. 그들은 안개처럼 자욱한 먼지를 뚫고 꽃병들과 꽃들과 골분 사이로 지나갔다.

그들은 몇 차례 방향을 바꾸며 이 통로 저 통로로 나아갔다. 마틸드는 여전히 머리채를 휘어잡힌 채 먼지 속으로 질질 끌려가고 있었다. 다리를 버둥거리지만 아무 소리가 나지 않았고, 입을 벌려도 목소리가 새어 나오지 않았다. 흐느끼고 신음하고 잇새로 입김을 불어도 먼지가 모든 소리를 흡수하고 있었다. 그녀는 심한 고통을 느끼는 와중에서도 그 침묵이 자신의 가장 좋은 동맹군임을 알아차렸다. 그녀가 무슨 소리를 낸다면, 사내는 그녀를 죽이고 말 것이었다.

걸음이 느려졌다. 마틸드는 압력이 느슨해지는 것을 느꼈다. 그러더니 사내는 그녀의 머리채를 다시 움켜쥐고 층층대의 몇 단을 성큼 올라갔다. 그녀는 상체가 갑자기 위로 솟구치는 것을 느꼈다. 고통의 파동이 머리에서 꼬리뼈까지 퍼져나갔다. 누가 낯가죽을 수술용 겸자로 잡아당기고 있는 것만 같았다. 그녀는 배설물 때문에 축축해진 무거운 다리를 계속 버둥거렸다. 자신의 아랫도리가 진창에 빠져 더러워지고 있는 듯한 기분이 들었다.

사내의 손아귀가 다시 느슨해졌다.

단 1초밖에 지속되지 않은 일이었지만, 그 기미를 충분히 느낄 수 있었다.

마틸드는 무슨 일이 벌어지고 있는지를 알아보려고 몸을 비틀었다. 뿌연 먼지 속에 안나의 실루엣이 나타나 있고 살인자가 소리 없이 권총을 겨누고 있었다.

마틸드는 안나에게 알려주기 위해 한쪽 무릎으로 버티며 윗몸을 벌떡 일으켰다.

너무 늦었다. 사내가 벌써 방아쇠를 당긴 것이었다. 총소리와 함께 무언가 와장창 부서지는 소리가 들렸다.

예상했던 일은 벌어지지 않았다. 실루엣은 무수한 조각으로 박살이 났고, 골분이 싸락눈처럼 날리고 있었다. 사내는 괴성을 질렀다. 마틸드는 그의 손아귀를 벗어나 등을 바닥에 댄 채 계단 아래로 굴렀다.

그렇게 굴러 떨어지면서 마틸드는 일이 어떻게 돌아간 것인지를 알아차렸다. 사내는 안나를 쏜 것이 아니라 유리문을 쏜 것이었다. 먼지 낀 유리에 비친 자신의 그림자를 안나로 여긴 게 틀림없었다. 그녀의 목덜미가 바닥에 닿았다. 그 때 그녀는 믿을 수 없는 광경을 보았다. 깨진 채광창에 잿빛 광물처럼 매달려 있는 진짜 안나를 본 것이었다. 그녀는 마치 사자들 위에 무중력 상태로 떠 있는 듯한 모습으로 거기에서 그들을 기다리고 있었다.

바로 그 때, 안나가 펄쩍 뛰어내렸다. 그녀는 반동을 얻기 위해 왼손으로 벽감을 꽉 잡고 몸을 뒤로 뺐다가 힘차게 돌진했다. 그녀의 오른손에는 뿔처럼 생긴 유리 조각이 들려 있었다. 그것의 날카로운 끄트머리가 남자의 얼굴에 가서 박혔다.

남자가 권총을 채 겨누기도 전에, 안나는 유리 조각을 도로 빼어들고 몸을 피했다. 총알은 먼지 자욱한 허공을 갈랐다. 다음 순간, 그녀는 다시 공격에 나섰다. 유리 조각이 관자놀이 위로 미끄러지며 살을 파고들었다. 또 다른 총알이 허공으로 날아갔다. 안나는 이미 벽에 바싹 붙어 있었다.

그녀는 여러 차례 다시 덤벼들어 이마와 양쪽 관자놀이와 입을 공격했다. 갈기갈기 찢어진 살인자의 얼굴에서 피가 솟구쳤다. 그는 비틀비틀하다가 권총을 떨어뜨렸다. 그러고는 흐느적흐느적 팔을 내저었다. 마치 살인적인 벌들의 공격을 받고 있는 사람 같았다.

마침내 안나가 최후의 일격을 가했다. 그녀는 자신의 체중을 온전히 실어 그를 덮쳤다. 그들은 바닥에 나뒹굴었다. 유리 조각이 그의 오른쪽 뺨에 박혔다. 안나는 손아귀에 계속 힘을 주면서 마치 갈고리로 곁쇠질을 하듯이 살가죽을 너덜너덜하게 만들고 잇몸을 노출시켰다.

마틸드는 등을 바닥에 댄 채 두 팔꿈치를 움직여 기어갔다. 그녀는 비명을 질러 대면서도 그 잔인한 장면에서 눈을 떼지 못했다.

안나는 마침내 유리 조각에서 손을 떼고 일어섰다. 사내는 골분의 진창에서 몸을 버둥거리며 자기 눈구멍에 박힌 유리 조각을 빼내려고 했다. 안나는 권총을 주워 들고 죽어가는 사내의 두 손을 떼어놓았다. 그러더니 사내의 입을 잡고 한 차례 비튼 다음 치열궁(齒列弓)에서 뜯어냈다. 그의 입속에는 불그스름한 눈알이 들어 있었다. 마틸드는 다시 시선을 돌리려고 했지만 그럴 수가 없었다. 안나는 크게 벌어진 구멍에 권총의 총열을 박고 방아쇠를 당겼다.

늑대의 제국

56

다시 정적이 찾아든다.

다시 골분의 매캐한 냄새가 코를 찔러온다.

장식을 새겨 넣은 뚜껑들과 함께 나뒹굴고 있는 유골 단지들.

여기저기 흩어져 있는 울긋불긋한 플라스틱 꽃들.

사내의 몸뚱이는 마틸드 바로 옆으로 쓰러져, 피와 수액(髓液)과 뼛가루로 그녀를 더럽히고 있다. 사내의 한쪽 팔이 그녀의 다리에 닿아 있다. 하지만 그녀는 그것을 떼어낼 기력조차 없다. 심장 박동이 너무 느리다. 박동의 간격이 너무 떠서 매번 심장이 멎는 게 아닐까 하는 생각이 든다.

"이제 나가야 돼요. 곧 경비원들이 올 거예요."

마틸드는 목소리가 들려온 쪽을 올려다본다.

눈앞에 보이는 것이 가슴을 엔다.

안나의 얼굴은 석상처럼 변해 버렸다. 골분을 덕지덕지 덮어쓴 탓에 얼굴 여기저기에 깊은 주름이 잡혀 있다. 반면에 눈은 벌겋게 충혈되어 있다. 신경이 곤두서 있는 듯하다.

마틸드는 사내의 입속으로 굴러 떨어진 눈알을 떠올린다. 구토가 나려고 한다.

안나는 손에 스포츠 가방을 들고 있다. 아마도 납골 벽감에서 되찾은 것이리라.

"마약은 다 못 쓰게 되어 버렸어요. 하지만 그걸 한탄하고 있을 겨를이 없어요."

"당신 누구예요? 세상에, 당신 도대체 뭐 하는 사람이죠?"

안나는 가방을 바닥에 내려놓고 열어젖힌다.

"내가 이 자를 죽이지 않았으면 이 자가 우리를 죽였을 거예요."

그녀는 달러와 유로 다발을 집어 들고 재빨리 세어본 다음 가방 속에 도로 넣는다.

"이 자는 파리에 있던 내 연락원이었어요. 내게서 마약을 받아 유럽에 배분하고 유통망을 관리하기로 되어 있었던 자예요."

마틸드는 시체 쪽으로 눈길을 낮춘다. 갈색을 띤 찡그린 얼굴이 보인다. 툭 튀어나온 한쪽 눈이 천장을 응시하고 있는 듯하다. 묘비에 새길 글이 없는 주검일지라도 이름만은 있어야 한다.

"이 사람 이름이 뭐였죠?"

"장·루이 시페르요. 경찰관이었어요."

"경찰관이 당신 연락원이었다고요?"

안나는 아무 대답 없이 가방 속에서 여권을 꺼내어 빠르게 훑어본다. 마틸드는 다시 시체를 보며 묻는다.

"두 사람이…… 파트너였어요?"

"이 자는 나를 본 적이 없지만, 나는 이 자의 얼굴을 알고 있었어요. 우리에겐 서로를 알아보기 위한 징표가 있었어요. 양귀비꽃 모양으로 된 브로치가 그것이었죠. 그리고 '네 개의 초승달'이라는 일종의 암호도 있었어요."

"그 암호가 무슨 뜻이죠?"

"이런 얘기는 그만두죠."

그녀는 한쪽 무릎을 바닥에 대고 가방을 계속 뒤진다. 그러더니 자동권총의 탄창을 여러 개 찾아낸다. 마틸드는 의아한 표정으로 그녀를 살핀다. 그녀의 얼굴이 진흙으로 빚은 가면처럼 보인다. 인간적인 구석이라곤 어디에서도 찾아볼 수가 없다.

마틸드가 묻는다.

"이제 어떻게 할 거예요?"

안나는 다시 일어나 허리에 차고 있던 권총을 빼어든다. 납골 벽감에서 찾아낸 것으로 보이는 바로 그 자동권총이다. 그녀는 손잡이의 용수철을 작동시켜 빈 탄창을 빼낸다. 동작이 정확하고 자신감에 차 있다. 훈련을 통해서 획득된 반사적인 동작임을 짐작케 한다.

"떠나야죠. 이제는 파리에 남아 있어봐야 미래가 없어요."

"어디로 가는데요?"

안나는 권총에 새 탄창을 밀어 넣는다.

"터키요."

"터키? 아니 왜요? 거기로 가면 그들이 당신을 찾아낼 텐데요."

"내가 어디를 가든, 그들이 나를 찾아낼 거예요. 내가 직접 뿌리를 잘라 버리지 않으면 안 돼요."

"뿌리?"

"증오의 뿌리, 복수의 근본 원인이요. 이스탄불로 돌아가야 해요. 그들의 의표를 찌르는 거죠. 그들은 내가 거기에 나타나리라고는 생각하지 못할 거예요."

"그들이라니, 그게 누구죠?"

"회색늑대들이요. 그들은 조만간 내 얼굴이 어떻게 바뀌었는지 알아낼 거예요."

"그래서요? 터키가 아니라도 당신이 숨을 만한 장소는 쌔고쌨어요."

"아뇨. 그들이 나의 바뀐 얼굴을 알아내면, 나를 어디에서 찾아내야 하는지도 알게 될 거예요."

"어째서요?"

"그들의 우두머리가 나의 바뀐 얼굴을 보았기 때문이에요. 맥락이 전혀 다른 상황에서 말이에요."

"무슨 말인지 모르겠어요."

"다시 한번 말하지만, 다 잊어버리세요! 그들은 자기들의 목숨이 다하는 날까지 나를 추적할 거예요. 그들에겐 이게 보통의 청부계약이 아니에요. 그들의 명예가 걸린 일이에요. 나는 그들을 배신했어요. 내 서약을 스스로 깬 거죠."

"어떤 서약이요? 무슨 얘기를 하는 거예요?"

안나는 안전장치를 내리고 권총을 뒤쪽 허리춤에 찔러 넣는다.

"나는 그들의 일원이에요. 나 역시 회색늑대예요."

마틸드는 숨이 멎고 피돌기가 느려지는 듯한 기분을 느낀다. 안나는 무릎을 꿇으며 그녀의 두 어깨를 잡는다. 안나의 얼굴에는 이제 유채색이 없다. 하지만 그녀가 말을 할 때는 입술 사이로 분홍색 혀가 보인다. 이 혀는 형광에 가까운 빛을 발한다.

안나가 부드러운 어조로 말한다.

"박사님은 살아 있어요. 이건 기적이에요. 모든 일이 마무리되면, 박사님에게 편지를 쓸게요. 그 때 자초지종을 모두 말하겠어요. 관계된 사람들의 이름과 그간의 모든 사정을 말이에요. 박사님에게 진실을 알리고 싶어요. 하지만 박사님은 진실을 알더라도 이 사건과 거리를 두어야 해요. 내 일이 거의 끝나갈 때, 그리고 박사님이 알아도 위험에 빠질 염려가 없겠다 싶을 때 이야기할게요."

마틸드는 아무 대답이 없다. 그저 얼이 빠진 듯한 표정을 짓고 있을 뿐이다. 그녀는 영원처럼 길게 느껴졌던 몇 시간 동안 안나를 자기 혈육처럼 지켜주었다. 안나는 그녀의 딸이나 아기 같은 존재였다.

그런데 지금 그녀 앞에 있는 여자는 누구인가?

살인자. 잔혹하고 폭력적인 존재.

참을 수 없이 불쾌한 느낌이 그녀의 몸속에서 되살아난다. 썩은 연못 속에서 일어나는 진흙의 소용돌이. 근육이 풀려버린 내장에서 쏟아져 나오는 음산한 습기.

문득 자기가 그 살인자를 낳았다는 생각이 든다. 숨이 멎을 듯하다.

그래, 오늘밤 나는 괴물을 분만한 거야.

안나는 스포츠 가방을 집어 들며 다시 일어선다.
"편지하겠어요. 약속해요. 그 때 모든 걸 설명할게요."
그녀는 골분을 흩트리며 사라진다.
마틸드는 텅 빈 통로를 응시하며 가만히 누워 있다.
멀리서 페르 라셰즈 묘지의 사이렌이 울린다.

57

"폴이야."
전화선 건너편에서 숨소리 끝에 대답이 들려왔다.
"시간 보고 전화하는 거야?"
그는 손목시계를 들여다보았다. 새벽 6시.
"미안해. 밤을 꼴딱 새웠어."
숨소리가 한숨으로 변했다. 완전히 지쳤다는 뜻이었다.
"무슨 일인데?"
"그냥 알고 싶어서. 셀린 사탕 잘 받았어?"
레나의 목소리가 퉁명스러워졌다.
"미쳤어."
"받았어, 안 받았어?"
"그것 때문에 전화한 거야? 꼭두새벽에?"
폴은 공중전화부스의 유리벽을 후려쳤다―그의 휴대폰은 아직 배터리가 충전되어 있지 않은 상태였다.

"사탕을 받고 애가 기뻐했는지 어쨌는지 그것만 말해. 애를 못 본 지 열흘이나 됐단 말이야!"

"셀린에게 기쁨을 준 건 그것을 가져온 제복 차림의 사내들이야. 온종일 그 얘기만 하더라고. 빌어먹을, 이상을 좇아 달려온 인생이 겨우 이 모양이라니. 애를 경찰관들에게 맡기기나 하고……."

폴은 딸아이의 모습을 머릿속에 그렸다. 순찰대원들이 사탕을 내밀자 놀란 눈을 반짝이며 은빛 계급장을 올려다보는 모습. 그런 상상을 하자 마음이 훈훈해졌다. 그는 장난기가 섞인 어조로 갑작스런 약속을 했다.

"두 시간 후에 다시 전화할게! 셀린이 학교에 가기 전에 말이야."

레나는 아무 말 없이 전화를 끊었다.

그는 공중전화부스에서 나와 새벽 공기를 깊이 들이마셨다. 그가 있는 곳은 샤요 궁전의 두 날개, 즉 인류 박물관과 해군 박물관 쪽 건물과 샤요 국립극장 쪽 건물 사이에 있는 광장이었다. 복원 공사가 한창인 듯 판자 울타리로 둘러싸인 이 중앙 광장에 는개가 부슬거렸다.

그는 판자 울타리 사이로 난 통로를 따라 광장을 가로질렀다. 그의 얼굴에 낀 기름의 얇은 막이 는개에 씻겨 내리고 있었다. 초봄의 날씨치고는 기온이 너무 높은 편이었다. 파카 안에 받쳐 입은 옷으로 땀이 배어났다. 이 끈적끈적한 날씨는 그의 기분과 잘 어울렸다. 그는 자신이 더럽고 후줄근하고 녹초가 되어 있다고 느꼈다. 혀에서는 종이를 씹는 듯한 맛이 났다.

밤 11시에 시페르로부터 전화를 받은 뒤로 그는 성형외과 의사들 쪽의 단서를 추적하고 있는 중이었다. 얼굴이 바뀐 여자를 샤를리에의 부하들과 회색늑대들이 동시에 뒤쫓고 있다는 시페르의 말에 따라, 그는 수사의 방향 전환을 받아들였고 곧바로 파리 8구의 프리틀란트 대로에 있는 의사협회 전국평의회의 사무실로 갔다. 법적으로 문제를 일으킨 적이 있는 의사들을 찾아내기 위해서였다. 얼굴을 완전히 뜯어고치는 짓은 아무 의사나 하는 게 아니므로 직업윤리를 따지지 않는 의사를 찾아야 한다는 게 시페르의 말이었다. 그래서 폴은 전과가 있는 의사들을 먼저 조사하는 방법을 생각해 낸 것이었다.

그는 한밤중에 관련부서의 담당자에게 전화를 걸어 도움을 청하는 무례도 서슴지 않았다. 그는 눈에 불을 켜고 기록을 뒤졌다. 그 결과 최근 5년 동안 수도권에서만 6백 건 이상의 소송이 있었음을 알아냈다. 그렇게 긴 명단에서 어떻게 문제의 의사를 찾아낼 수 있단 말인가? 오전 2시에 폴은 성형외과 의사 협회의 회장인 장·필립 아르노에게 전화를 걸어 조언을 구했다. 잠결에 전화를 받은 그는 평판이 좋지 않은 세 의사의 이름을 알려 주었다. 세 명 모두 그런 종류의 수술을 거리낌 없이 받아들였을 가능성이 있는 대가들이라고 했다.

폴은 전화를 끊기 전에, 수술을 잘 하는 성형외과 의사들 중에서 '존경 받을 만한 인물'로는 누가 있는지도 물어보았다. 장·필립 아르노는 마지못해 일곱 명의 이름을 추가하면서, 이들은 솜씨가 좋기로 유명하면서도 도덕성을 인정받고 있는 의사들이라서 그런 시술을 했을 리가 없다고 분명히 말했다. 폴은 고맙다는 말로 그의 말허리를 잘랐다.

이리하여 그는 오전 3시에 열 명의 명단을 손에 넣게 되었다. 그 날 밤 그가 하기로 되어 있던 일은 이제 시작일 뿐이었다…….

그는 샤요 궁전의 테라스 끄트머리에서 발길을 멈추었다. 그런 다음 센 강변을 내려다보며 계단에 앉았다. 눈앞에 펼쳐진 아름다운 풍경이 그의 마음을 파고들어 왔다. 트로카데로 정원은 연못과 조각상과 산책로 등으로 이루어진 환상적인 무대를 펼쳐 보이고 있었다. 이에나 다리의 불빛들은 강 건너편의 에펠탑까지 길게 꼬리를 드리웠다. 거대한 철제 서진(書鎭)을 닮은 에펠탑 주위에는 샹 드 마르스의 거뭇한 건물들이 사원처럼 고요하게 잠들어 있었다. 티베트의 어떤 비궁이나 알려진 세계의 끝자락에 있는 어떤 경이로운 별궁을 연상케 하는 풍광이었다.

폴은 지난 몇 시간의 일을 되새기고 있었다.

처음에 그는 전화로 성형외과 의사들과 연락을 취하려고 했다. 하지만 첫 번째 의사에게 전화를 걸자마자 그런 식으로는 아무것도 얻어내지 못하리라는 것을 깨달았다. 상대가 댓바람에 전화를 끊어 버렸기 때문이었다. 어쨌거나 먼저 해야 할 일은 피살자들의 사진과 시페르가 10구 수사대에 맡겨놓고 간 안나 에메스의 사진을 그들에게 보여주는 것이었다.

그래서 그는 '평판이 나쁜' 의사들 가운데 가장 가까이에 사는 자를 만나기 위해 클레망 마로 거리로 갔다. 성형외과 의사 협회 회장의 말에 따르면, 이 의사는 콜롬비아 출신의 억만장자로서 메데인과 칼리의 마약재벌에게 수술을 해 주었다는 의심을 받고 있었다. 그곳 '대부들'의 반이 그에게서 수술을 받았다는 것이었다. 그는 솜씨가 좋기로 명성이 자자했다. 오른손으로든 왼손으로든 귀신 같이 수술을 할 수 있다는 얘기였다.

늦은 시각인데도 그 성형의 달인은 잠자리에 들어 있지 않았다. 잠자리에 들었다 해도 자고 있지 않았던 것은 분명했다. 폴이 찾아갔을 때 그는 향수 냄새가 감도는 거대한 방의 희미한 빛 속에서 한창 방사를 벌이고 있었던 듯했다. 폴은 그의 얼굴을 분명하게 보지는 못했다. 하지만 그가 사진들을 보고 전혀 떠올리는 게 없음을 알아차렸다.

폴이 두 번째로 찾아간 곳은 샹젤리제 대로 건너편의 워싱턴 거리에 있는 클리닉이었다.

이곳의 의사는 때마침 중화상을 입은 환자에게 응급 수술을 하려던 참이었다. 폴은 시술이 시작되기 직전에 그를 붙들었다. 그러고는 경찰 신분증을 제시하고 사건에 관해 간단하게 설명한 다음, 사진들을 작업대 위에 올려놓았다. 의사는 수술용 마스크조차 벗지 않았다. 그저 '모른다' 는 뜻으로 고개를 가로젓고는 화상을 입은 환자 쪽으로 가버렸다. 그 때 폴은 성형외과 의사 협회 회장의 말을 떠올렸다. "그는 사람의 피부를 인위적으로 배양하고 있습니다." 소문에 따르면, 이 의사는 도피 중인 범죄자들의 지문에 변형을 가하여 교묘하게 신원을 바꾸어 버리기도 한다는 것이었다.

폴은 곧바로 다음 의사를 만나러 떠났다.

세 번째 의사는 트로카데로 광장 근처의 엘로 대로에 있는 자신의 아파트에서 한창 잠에 빠져 있다가 폴의 갑작스런 방문을 받았다. 이 의사 역시 저명인사였다. 연예계의 대스타들이 그에게서 수술을 받았다는 소문이 돌고 있었다. 하지만 그가 누구에게 어떤 수술을 해 주었는지를 아는 사람은 아무도 없었다. 그 역시 얼굴을 고쳤다는 소문도 있었다. 모국인 남아프리카공화국에서 몇 차례 패소 판결을 받은 뒤에 숫제 얼굴을 바꾸어 버렸다는 얘기였다.

그는 경계심을 드러내며 폴을 맞았다. 두 손은 권총처럼 실내 가운의 호주머니 속에 찔러 넣은 채였다. 찡그린 얼굴로 사진들을 살펴본 뒤에, 그는 "전혀 본 적이 없소." 하고 단호하게 대답했다.

그 세 차례의 방문을 마치고 나니, 마치 깊은 물속에서 오랫동안 숨을 멈추고 있다가 나온 기분이 들었다. 새벽 6시에, 그는 불현듯 자기에게 힘을 주는 친숙한 지표들이 그리워졌다. 그래서 자신의 유일한 가족, 아니 자기에게 남아 있는 하나뿐인 혈육에게 전화를 건 것이었다. 하지만 그는 이 통화에서 힘을 얻지 못했다. 레나는 여전히 다른 행성에 살고 있었다. 잠에 깊이 빠져 있는 셀린 역시 그의 세계로부터 몇 광년 떨어진 곳에 있었다. 살인자들이 살아 있는 쥐를 여자의 생식기에 집어넣는 세계, 경찰관이 정보를 얻어내기 위해 피의자의 손가락을 자르는 세계로부터 아주 멀리 떨어진 곳에…….

폴은 고개를 들어 하늘을 보았다. 새벽빛의 스펙트럼이 마치 어떤 천체의 곡선처럼 뚜렷해지고 있었다. 널따란 연보라색 띠가 차츰차츰 붉은 색조를 띠어갔다. 그 아치의 꼭대기에서는 벌써 하얗게 반짝이는 입자들로 물든 유황빛이 조금씩 퍼져 나오고 있었다. 빛의 운모(雲母)가 하늘에 떠 있었다…….

그는 다시 일어나 왔던 길을 되돌아갔다. 트로카데로 광장에 다다라 보니 근처의 카페들이 문을 열고 있는 중이었다. '말라코프'라는 카페 겸 레스토랑의 불빛이 보였다. 그가 두 부하 형사 노브렐과 마트코프스카를 만나기로 한 장소였다.

전날 밤에 그는 그들에게 잠함에 관한 수사를 중단하고 회색늑대들과 그들의 정치적 행로에 관한 정보를 구할 수 있는 대로 모두 수집하라고 지시한 바 있었다. 수사의 초점은 회색늑대들의 '먹이'에 맞춰져 있었지만, 그는 그 사냥꾼들에 관해서도 알고 싶었다.

그는 카페 겸 레스토랑의 문턱에서 잠시 발걸음을 멈추었다. 몇 시간 전부터 그의 마음을 어지럽히고 있던 새로운 문제에 갑자기 더 신경이 쓰였다. 장·루이 시페르의 종적이 묘연했다. 밤 11시에 전화를 건 뒤로 아무 소식이 없었다. 그에게 연락을 하려고 여러 차례 시도했지만 헛일이었다. 폴은 최악의 상황을 상상하면서 그의 안위를 걱정하기보다는 오히려 그 비열한 작자가 자기를 따돌린 채 잇속을 차리고 있으리라 예상했다. 시페르는 아마도 자유롭게 돌아다니며 풍부한 단서를 찾아냈을 것이고, 그것을 혼자서 파고드는 중일 것이었다.

폴은 화를 억누르고 그에게 마지막 유예를 허용하기로 마음먹었다. 오전 10시까지 시간을 주고 연락을 기다리기로 한 것이었다. 하지만 이 시한을 넘기고도 연락이 없으면, 그 때는 아무 미련 없이 수배를 요청할 생각이었다.

그는 기분이 다시 암울해지는 것을 느끼면서 카페 문을 밀었다.

두 형사는 벌써 칸막이가 둘린 좌석에 앉아 있었다. 폴은 그들 쪽으로 가기 전에 두 손으로 얼굴을 문지르고 파카의 주름살을 펴 보려고 했다. 그들의 상관다운 평소의 모습을 비슷하게나마 되찾고 싶어서였다. 밤잠을 설친 노숙자의 행색으로 그들을 대하고 싶지는 않았다.

그는 홀을 가로질렀다. 실내가 너무나 밝고 너무나 새롭게 꾸며져 있어서, 의자 등받이의 광택을 비롯해서 모든 게 가짜처럼 느껴졌다. 모조 아연판, 모조 목재, 모조 가죽 등 카페가 온통 가짜로 이루어진 듯했다. 알코올 증기가 자욱하고 취객들의 수군거림이 끊이지 않을 법한 카운터는 아직 비어 있었다.

폴은 두 형사를 마주하고 앉았다. 그들의 쾌활한 얼굴을 대하니 기분이 한결 나아졌다. 노브렐과 마트코프스카는 대단한 경찰관들은 아니었다. 하지만 그들에게는 젊은이다운 열의가 있었다. 그들은 폴이 한번도 걸어보지 못한 길, 즉 태평하고 발랄하게 사는 길을 일깨워주곤 했다.

두 형사는 자기들이 간밤에 벌인 조사 활동에 관해서 시시콜콜하게 설명을 늘어놓기 시작했다. 폴은 커피를 주문한 뒤에 그들의 말허리를 잘랐다.

"좋아, 둘 다 수고했어. 이제 본론을 이야기해 봐."

그들은 은근한 눈길을 서로 주고받았다. 그러더니 노브렐이 두툼한 복사물 파일을 펼쳤다.

"먼저 회색늑대들의 정치적 행적에 관해서 말씀드리겠습니다. 저희가 알아낸 바에 따르면, 1960년대에 터키에서는 좌익 사상이 맹위를 떨쳤습니다. 프랑스의 경우와 사정이 비슷했지요. 그것에 대한 반동으로 극우파가 급속하게 발흥했습니다. 한때 나치와 은밀한 거래를 한 적이 있는 알파슬란 튀르케슈라는 대령이 민족주의 행동당이라는 정당을 결성했지요. 그와 그의 추종자들은 자신들이 빨갱이들의 위협을 저지하는 성벽이라고 주장했습니다."

마트코프스카가 대신 이야기를 이어나갔다.

"이 공식적인 단체의 뒤를 이어 극우파 청년 조직들이 생겨났습니다. 처음에는 대학에서 나중에는 농촌에서도 조직이 결성되었죠. 이런 조직에 가담하는 젊은이들은 스스로를 '이상주의자' 또는 '회색늑대' 라고 불렀습니다. (그는 자기가 메모한 것을 들여다보았다.) '회색늑대'를 터키 말로는 '보즈쿠르트' 라고 합니다."

시페르가 이야기한 것을 확증하는 정보들이었다. 노브렐이 말을 이었다.

"1970년대에 들어서서 공산주의자들과 파시스트들 사이의 대립은 더욱 격렬해졌습니다. 회색늑대들은 무장을 시작했습니다. 아나톨리아의 몇몇 지역에 걸쳐 수백 군데의 훈련소가 생겨났죠. 극우파 젊은이들은 거기에서 사상 교육과 군사 훈련을 받았습니다. 문맹의 농촌 젊은이들이 극우 이념의 광신도가 되고 숙달된 킬러로 변했지요."

마트코프스카는 또 다른 복사물 파일을 뒤적였다.

"1977년부터 회색늑대들은 행동에 나섰습니다. 폭탄 테러, 공공장소에서의 기총 소사, 저명인사 암살 등과 같은 짓을 자행했죠. 그러자 공산주의자들이 반격에 나섰고, 그야말로 내전이 시작되었습니다. 1970년대 말에는 터키에서 매일같이 열다섯 명 내지 스무 명의 사람들이 살해되었다고 합니다. 공포가 만연했던 시대죠."

폴이 물었다.

"그 때 터키 정부는 뭘 했지? 경찰과 군대는?"

노브렐은 빙그레 웃으며 대답했다.

"바로 그 얘기를 하려던 참입니다. 군인들은 상황이 갈수록 나빠지도록 방치했습니다. 개입의 효과를 높이기 위해서였죠. 1980년, 마침내 그들이 쿠데타를 일으켰습니다. 실수 없이 쌈박하게 처리된 거사였습니다. 좌우 양 진영의 테러리스트들이 체포되었습니다. 회색늑대들은 그것을 배신으로 여겼습니다. 자기들은 공산주의자들에 맞서 투쟁했는데, 우파 정권이 자기들을 감옥에 처넣었다는 것이죠……. 당시에 튀르케슈는 이렇게 썼습니다. '나는 감옥에 있지만 내 사상은 권좌에 있다'라고 말입니다. 사실 회색늑대들은 이내 풀려났어요. 튀르케슈는 조금씩 정치 활동을 재개했죠. 그를 본받아 다른 회색늑대들도 행동 방식을 바꾸었습니다. 그들은 정치판에 뛰어들어 국회의원이 되었죠. 하지만 다른 회색늑대들이 남아 있었습니다. 시골 출신으로 극우파 청년 조직에 가입하여 훈련소에서 킬러로 양성된 자들 말입니다. 그들은 폭력과 광신밖에 모르는 자들이었어요."

마트코프스카가 동을 달았다.

"그래요. 그들은 고아나 다름없는 신세였어요. 정권을 잡은 우파는 더 이상 그들을 필요로 하지 않았어요. 튀르케슈조차 자신의 정치적 위신을 세우는 데에 너무 골몰한 나머지 그들로부터 등을 돌렸죠. 사정이 그러하니 감옥에서 나온 그들이 무엇을 했겠습니까?"

노브렐은 커피 잔을 내려놓고 그 질문에 대답했다. 두 사람의 장단이 착착 맞아 돌아가고 있었다.

"그들은 용병이 되었습니다. 무력을 갖춘 데다 전투 경험도 많은 그들은 국가든 마피아든 가장 높은 값을 부르는 자들을 위해서 일했죠. 그들은 MIT, 곧 터키 정보부에 고용되어 아르메니아나 쿠르드의 지도자들을 제거한 적이 있습니다. 저희가 접촉한 터키 기자들 말로는 그건 공공연한 비밀이라고 합니다. 회색늑대들은 사설 군대나 특공대를 결성하기도 했습니다. 하지만 누구보다 그들을 많이 이용한 것은 마피아입니다. 채무 회수나 갈취나 경호 등에 말입니다. 터키에서 마약 밀거래가 확산되어 가던 1980년대 중반에는 회색늑대들의 활동이 더욱 두

드러졌죠. 그들은 때로 마피아 조직을 대신해서 시장의 주도권을 장악하기도 했어요. 기존의 범죄 조직과 비교할 때, 그들에게는 중요한 장점이 있었어요. 권력, 특히 경찰과 긴밀한 관계를 맺고 있다는 게 바로 그것이었죠. 최근 몇 년 사이에 터키에서 정치적 스캔들이 여러 차례 터졌습니다. 그런 사건들을 통해서 마피아와 정부와 극우 민족주의자들의 관계가 다른 어느 때보다 긴밀했다는 사실이 드러났지요."

폴은 깊은 생각에 잠겨 있었다. 모든 게 먼 나라에서 벌어진 모호한 이야기로 들렸다. '마피아'라는 말 자체가 뒤져 봐야 아무것도 얻을 수 없을 것 같은 느낌을 주었다. 그 말을 들으면 떠오르는 것은 문어발, 음모, 눈에 보이지 않는 조직망 따위의 이미지들뿐이었다. 이 모든 이야기가 대체 무슨 의미가 있단 말인가? 그가 찾고 있는 살인자들이나 그들의 표적이 되어 있는 여자에게 더 가까이 가게 해 주는 것은 아무것도 없었다. 얼굴이든 이름이든 단 하나도 건질 것이 없었다.

그의 생각을 알아차리기라도 한 것처럼, 노브렐이 자신만만한 웃음을 흘렸다.

"이제 사진으로 넘어가겠습니다!"

그는 커피 잔들을 옆으로 치우고 서류 봉투에 한 손을 집어넣었다.

"인터넷에서 이스탄불의 유력 일간지 〈밀리예트[12]〉의 사진 자료를 검색했습니다. 이걸 찾아내는 데에 성공했죠."

폴은 첫 번째 사진을 집어 들었다.

"이게 뭐지?"

"알파슬란 튀르케슈의 장례식 사진입니다. 그 '늙은 늑대'는 1997년 4월에 향년 80세로 세상을 떠났습니다. 그의 장례식은 정말이지 거국적인 사건이었어요."

---

[12] '국민, 인민'이라는 뜻.

폴은 자기 눈을 의심했다. 그 장례식에 무수한 터키인들이 운집해 있었다. 영어로 된 사진 설명에는 '장례 행렬이 4킬로미터에 달했고 1만 명의 경찰관들이 질서 유지에 동원되었다' 라는 말까지 들어 있었다.

그건 엄숙하고도 화려한 장면이었다. 여러 빛깔의 대비가 선명했다. 앙카라 대(大)회교사원 앞의 운구 행렬을 둘러싸고 있는 군중의 검은 옷. 솜뭉치처럼 펑펑 쏟아지는 하얀 눈. 여기저기 '추종자들' 사이에서 펄럭이는 빨간 터키 깃발…….

다음 사진들은 장례 행렬의 앞줄에 선 사람들을 보여주고 있었다. 폴은 전직 총리 탄수 질레르를 알아보고, 정계의 다른 거물들도 장례식에 참석했을 거라고 결론을 내렸다. 이웃 나라에서 온 조문 사절도 있는 듯했다. 그들은 둥근 모자며 금실로 수를 놓은 외투 등 중앙아시아의 전통 의상을 입고 있었다.

또 다른 생각이 불현듯 폴의 뇌리를 스쳤다. 터키 마피아의 대부들 역시 그 행렬에 참여했으리라는 생각이었다. 이스탄불과 터키의 다른 지역들을 장악하고 있는 여러 조직의 우두머리들도 자기들을 후원하던 정계의 거물에게 마지막 경의를 표하러 왔을 법했다. 그들 중에는 어쩌면 폴이 수사하는 사건의 배후 조종자도 있을지 모를 일이었다. 살인자들을 보내 세마 고칼프를 뒤쫓게 한 자도…….

그는 다른 사진들도 차례차례 살펴보았다. 사진 속의 군중 사이에서 몇 가지 특이한 점이 눈에 띄었다. 예를 들어, 대부분의 빨간 깃발에는 터키를 상징하는 초승달이 한 개가 아니라 세 개가 찍혀 있었다. 세 개의 초승달이 세모꼴로 배치되어 있는 이상한 깃발들이었다. 그런가 하면, 어떤 포스터에는 세 개의 초승달 아래에서 울부짖는 늑대가 그려져 있었다.

폴은 어떤 군대가 행진하는 광경을 보는 듯한 기분이 들었다. 원시적인 가치를 숭상하고 비의적인 상징을 떠받드는 냉혹한 전사들의 행진을 보는 듯했다. 회색늑대들은 단순한 정당이 아니라, 일종의 사이비 종교집단, 혹은 대대로 전래된 가치에 뿌리를 둔 신비주의적인 공동체를 형성하고 있었다.

그는 마지막 몇 장의 사진에서 또 한 가지 깜짝 놀란 만한 것을 발견했다. 당원으로 보이는 사람들은 영구(靈柩)가 지나갈 때 주먹 쥔 손을 들어 올리고 있었다. 그런데 처음 생각했던 것과는 달리, 그들은 그냥 주먹을 치켜든 게 아니라 두 손가락을 세운 독특한 경례를 하고 있었다. 폴은 그 수수께끼 같은 동작을 취하고 있는 한 여자에게 주목했다. 눈발이 휘날리는 속에서 애도의 눈물을 흘리고 있는 여자였다.

더 자세히 살펴보니, 그 여자는 집게손가락과 새끼손가락을 세우고 중지와 약지를 한데 모아 엄지에 붙이고 있었다. 그는 큰 소리로 물었다.

"이 손짓이 무엇을 뜻하는 거지?"

마트코프스카가 대답했다.

"모르겠어요. 이들 모두가 같은 동작을 취하고 있는 것으로 보아 식별의 표지가 아닌가 싶어요. 모두가 하나로 똘똘 뭉쳐 있는 것처럼 보이는데요!"

그 손짓은 하나의 열쇠였다. 하늘을 향해 두 손가락을 동물의 귀처럼 세우고 있는 동작······.

폴은 불현듯 깨달았다.

그는 노브렐과 마트코프스카의 면전에서 그 손짓을 흉내 냈다.

"이게 뭘 나타내는지 알겠어?"

폴은 유리창 쪽으로 짐승의 주둥이처럼 뾰족하게 내민 손을 옆모습이 보이도록 돌렸다.

"잘 봐."

노브렐이 중얼거렸다.

"젠장, 늑대잖아요. 늑대의 머리에요."

59

카페를 나서면서 폴이 말했다.

"이제 일을 나눠야겠어."

두 형사는 놀란 기색을 드러냈다. 아마도 밤을 하얗게 새운 터라 집으로 돌아가게 되리라고 기대한 모양이었다. 폴은 그들의 실망한 표정을 무시했다.

"노브렐, 자네는 고압 잠함에 관한 수사를 다시 시작하게."

"네? 하지만……."

"수도권에서 어떤 기업체들이 그런 장비를 사용하고 있는지 하나도 빠짐없이 알아냈으면 좋겠어."

노브렐 형사는 두 팔을 힘없이 벌렸다. 할 만큼 했지만 더는 방도가 없다는 뜻이었다.

"팀장님, 그쪽은 막다른 골목이에요. 이미 마트코프스카하고 다 뒤져봤어요. 건축 공사장에서 난방설비 업체, 병원, 유리 공장에 이르기까지 있을 만한 데는 다 가 봤어요. 기계설비의 내구성을 검사하는 업체에 가서 물어보기도 했고요……."

폴은 그의 말허리를 잘랐다. 자신의 생각을 따랐다면, 그 역시 그만두었을 것이었다. 하지만 시페르가 전화를 하면서 잠함에 관해 물은 바 있었다. 그건 잠함에 관심을 가질 만한 이유가 있다는 뜻이었다. 폴은 다른 어느 때보다 그 늙은 베테랑의 직관을 신뢰하고 있었다.

"명단을 만들어 봐. 살인자들이 잠함을 사용했을 가능성이 조금이라도 있는 곳이라면 한 곳도 빠뜨리지 말고 명단에 넣으라고."

"저는 뭘 하죠?"

마트코프스카의 물음에 폴은 자기 아파트의 열쇠들을 내밀었다.

"슈맹 베르 거리에 있는 내 아파트로 가게. 우편함을 열어 보면, 고대의 가면과 조각상에 관한 카탈로그와 책자와 갖가지 자료들이 있을 거야. 보안방범대의 어떤 젊은 친구가 나를 위해서 수집한 걸세."

"그걸 가지고 뭘 하죠?"

폴은 그 쪽에서 단서가 나올 가능성도 믿고 있지 않았다. 하지만 그는 또 다시 시페르의 말을 떠올렸다. "고대의 가면들에 관한 조사는 어떻게 됐어?" 시페르가 그렇게 물은 것으로 보아 자신의 가정이 아주 터무니없는 것은 아닌 듯했다.

그는 단호한 어조로 대답했다.

"그걸 가지고 내 아파트에 들어가서 각각의 사진을 피살자들의 얼굴과 비교해 보게."

"그래서 뭐 하게요?"

"피살자들의 얼굴과 닮은 조각상을 찾아봐. 내가 보기에 살인자는 고대의 유적에서 본 것을 흉내 내어 피살자들의 얼굴에 상처를 냈을 거야."

마트코프스카 형사는 석연치 않은 표정으로 손바닥에서 반짝이고 있는 열쇠들을 바라보고 있었다. 폴은 자기 승용차 쪽으로 가면서 말을 맺었다.

"정오에 상황 점검을 하기로 하지. 그 전에라도 무언가 중요한 것이 있으면 지체 없이 나에게 전화해."

이제 자신을 근질근질하게 만들고 있는 새로운 착상을 발전시킬 차례였다. 터키 대사관의 문화 참사관인 알리 아지크가 거기에서 몇 블록 떨어진 곳에 살고 있었다. 그에게 전화를 거는 것은 해볼 만한 가치가 있는 일이었다. 그는 폴의 수사와 관련해서 언제나 협조적인 태도를 보여 왔다. 게다가 폴은 누구든 터키를 잘 아는 사람과 이야기를 나누고 싶었다.

자동차에 오르자, 폴은 마침내 재충전된 휴대폰을 이용해서 아지크에게 전화를 걸었다. 아지크는 벌써 깨어 있었다―사실인지는 알 수 없지만 그 자신의 말은 그러했다.

몇 분 뒤에 폴은 그 외교관의 아파트 계단을 오르고 있었다. 그는 약간 후들거리는 것을 느꼈다. 수면 부족에다 허기와 흥분이 겹친 탓이리라…….

외교관이 그를 맞아들인 작고 현대적인 아파트는 알리바바의 동굴로 변해 있었다. 광칠을 한 가구들은 금갈색 빛으로 번쩍거렸다. 벽들을 가득 덮은 메달과 액자와 등롱들은 금빛과 구릿빛을 발산하고 있었다. 킬림을 겹쳐서 깔아 놓은 바닥은 온통 황토색을 띠고 있었다. 천일야화 풍의 이런 실내 장식은 아지크의 사람됨과 어울리지 않았다. 그는 여러 언어에 능통한 현대적인 40대 터키 남자였다.

폴의 생각을 읽기라도 한 듯 그가 변명조로 말했다.

"제가 들어오기 전에 이 아파트에 살았던 외교관은 옛것을 무척 좋아하는 사람이었지요."

그는 연회색 조깅 복의 호주머니에 두 손을 찔러 넣은 채 싱긋 웃었다.

"그건 그렇고, 급한 일이라는 게 뭐죠?"

"사진 몇 장을 가져왔는데, 그것들을 보여 드리고 싶습니다."

"사진을요? 좋습니다. 안으로 들어와서 앉으시죠. 차를 끓이던 중이었습니다."

폴은 사양하고 싶었지만 시간이 걸리더라도 예의를 지키지 않을 수가 없었다. 그의 방문은 불법적이라고 할 수는 없어도, 외교관의 면책 특권이 적용되는 영역을 침범하고 있다는 점에서 변칙적이었다.

그는 카펫과 수를 놓은 방석들이 깔린 바닥에 앉았다. 아지크는 책상다리를 하고 앉아서 가운데가 볼록한 작은 잔에 차를 따랐다.

폴은 그의 모습을 살폈다. 그는 이목구비가 반듯했다. 아주 짧게 깎은 검은 머리는 마치 복면을 쓴 것처럼 머리통의 윤곽을 그대로 드러내고 있었다. 로트링 펜으로 그린 듯이 깔끔한 얼굴이었다. 다만 눈이 짝짝이가 져서 시선이 불안정했다. 왼쪽 눈망울은 아무런 움직임이 없고 시선이 한곳에 붙박여 있는데 반해서, 오른쪽 눈망울은 상하좌우로 온전하게 움직이고 있었다.

폴은 뜨거운 찻잔에 손을 대지 않고 허두를 떼었다.

"먼저 회색늑대들에 관해서 얘기를 하고 싶습니다."

"새로운 사건을 수사하고 있나 보죠?"

폴은 대답을 회피했다.

"그들에 대해서 알고 계신 것이 있습니까?"

"다 옛날 얘기죠. 그들은 1970년대에 특히 강력했어요. 매우 폭력적인 자들이었죠…… (그는 침착하게 차를 한 모금 마셨다.) 내 왼쪽 눈이 이상하다는 거 알아차리셨지요?"

폴은 짐짓 놀란 표정을 지었다. '말씀을 듣고 보니 그런 것 같군요' 라는 뜻의 표정이었다.

아지크는 빙그레 웃었다.

"당연히 알아차리셨을 겁니다. 제 눈을 이렇게 만든 게 바로 그자들입니다. 대학 시절에 저는 좌파 쪽에서 활동했습니다. 그자들의 투쟁 방식은 과격하고 난폭했죠……"

"오늘날에는 어떤가요?"

아지크는 더 생각하고 싶지 않다는 듯한 손짓을 했다.

"그들은 이제 존재하지 않아요. 어쨌거나 테러 집단의 형태로는 존재하지 않죠. 그들은 이제 폭력을 사용할 필요를 느끼지 않아요. 터키의 권력을 장악하고 있는 게 그들이니까요."

"정치 얘기를 하는 게 아닙니다. 저는 킬러들에게 관심이 있습니다. 범죄 카르텔을 위해 일하는 자들 말입니다."

아지크는 조롱기가 섞인 미묘한 표정을 지었다.

"그 얘기로군요……. 터키에서는 전설과 실화를 구별하기가 쉽지 않죠."

"그들 가운데 일부가 마피아 조직을 위해 일하고 있죠, 아닌가요?"

"과거에는 그랬죠. 하지만 오늘날에는……. (그는 이맛살을 찌푸렸다.) 왜 그런 걸 묻죠? 그게 연쇄 살인과 관계가 있나요?"

폴은 대답 대신 질문을 이어 나가기로 했다.

"제가 수집한 정보에 따르면, 그들은 마피아를 위해 일하면서도 자기들의 이념을 고수하고 있다던데, 맞습니까?"

"맞아요. 사실 그들은 자기들을 고용하는 갱들을 경멸하죠. 그들은 자기들이 더 높은 이상을 위해 활동하는 거라고 확신하고 있습니다."

"그 이상에 대해서 말씀해 주세요."

아지크는 가슴을 과장되게 부풀리면서 숨을 깊이 들이마셨다.

"터키 제국의 복원이죠. 그들은 투란이라는 신기루를 좇고 있습니다."

"그게 뭔데요."

"그걸 설명하자면 하루가 걸릴 겁니다."

폴은 다급한 어조로 재촉했다.

"어서 얘기해 주세요. 저는 그자들의 정신적인 동력이 무엇인지 알아내야 합니다."

알리 아지크는 한쪽 팔꿈치를 무릎에 세우고 턱을 괴었다.

"터키 민족의 기원은 중앙아시아의 대초원으로 거슬러 올라갑니다. 우리 조상들은 눈에 몽고주름이 있었고 몽골 사람들과 똑같은 지역에 살고 있었어요. 예컨대 훈족이 바로 우리의 조상입니다. 이 유목민들은 중앙아시아 전역으로 퍼져나갔고, 기원전 10세기경에는 아나톨리아에 다다랐죠."

"그런데 투란이라는 건 뭐죠?"

"전설적인 시원의 제국이죠. 중앙아시아의 터키어권 민족들을 하나로 통합했던 나라라고 합니다. 아틀란티스처럼 역사가들이 자주 언급하기는 하지만 실제로 존재했다는 증거는 전혀 없어요. 회색늑대들은 이 잃어버린 제국을 동경합니다. 그들은 우즈베크족, 타타르족, 위구르족, 투르크멘족 등을 통합하겠다는 꿈을 꾸고 있습니다. 발칸 반도에서 바이칼 호에 이르는 거대한 제국을 복원하겠다는 것이지요."

"현실성이 있는 꿈인가요?"

"물론 아니죠. 하지만 그 신기루에 현실적인 요소가 전혀 없는 것은 아닙니다. 오늘날 터키 민족주의자들은 터키어 권 민족들 간의 경제 동맹을 주장합니다. 예를 들어 석유 같은 천연자원을 함께 나누자는 것이지요."

폴은 튀르케슈의 장례식에 참석했던 외교사절들을 떠올렸다. 몽고주름 때문에 눈매가 날카롭고 금실로 수를 놓은 외투를 입었던 남자들. 그가 생각했던 대로였다. 회색늑대들의 세계는 국가 속에 있는 또 다른 국가였다. 법률과 국경을 초월해 있는 비밀 국가였다.

그는 장례식 사진들을 꺼냈다. 책상다리를 하고 앉아 있으려니 다리가 저려오기 시작했다.

아지크는 첫 번째 사진을 집어 들고 중얼거리듯 말했다.

"튀르케슈의 장례식이로군요……. 저는 당시에 이스탄불에 있지 않았습니다."

"중요 인사들 중에 얼굴을 아는 사람들이 있습니까?"

"그럼요! 터키 정계의 거물들이 수두룩한 걸요. 정부에서 나온 사람들도 있고 우파 정당들의 대표자들도 있어요. 튀르케슈의 후계자 자리를 노리던 사람들도 보이네요……."

"회색늑대로 활동하던 자들도 있나요? 제 말은 잘 알려진 범법자들이 있느냐는 겁니다."

외교관은 사진들을 차례차례 살폈다. 그의 표정에 불편한 기색이 역력해지고 있었다. 사진 속의 남자들을 보는 것만으로도 예전의 공포가 되살아나는 모양이었다. 그가 집게손가락을 내밀었다.

"이자요. 오랄 첼리크."

"그게 누구죠?"

"알리 아그자의 공범입니다. 1981년에 교황을 암살하려고 했던 두 남자 중의 하나죠."

"그자가 풀려났단 말입니까?"

"그게 터키의 시스템이죠. 회색늑대들과 경찰이 한통속이라는 걸 잊으시면 안 됩니다. 우리 사법부가 엄청나게 부패했다는 것도 염두에 두셔야 하고요……."

"다른 회색늑대들 중에는 아는 얼굴이 없습니까?"

아지크는 망설이는 기색을 보였다.

"저는 그 방면의 전문가가 아닙니다."

"제가 말하는 건 유명인사들입니다. 조직의 우두머리들 말입니다."

"바바[13]들 말입니까?"

폴은 그 단어를 기억해 두었다. 아마도 '대부'를 가리키는 터키 말인

---

[13] '아버지'라는 뜻.

늑대의 제국 161

듯했다. 아지크는 각각의 사진을 다시 찬찬히 들여다보았다.

"무언가를 생각나게 나는 인물들이 더러 있긴 합니다. 하지만 그들의 이름이 기억나지 않아요. 신문에 자주 나오는 얼굴들입니다. 무기 거래, 납치, 사설 도박장 개설 등등의 혐의로 재판을 받았던 자들이죠……."

폴은 호주머니에서 펠트펜을 꺼내 들었다.

"아시는 얼굴을 모두 동그라미로 표시해 주세요. 이름이 생각나시면 옆에 적어 주시고요."

아지크는 몇 개의 동그라미를 쳤다. 하지만 이름은 하나도 적지 못했다. 갑자기 그의 손길이 멎었다.

"이 사람은 진짜 유명인사입니다. 터키 국민치고 이 사람 이름을 모르는 사람은 별로 없을 겁니다."

그는 키가 아주 큰 남자를 가리켰다. 나이가 적어도 일흔 살은 되어 보이고 지팡이를 짚고 있는 노인이었다. 이마가 벗겨지고 희끗희끗한 머리를 뒤로 빗어 넘긴데다가 턱이 앞으로 나와 있는 모습이 수사슴의 옆모습을 연상시켰다. 참으로 별난 상판이었다.

"이스마일 쿠드세이예요. 흔히 '뷔왹바바'[14] 라 불리죠. 아마도 이스탄불에서 가장 강력한 대부일 겁니다. 그에 관한 기사를 최근에 읽었는데…… 오늘날에도 여전히 활동하고 있는 모양이에요. 터키의 마약 시장을 좌지우지하는 자들 가운데 하나입니다. 이름이 알려진 것에 비하면 얼굴은 별로 알려진 편이 아니죠. 사진을 거의 찍지 않기 때문입니다. 어떤 사진기자가 그의 사진을 몰래 찍었다가 눈알을 뽑히고 말았다는 애기가 있습니다."

"그의 범죄행각이 알려져 있나요?"

---

14) '할아버지' 라는 뜻.

아지크는 웃음을 터뜨렸다.

"물론이죠. 이스탄불에서는 사람들이 이런 얘기를 해요. 쿠드세이가 아직 두려워할 만한 게 있다면 그건 오로지 지진뿐이라는 겁니다."

"회색늑대들과 관계가 있는 자인가요?"

"그럼요. 역사적인 지도자인 걸요. 현역 경찰관들 중에서 다수가 그의 훈련소에서 교육을 받았습니다. 그는 자선 활동으로도 유명합니다. 자신의 재단을 통해서 불우한 학생들에게 장학금을 주고 있죠. 단순한 자선 활동은 아니고 극단적인 애국주의에 바탕을 둔 행위입니다."

한 가지 특이한 것이 폴의 눈길을 끌었다.

"이 사람 손에 있는 건 뭐죠?"

"산(酸) 때문에 생긴 상처예요. 이자는 1960년대에 청부 살인자 노릇을 하기 시작했는데, 그 때 시체를 화약약품으로 없애 버리곤 했대요. 역시 풍문입니다."

폴은 혈관 속으로 개미가 기어다니는 듯한 이상한 기분을 느꼈다. 그런 작자라면 세마 고칼프를 살해하도록 명령을 내릴 수도 있었을 것이다. 하지만 이 작자가 아니라 그와 나란히 서 있는 다른 자가 그랬을 수도 있지 않은가? 만약 이자가 명령을 내린 거라면, 무슨 까닭으로 그랬을까? 또 어떻게 2천 킬로미터나 떨어진 곳에서 부하들을 지휘했을까?

그는 펠트펜으로 동그라미가 쳐진 다른 얼굴들을 살펴보았다. 콧수염이 하얗게 센 무뚝뚝한 얼굴들, 속내를 짐작할 수 없게 하는 수수께끼 같은 표정들……

폴은 본심과는 다르게 마음 한쪽에서 그 범죄 세계의 지배자들에 대해 묘한 경외심을 느끼고 있었다. 그들 사이에 끼여 있는 머리가 텁수룩한 젊은이가 눈길을 끌었다.

"이 사람은 누구죠?"

"신세대를 대표하는 아제르 아카르사입니다. 쿠드세이의 총애를 받는 자예요. 쿠드세이 재단의 지원 덕택에 가난한 농민의 아들이 대단한 기업가가 되었죠. 그는 과일 무역으로 돈을 많이 벌었습니다. 현재 가지안테프 근처의 자기 고향에 방대한 과수원들을 소유하고 있습니다. 아직 마흔 살도 되지 않은 나이에 터키식의 성공 신화를 만든 것이죠."

가지안테프라는 이름이 나오자 폴의 머릿속에 불현듯 떠오르는 것이 있었다. 피해자들 모두가 이 지역 출신이었다. 단순한 우연의 일치일까? 그는 벨벳 재킷의 단추를 깃까지 채운 그 젊은이를 한참 들여다보았다. 비범한 사업가라기보다는 자유분방하고 몽상적인 대학생처럼 보였다.

"이 사람, 정치도 하나요?"

아지크는 고개를 끄덕였다.

"현대적인 지도자죠. 자신의 조직을 만들었는데, 그 구성원들은 랩 음악도 듣고 술도 마시고 유럽식의 발전을 논하기도 한답니다. 그런 점에서는 개인의 자유를 중시하는 것처럼 보이죠."

"정치 노선이 온건한가 보죠?"

"겉으로 보기에만 그렇습니다. 제가 보기에 아카르사는 극우 이념의 광신자입니다. 아마도 가장 고약한 광신자일 겁니다. 그는 터키 민족의 뿌리로 철저하게 회귀하자고 주장합니다. 터키의 영광스러운 과거에 집착하고 있죠. 그에게도 재단이 하나 있습니다. 이 재단을 통해서 고고학 연구에 재정 지원을 하고 있어요."

폴은 고대의 가면들과 석상처럼 조각된 피해자들의 얼굴을 떠올렸다. 하지만 그건 사건 해결의 단서도 아니었고 가정도 아니었다. 그저 아무 근거도 없는 망상일 뿐이었다.

"아카르사도 범죄 행위에 가담하고 있나요?"

"제가 보기에는 아닙니다. 아카르사는 돈을 필요로 하지 않아요. 게다가 그는 마피아와 손잡은 회색늑대들을 경멸하고 있는 게 분명해요. 그는 그런 행동이 자기들의 '대의'에 맞지 않는다고 보고 있어요."

폴은 손목시계를 흘깃 보았다. 9시 30분. 진작 성형외과 의사들을 방문하는 일로 돌아갔어야 할 시각이었다. 그는 사진들을 챙겨 넣고 자리에서 일어섰다.

"고맙습니다. 알려주신 정보들이 어떤 식으로든 저에게 많은 도움을 주리라고 확신합니다."

아지크는 문까지 그를 배웅하러 나와서 물었다.

"아직 대답을 안 해 주셨는데, 회색늑대들이 그 연쇄 살인 사건과 관계가 있습니까?"

"네, 그들이 연루되었을 가능성이 있습니다."

"어떤 식으로 연루되었다는 거죠?"

"더는 말씀드릴 수가 없습니다."

"어때요…… 그들이 파리에 있다고 생각하십니까?"

폴은 묵묵히 복도로 나아갔다. 그러다가 계단에서 걸음을 멈추었다.

"알리, 한 가지만 더 물어볼게요. 회색늑대들 말인데요, 왜 그런 이름을 붙인 거죠?"

"그건 기원신화와 관계가 있습니다."

"어떤 신화인데요?"

"아주 먼 옛날에 터키인들은 은신처도 없이 중앙아시아 한복판을 헤매고 다니는 굶주린 무리였답니다. 그런데 그들이 죽어가고 있을 때, 늑대들이 나타나서 그들을 먹이고 지켜주었습니다. 회색늑대들 덕분에 진정한 터키 민족이 생겨났다는 것이지요."

폴은 자기가 관절들이 하얘지도록 계단 난간을 움켜쥐고 있음을 알아차렸다. 그는 광활한 초원에서 몸을 부르르 흔들어 대는 늑대 떼를

늑대의 제국 165

상상하고 있었다. 햇살의 분말을 뒤집어 쓴 것처럼 잿빛 털을 반짝이는 한 무리의 늑대들. 아지크가 말을 맺었다.

"그들은 터키 민족의 수호자를 자처합니다. 그들은 터키 민족의 근원과 최초의 순수성을 되찾으려고 합니다. 그들 가운데 일부는 자기들이 흰색 암늑대 아세나의 먼 후예라고 믿고 있습니다. 그들이 파리에 와 있다는 팀장님 생각이 틀린 것이기를 바랍니다. 그들은 보통의 범죄자들이 아니기 때문이에요. 가까이에서 혹은 멀리서 많은 범죄자를 겪어 보셨겠지만, 그들은 그 어떤 자들과도 비슷하지 않아요."

60

폴이 골프 승용차에 올라타고 있는데 휴대폰이 울렸다.
"팀장님, 뭔가 소득이 있는 듯싶습니다."
노브렐 형사의 목소리였다.
"뭔데?"
"중앙난방 설비 전문가에게 문의를 하다가 고압의 잠함을 이용하는 또 다른 산업 분야가 있다는 것을 알아냈어요. 저희가 아직 뒤져보지 않은 분야예요."
폴은 늑대와 대초원에 관한 생각으로 머리가 복잡하던 터라, 노브렐이 무슨 얘기를 하고 있는지 제대로 이해하지 못하고 있었다. 그는 말이 나오는 대로 내뱉었다.

"어떤 분야인데?"

"식품 저장이요. 비교적 최근에 도입된 기술인 모양이에요. 식품을 가열하는 대신 고압 처리를 하는 겁니다. 비용은 더 많이 들지만, 비타민이 보존되는 장점이 있어서……."

"빌어먹을, 빨리 말해봐. 단서를 잡은 거야?"

"파리 교외에 있는 몇 군데 공장에서 그 기술을 사용하고 있습니다. 유기농법 식품이나 고급 식료품을 공급하는 업체들이에요. 그 중에서 비에브르 강 연안에 있는 업체 하나가 수상해요."

"왜?"

"터키 회사에 딸린 공장이거든요."

폴은 두피가 따끔거리는 것을 느꼈다.

"회사 이름이 뭐야?"

"마타크 사예요."

이름을 들었다 해서 무엇이 생각날 리가 없었다.

"그 공장에서 뭘 생산하고 있지?"

"과일 주스, 고급 통조림 등이요. 제가 알아본 바로는 공장이라기보다 연구소랍니다. 매우 선도적인 기업인 모양이에요."

두피의 따끔거림이 자릿자릿한 파동으로 바뀌었다. 아제르 아카르 사. 과수 재배와 과일 무역을 바탕으로 성공 신화를 만든 극우 민족주의자. 가지안테프 지역 출신. 정말 무슨 관련이 있는 것일까?

폴은 목소리에 힘을 주었다.

"이제 어떻게 해서든 현장을 답사해 봐."

"지금요?"

"지금이 아니면? 고압 처리 작업장을 샅샅이 조사해 줘. 하지만 조심해야 할 게 있어. 공식적인 수색이라는 인상을 주면 안 돼. 경찰 신분증을 제시해서도 안 되고."

"아니 그럼 어떻게 하라는 거죠?"

"알아서 해 봐. 그리고 회사의 소유주가 누구인지도 알아내도록 해."

"지주회사 아니면 주식회사일 텐데요!"

"공장에 가서 책임자에게 물어봐. 상공회의소에도 연락해 보고, 필요하다면 터키에도 연락해. 주요 주주들의 명단이 필요해."

노브렐은 자기 상관이 무언가를 염두에 두고 지시를 내리고 있음을 알아차린 듯했다.

"찾고 계신 게 뭐죠?"

"주주 명단에 혹시 아제르 아카르사라는 이름이 있나 알아봐."

"젠장, 이름이 너무 낯설어서 적어두지 않으면 금세 잊어버리겠어요. 철자를 불러 주시겠어요?"

폴은 철자를 불러 주었다. 그가 전화를 끊으려고 하는데, 노브렐이 물었다.

"무전기 연결하셨어요?"

"왜?"

"간밤에 페르 라셰즈 공동묘지에서 시체가 발견되었답니다. 얼굴이 심하게 훼손된 시체랍니다."

차가운 화살이 날아와 명치에 박힌 것처럼 갑자기 찬 기운이 느껴졌다.

"여자야?"

"아뇨, 남자예요. 경찰관이랍니다. 전에 10구에서 근무했던 터키 타운 전문가, 장·루이 시페르……"

사람이 총에 맞았을 때 큰 피해를 입게 되는 것은 총알 그 자체의 힘 때문이기도 하지만 그보다는 총알이 지나가는 자리에 생기는 파괴적인 공백 때문이다. 살과 뼈와 세포조직 속으로 퍼져 나가는 그 혜성의 꼬리가 피해를 키우는 것이다.

폴은 방금 들은 말들이 그런 식으로 자기를 관통하고 있음을 느꼈다.

말들이 그의 폐부로 퍼져 나가면서 혜성의 꼬리 같은 고통의 줄을 그어 대고 있었다. 그는 고통에 겨워 울부짖었다. 하지만 그는 자신의 외침을 듣지 못했다. 이미 자동차 지붕에 회전 경보등을 붙이고 사이렌을 작동시켰기 때문이었다.

61

올 만한 사람들은 벌써 다 와 있었다.

그는 그들을 복장에 따라 분류할 수 있었다. 윤기가 좔좔 흐르는 호사스런 정장에 검은 외투를 걸친 사람들은 내무부나 경찰청에서 나온 거물들이었다. 이들은 상복 같은 검은 옷을 입는 게 습관이 된 사람들이었다. 매복 사냥꾼들처럼 녹색 위장복이나 얼룩무늬 전투복을 입은 사람들은 기동대나 수사대의 대장들이었다. 가죽잠바를 입고 빨간 완장을 두른 사람들은 형사들이었다. 이들은 기둥서방 노릇을 하다가 졸지에 민병대원으로 탈바꿈한 사내들처럼 보였다. 이 경찰관들은 계급과 역할이 무엇이든 간에 대부분 콧수염을 기르고 있었다. 그건 같은 조직의 구성원임을 알리는 표시였고 일체의 차이를 초월한 징표였다. 삼색 표지가 있는 그들의 신분증처럼 경찰관들에게 으레 있을 것으로 간주되는 상징물이었다.

폴은 회전경보등이 소리 없이 돌아가고 있는 순찰차들과 호송차들의 장벽을 지나 납골당 발치에 다다랐다. 그런 다음 납골당 입구를 막고 있는 통행제한 띠 아래로 몸을 숙여 살며시 들어갔다.
 울타리 안으로 들어가 왼쪽으로 접어들자 아치형 통로들이 나타났다. 그는 기둥 뒤에 몸을 숨기고 주위를 살폈다. 길게 이어진 통로들의 벽이 무수한 이름과 꽃으로 장식되어 있었다. 분위기가 사뭇 경건했다. 납골 벽감의 대리석 뚜껑마다 죽은 이들에 대한 기억이 수면 위의 옅은 안개처럼 서려 있었다. 하지만 그 분위기에 젖어 있을 겨를은 없었다. 그는 정원에 무리지어 서 있는 경찰관들을 눈여겨보았다. 아는 얼굴들이 있었다.
 그가 가장 먼저 알아본 경찰관은 필립 샤를리에였다. 암녹색 방수 외투를 걸친 그는 '녹색 거인'이라는 별명이 다른 어느 때보다 잘 어울린다 싶었다. 샤를리에 옆에는 가죽 재킷 차림에 야구 모자를 쓴 크리스토프 보바니에가 있었다. 간밤에 시페르의 방문을 받은 두 경찰관은 그의 시신이 정말 싸늘해졌는지를 확인하기 위해 재칼들처럼 서둘러 달려온 듯했다. 그들로부터 조금 떨어진 곳에는 검사 장·피에르 기샤르와 10구 경찰서 서장 클로드 모네스티에가 있었다. 예심판사 티에리 보마르조의 모습도 보였다. 그는 이런 불상사가 있기까지 폴이 시페르와 더불어 어떤 역할을 했는지 알고 있었다. 폴은 그들의 공식적인 회동이 자기에게 무엇을 의미하는지 깨달았다. 일을 이 지경으로 만들어 놓고도 자기가 경찰 노릇을 계속하기는 어려우리라는 깨달음이었다.
 하지만 무엇보다 놀라운 것은 마약 불법거래 단속센터의 책임자 모랑코와 마약 수사대의 대장 폴레가 와 있다는 사실이었다. 일개 퇴직 형사가 변을 당한 사건치고는 사람들이 너무 많이 모여 있었다. 폴은 시페르가 하나의 폭탄 같은 존재였다고 생각했다. 시페르는 터진 다음에야 그 진정한 위력을 드러낸 폭탄이었다.
 그는 여전히 기둥들 사이에 몸을 숨긴 채 다가갔다. 갖가지 의구심으로 머릿속이 뒤죽박죽인 상황에서도 그는 한 가지 분명한 사실에 충격을 받았다. 검은 옷을 입은 거물들이 납골당의 둥근 지붕 아래에 모여 있는 그 광경은 알파슬란 튀르케슈의 장례식을 상기시키고 있었다. 화려하고 엄숙하다는 점에서도 그러했고, 콧수염쟁이들이 모여 있다는 점에서도 그러했다. 장·루이 시페르는 자기 나름대로 거국적인 장례식을 얻어낸 셈이었다.

정원 안쪽의 지하 납골당 입구 근처에는 구급차 한 대가 서 있었다. 하얀 가운을 입은 구급대원들이 담배를 피우면서 정복경관들과 이야기를 나누는 중이었다. 아마도 시신을 옮기기 위해서 과학 수사대의 채취 작업이 끝나기를 기다리고 있는 모양이었다. 그렇다면 시페르가 아직 안에 있다는 얘기였다.

폴은 숨어 있던 곳에서 나와 쥐똥나무 울타리에 가려진 지하 납골당 입구로 갔다. 그가 계단에 내려서려는 찰나 한 목소리가 그를 불러 세웠다.

"어이! 거기는 통행금지요."

폴은 몸을 돌려 경찰 신분증을 불쑥 내밀었다. 보초는 차렷 자세를 취하듯이 소스라쳤다. 폴은 그가 얼떨떨해 하는 사이에 아무 말 없이 계단을 내려가 쇠문을 통과했다.

처음에 그는 수직갱도와 수평갱도가 얼키설키한 어떤 광산의 미로 속으로 들어가고 있다고 생각했다. 그러다가 눈이 어둠에 익숙해지면서 현장의 구조가 식별되었다. 흰색과 검은색의 타일이 깔린 통로들이 무수한 납골 벽감을 펼쳐 보이고 있었다. 벽감마다 이름이 새겨져 있고 유리 받침대 여기저기에 꽃다발이 놓여 있었다. 바위 속을 파서 만든 혈거 도시였다.

그는 우물처럼 뚫려 있는 계단통 위로 몸을 숙여 아래층을 내려다보았다. 지하 2층에서 할로겐램프의 하얀 빛이 새어나오고 있었다.

과학 수사대 요원들이 거기에 있다는 얘기였다. 그는 다시 계단을 내려갔다. 빛으로 다가갈수록 분위기는 도리어 더욱 어두워지는 듯했다. 특이한 냄새가 콧속을 파고들었다. 메마르고 싸한 광물성의 냄새였다.

그는 지하 2층에 다다라 오른쪽으로 접어들었다. 이제 그를 이끄는 것은 빛이라기보다 냄새였다. 첫 번째 모퉁이를 돌자, 아래위가 붙은 하얀 작업복을 입고 종이 모자를 쓴 과학 수사대 요원들이 보였다. 그들은 여러 통로의 교차로에 지휘 본부를 설치해 놓고 있었다. 플라스틱 방수포 위에 놓인 크롬 도금 가방들에는 시험관이며 플라스크며 분무기 등이 들어 있었다. 폴은 등을 보이고 있는 두 실루엣을 향해 소리 없이 다가갔다.

인기척을 내기 위해 억지로 기침을 할 필요는 없었다. 주위에 먼지가 자욱하기 때문이었다. 우주비행사 복장을 한 두 대원이 몸을 돌렸다. 그들은 Y자를 뒤집어 놓은 것처럼 생긴 마스크를 쓰고 있었다. 폴은 다시 신분증을 내밀었다. 곤충의 머리 같은 모습을 한 대원 중의 하나가 장갑 낀 손을 들어 올리며 안 된다는 뜻을 알려 왔다.

마스크에 막힌 갑갑한 목소리가 울렸다. 두 사람 가운데 누가 말을 하고 있는지 알 수가 없었다.

"죄송합니다. 이제 지문 채취 작업을 시작할 겁니다."

"1분이면 돼요. 피살자가 내 팀원이었어요. 젠장, 그게 무엇을 뜻하는지는 당신들도 잘 알지 않소?"

두 대원은 서로를 바라보았다. 몇 초가 흘렀다. 대원 중의 하나가 자기 가방에서 마스크를 집어 들었다.

"세 번째 통로예요. 투광기들을 따라가세요. 판자로 길을 만들어 놓았으니까 바닥은 디디지 말고 그 위로만 가세요."

폴은 마스크를 무시하고 걸음을 떼어 놓았다. 그 대원이 그를 붙들었다.

"이걸 쓰세요. 안 쓰면 숨을 쉴 수 없을 거예요."

폴은 투덜거리면서 하얀 껍질을 얼굴에 고정시켰다. 그는 첫 번째 통로 왼쪽에 길게 잇대어 놓은 판자들을 디디며 나아갔다. 통로들이 교차하는 곳마다 세워 놓은 투광기들의 케이블이 판자들 밑으로 지나가고 있었다. 벽들은 끝이 없어 보였다. 가도 가도 납골 벽감과 새김글이 계속 나타날 것만 같았다. 공기에 섞여 있는 잿빛 입자들은 갈수록 농도를 더해가고 있었다.

마침내 방향을 틀어 다른 통로로 들어섰을 때, 그는 왜 과학수사대 요원이 마스크가 없으면 숨을 쉴 수 없을 거라고 말했는지를 이해했다.

할로겐램프의 빛을 받고 있는 통로는 바닥, 벽, 천장 할 것 없이 모든 게 잿빛이었다. 총알에 부서진 납골 벽감에서 골분이 쏟아져 나온 모양이었다. 유골 단지 수십 개가 바닥에 굴러 떨어져, 그 내용물이 석고 부스러기며 벽의 파편들과 뒤섞여 있었다.

폴은 벽에서 서로 다른 두 총기의 탄흔을 확인해 냈다. 총기 중의 하나는 산탄총 종류의 대구경 소총이었고, 다른 하나는 9밀리 구경 또는 45구경의 반자동 권총이었다.

그는 달나라의 풍광 같은 그 광경에 홀린 듯이 나아갔다. 언젠가 필리핀에서 화산이 폭발한 뒤에 용암과 화산재에 매몰된 도시들의 사진을 본 적이 있었다. 거리는 식어 버린 용암으로 덮여 있었다. 얼굴이 석상으로 변해 버린 생존자들은 완전히 얼이 빠진 채 돌처럼 굳어 버린 아이들을 품에 안고 있었다. 그의 눈앞에 바로 그런 광경이 펼쳐져 있었다.

통행을 제한하는 노란 띠가 다시 길을 막아섰다. 그 띠를 넘어가자 갑자기 통로 끝에 그의 모습이 나타났다.

시페르는 개차반으로 평생을 살았다.

그는 죽을 때도 난폭한 힘을 마지막으로 폭발시키고 개차반으로 죽었다.

 활처럼 휘어진 채 옆으로 누워 있는 그의 시신은 온통 잿빛이었다. 잔뜩 구부린 오른쪽 다리는 바바리코트에 가려져 있었고, 오른쪽 팔은 수탉이 한쪽 다리를 들어 올리고 있는 것처럼 세워져 있었다. 머리통 뒤에는 피가 웅덩이를 이루고 있었다. 마치 그의 가장 음흉한 꿈들 가운데 하나가 머릿속에서 폭발해 버린 듯했다.

 가장 흉측한 것은 얼굴이었다. 얼굴을 덮고 있는 골분도 그 끔찍한 상처들을 가리지는 못했다. 눈알이 뽑혀 나갔는지 아니면 잘려 나갔는지 한쪽 눈구멍이 휑하게 드러나 있었다. 이마며 뺨이며 목에도 이리저리 찢어진 상처가 나 있었다. 다른 것들보다 길고 깊게 째진 상처 하나는 잇몸을 노출시키면서 눈구멍까지 이어져 있었다. 잇몸에서 떨어져 나와 피와 재를 뒤집어쓴 채 늘어져 있는 입은 비죽거리는 모습을 끔찍하게 과장해 놓은 캐리커처 같았다.

 폴은 갑자기 구역질이 나서 허리를 꺾고 마스크를 벗었다. 하지만 그의 뱃속은 텅 비어 있었다. 울컥울컥 경련이 일면서 튀어나온 것은 이제껏 억누르고 있던 질문들뿐이었다. 시페르는 무엇 때문에 여기에 왔을까? 누가 그를 죽였을까? 이토록 잔인한 짓을 할 수 있는 자는 도대체 누구일까?

 그는 무릎을 꿇으며 오열을 터뜨렸다. 몇 초 동안 눈물이 줄줄 흘러내렸다. 그는 울음을 참으려 하지도 않았고, 뺨에 쌓이는 재와 뒤범벅이 되고 있는 눈물을 닦을 생각도 하지 않았다.

 그는 시페르의 죽음을 슬퍼하며 울고 있는 게 아니었다.

 살해된 여자들이나 아직 잡히지 않고 어딘가로 달아나 있는 여자 때문에 울고 있는 것도 아니었다.

 그는 자기 자신을 생각하며 울고 있었다.

 자신의 고독 때문에, 그리고 막다른 골목에 갇힌 자신의 처지 때문에.

"우리 서로 이야기를 나눌 때가 되지 않았소?"

폴은 몸을 홱 돌렸다.

한번도 본 적이 없는 안경잡이 남자, 마스크를 쓰지 않아서 파르스름하게 먼지가 앉은 기다란 얼굴이 석회 동굴의 종유석을 연상시키는 남자가 그에게 미소를 짓고 있었다.

62

"시페르를 끌어들인 사람이 바로 당신이오?"

그의 목소리는 맑고 힘차고 거의 쾌활하다는 느낌을 주어서 청명한 날씨와 잘 어울렸다.

폴은 파카에 묻은 재를 털고 코를 킁킁거렸다. 냉정을 되찾은 듯한 모습이었다.

"조언이 필요해서 그랬습니다."

"어떤 종류의 조언이 필요했는데요?"

"나는 파리의 터키 타운에서 벌어진 연쇄 살인에 관해서 수사를 벌이고 있었습니다."

"상관들의 허락을 받고 한 일이오?"

"다 알고 오신 것 아닌가요?"

안경잡이 남자는 고개를 끄덕였다. 그는 키가 큰 것만으로는 성이 안 차는지 온갖 태도와 몸가짐으로 상승의 욕구를 드러내고 있었다. 기다란 얼굴, 도도한 표정, 들어 올린 턱, 벗어진 이마, 구불거림 때문에 더 높아 보이는 희끗희끗한 머리카락. 그는 그레이하운드처럼 뒤지는 것을 좋아하게 생긴, 나이 지긋한 고위 공직자였다.

폴은 상대를 떠보기 위해 질문을 던졌다.

"감찰국에서 나오셨나요?"

"아니오. 나는 올리비에 아미앵이고, 국제 마약 관측소를 이끌고 있소."

폴이 마약 불법거래 단속센터에서 일할 때 종종 들어본 이름이었다. 아미앵은 프랑스에서 반(反)마약 전쟁의 최고 권위자로 통하고 있었다. 마약 수사대를 이끌면서 동시에 마약거래를 근절시키기 위한 국제적인 부서를 관장하고 있는 인물이었다.

그들은 납골당을 떠나 산책로로 들어섰다. 포석이 깔린 19세기의 좁다란 길을 생각나게 하는 산책로였다. 폴은 무덤 파는 인부들이 묘석에 기대어 담배를 피우고 있는 것을 보았다. 그들은 아침에 발견된 참혹한 시신에 관해서 이야기를 나누고 있을 게 틀림없었다.

아미앵은 함축성이 강한 무거운 어조로 말을 이었다.

"당신도 마약 불법거래 단속센터에서 근무한 것으로 아는데……."

"네, 몇 년 동안 근무했습니다."

"어떤 마약 조직들을 맡았었지?"

"작은 조직들이었습니다. 특히 대마초 밀매자 조직을 담당했지요. 북아프리카의 조직망들 말입니다."

"황금 초승달 지대와 관련해서 일해본 적은 없소?"

폴은 손등으로 코를 문질렀다.

"곧바로 본론으로 들어가시죠. 저나 소장님이나 시간을 아끼는 게 좋지 않을까요?"

아미앵은 해를 올려다보며 미소를 지었다.

"짤막하게 현대사 강의를 좀 하려고 하는데, 지레 겁먹지 말고 들어

주었으면 좋겠소……."

폴은 새벽부터 터키 외교관의 이야기를 들으며 수많은 인명과 연대를 머릿속에 주입했던 것을 상기했다.

"어서 말씀하시죠. 모자란 공부를 보충하겠다는 생각으로 듣겠습니다."

아미앵은 안경테를 콧등 위로 치킨 다음 이야기를 시작했다.

"탈레반이라는 이름을 들으면 뭔가 생각나는 게 있을 거요. 9.11 테러 이후에 그 극단적인 보수주의자들에 관한 보도를 접하지 않았을 리가 없으니까요. 대중매체들은 그들의 삶과 그들의 행위에 관해 식상하도록 떠들어댔소……. 바미안의 석불 폭파, 오사마 빈 라덴에 대한 그들의 호의, 여성이나 문화나 온갖 형태의 자유에 대한 그들의 비열한 태도 등이 도마에 올랐지요. 하지만 잘 알려지지 않은 사실이 하나 있소. 탈레반 체제에도 긍정적인 점이 한 가지 있었소. 아편 생산에 맞서 효과적인 싸움을 벌였다는 사실이 바로 그거요. 그들의 집권 말기에는 아프가니스탄에서 양귀비 농사가 거의 자취를 감추었소. 2000년에 생산된 생아편이 3천3백 톤이었는데, 2001년에는 1백 85톤으로 줄었지요. 그들은 양귀비 농사가 코란의 율법에 어긋난다고 생각했소. 당연한 얘기지만, 탈레반의 지도자 오마르가 권력을 상실하고 나서는 양귀비 재배가 다시 성행하고 있소. 지금쯤 아프가니스탄의 닌가르하르 주에서는 작년 11월에 파종한 양귀비가 꽃을 피우고 있을 거요. 4월말에는 수확이 시작되겠지요."

폴의 주의력이 오락가락하고 있었다. 그의 안에서 너울이 일렁이고 있기 때문인 듯했다. 눈물을 한바탕 쏟고 난 뒤로 그의 마음은 무척 약해져 있었다. 그는 자기가 과민 상태에 빠져 있음을 느끼고 있었다. 아주 사소한 자극에도 웃음이나 오열이 터져 나올 것만 같았다.

아미앵의 이야기가 이어졌다.

"하지만 9.11 테러 이전에는 아무도 탈레반 체제가 곧 무너질 거라고 생각하지 않았소. 그런 상황에서 마약 밀거래자들은 이미 아프가니스탄 쪽을 단념하고 다른 루트들에 관심을 보이고 있었지요. 특히 유럽 쪽의 헤로인 밀반입을 맡고 있던 터키의 마피아 조직들은 우즈베키스탄이나 타지키스탄과 같은 다른 아편 생산국으로 관심을 돌렸소. 알고 있는지 모르겠지만, 그 나라들은 터키와 언어의 뿌리가 같소."

폴은 다시 코를 킁킁거렸다.

"네, 알고 있습니다."

아미앵은 고개를 한 번 끄덕이고 나서 말을 이었다.

"그전에 터키인들은 아프가니스탄과 파키스탄에서 아편을 샀소. 그것을 가지고 이란에서 모르핀 베이스를 추출한 다음 아나톨리아의 제조소에서 헤로인을 만들었지요. 그들은 터키어 권 나라들의 파트너들과 더불어 새로운 거래망을 조직해야만 했소. 카프카스에서 모르핀 베이스를 정제한 다음 아나톨리아에서 최종적인 흰색 가루를 만드는 식으로 말이오. 그 거래망이 자리를 잡기까지는 시간이 걸렸소. 우리가 아는 바로는, 작년에도 아직 작업이 진행되고 있었지요.

2000년에서 2001년에 이르는 겨울이 끝나갈 무렵에 우리는 마약 조직들 간에 하나의 동맹이 계획되고 있다는 정보를 입수했소. 방대한 양귀비 재배지를 관할하고 있는 우즈베키스탄의 마피아, 옛 소련의 붉은 군대에서 복무했던 자들의 조직으로서 수십 년 전부터 카프카스의 거래망과 모르핀 정제 작업장을 장악하고 있는 러시아의 마피아, 그리고 헤로인 제조를 담당하게 될 터키의 마약 조직 사이에 삼각동맹이 맺어질 거라는 정보였지요. 구체적으로 어떤 자들이 어떻게 결합하는지를 밝혀주는 분명한 증거가 있었던 것은 아니지만, 몇 가지 중대한 의미를 갖는 기미들이 포착되었기 때문에 조직의 우두머리들 간에 동맹이 준비되고 있다고 생각한 거요."

그들은 페르 라셰즈 공동묘지에서 빛깔이 더 어두운 구역으로 들어서고 있었다. 지하묘소의 검은 문들과 비스듬한 지붕들이 나란히 이어져 있는 이 구역은 석탄빛 하늘 아래 웅크리고 있는 탄광촌을 생각나게 했다. 아미앵은 혀를 한 번 차고 나서 이야기를 계속했다.

"이 세 범죄 집단은 시범적으로 마약을 운송해 보고 나서 정식으로 동맹을 출범시키기로 했소. 상징적인 의미를 지닌 약간의 마약을 시험 삼아 밀반출하기로 한 거요. 이 시범 운송은 그야말로 미래를 여는 문이었던 셈이오……. 각 조직들은 이것을 계기로 저마다의 특별한 노하우를 입증해 보이려고 했소. 우즈베크인들은 다량의 생아편을 제공했고, 러시아인들은 모르핀 베이스를 정제하기 위해 최고의 화학자들을 동원했소. 그리고 이 거래망의 다른 쪽 끝을 맡은 터키인들은 헤로인을 제조했지요. 제4호의 순도 높은 헤로인이었소. 우리가 추측하기로는 이 제품을 유럽으로 밀반입하는 임무를 맡은 것도 터키인들이었소. 그들은 이 분야에서 자기들이 신뢰할 만하다는 것을 입증해야 하는 상황에 놓여 있었어요. 강력한 경쟁자들이 부상하고 있었기 때문이오. 발칸 반도 쪽의 루트를 장악한 알바니아와 코소보의 조직들이 터키인들의 몫을 노리고 있는 상황이었소."

폴은 그런 이야기가 자기와 무슨 상관이 있는지 아직 깨닫지 못하고 있었다.

"이 모든 것은 2001년 초에 벌어진 일이었소. 봄이 되면서 우리는 문제의 마약이 유럽에 나타나리라 예상하고 있었소. 새로운 거래망을 태동 단계에서 소탕할 수 있는 절호의 기회였죠……."

폴은 무덤들을 바라보고 있었다. 이번에는 밝은 구역이 눈앞에 펼쳐지고 있었다. 정교하게 조각된 다양한 석물들이 돌의 음악을 그에게 속삭이고 있는 듯했다.

"3월부터 독일, 프랑스, 네덜란드 등 각지의 세관들은 빈틈없는 경계

태세에 들어갔소. 우리는 항구와 공항과 육로의 국경을 상시적으로 감시하는 한편, 각 나라의 터키 타운에 들어가 탐문을 벌였소. 우리의 끄나풀들을 동원하고 마약 밀거래 전과자들의 전화를 도청하기도 했지요······. 그런데 5월말이 되도록 우리는 아무것도 찾아내지 못했소. 상황증거나 정보가 전혀 없었소. 프랑스의 책임자들은 불안을 느끼기 시작했소. 우리는 터키 타운의 주민들 속으로 더 깊이 파고들어 가기로 결정했지요. 그러자면 터키인들의 거래망을 훤히 꿰고 있고 터키 타운에 들어가 잠수함처럼 활동할 수 있는 사람이 필요했어요. 결국 우리는 한 전문가의 힘을 빌리기로 했소."

그 마지막 말에 폴은 퍼뜩 정신을 차렸다. 아미앵의 수사가 자기와 무슨 관련이 있는지 비로소 이해가 되었다. 그는 더 따져볼 필요도 느끼지 않고 불쑥 말했다.

"장·루이 시페르 말이군요."

"맞아요. 경우에 따라서 '시프르'라 불리기도 하고 '페르'라 불리기도 했던 경찰관이지요."

"하지만 그는 퇴직자였습니다."

"그래서 우리는 그와 거래를 해야만 했소······."

모든 게 제자리를 찾아가고 있었다. 2001년 4월의 고문치사 사건. 가질 하메트를 살해한 혐의로 입건된 시페르에 대한 검찰의 기소중지 결정. 폴은 목청을 높여 자기가 추론한 바를 말했다.

"장·루이 시페르는 협조의 대가로 이익을 취했어요. 하메트 사건을 묻어 버리라고 요구한 겁니다."

"보아하니 그 사건을 잘 알고 있군요."

"저 역시 그와 손을 잡고 일을 했으니까요. 이제는 경찰관들이 어떤 식으로 사고하는지 좀 알겠다 싶습니다. 소장님의 대단한 야심에 비하면 일개 딜러의 목숨은 아무 가치도 없는 것이었겠지요."

"당신은 우리의 주된 동기가 무엇이었는지를 잊고 있소. 대규모의 마약 거래 조직을 소탕하자고 한 일이었지, 결코……."

"그만두십시오. 소장님 사정을 잘 이해하고 있으니까요."

아미앵은 기다란 두 손을 들어올렸다. 그 문제를 두고 더 왈가왈부하고 싶지 않다는 뜻인 듯했다.

"어쨌거나 일은 우리 예상대로 진행되지 않았소. 뜻하지 않은 문제가 생겼던 거요."

"어떤 문제인데요?"

"시페르가 마음을 바꾼 거요. 그는 어떤 마약 조직이 동맹에 참가하고 어떤 방식으로 운송이 이루어지는지를 알아내고서도, 그 사실을 우리에게 알리지 않았소. 오히려 마약 조직을 도와주는 대가로 이익을 챙겼다는 게 우리의 생각이오. 그는 운반책을 파리에서 접선하고 마약을 최상의 배급자들에게 배분하는 일을 자기가 맡겠다고 제안했을 거요. 프랑스에 정착한 마약 밀거래자들을 그보다 잘 아는 사람이 누가 있겠소?"

아미앵은 쓸쓸하게 웃었다.

"그와 거래를 하면서 우리에게는 직관이 부족했소. 우리는 유능한 수사관 '페르'에게 도움을 청했소. 그런데 그는 '페르'가 아니라 부패한 경찰관 '시프르'였던 거요……. 결국 우리는 그가 오래 전부터 기다려 오던 향연을 베풀어 준 셈이오. 시페르에게 이 사건은 멋진 피날레였소."

폴은 침묵을 지켰다. 자신의 모자이크를 재구성해 보려고 했지만 아직 빈자리가 너무 많았다. 1분쯤 지나서 그가 다시 말문을 열었다.

"만일 시페르가 그런 식으로 크게 한탕을 하고 경력을 마감한 것이라면, 왜 롱제르의 퇴직자 보호시설에 죽치고 있었을까요?"

"또다시 일이 예상대로 진행되지 않았기 때문이오."

"또 무슨 문제가 생겼나요?"

"터키인들이 보낸 운반책이 종적을 감추었소. 결국 그자가 마약을 가지고 달아남으로서 모두를 따돌린 셈이오. 시페르는 아마도 자기가 의심을 받을까 두려워했을 거요. 그래서 일이 해결될 때까지 조신하게 롱제르에서 숨어 지내는 길을 선택했소. 시페르 같은 사람에게도 터키인들은 무서운 존재였을 거요. 그들이 배신자에게 어떤 보복을 가하는지는 당신도 잘 알 거라고 믿소……."

폴은 또 한 가지 사실을 기억해 냈다. 시페르는 롱제르 양로원에 가명으로 등록되어 있었다……. 분명 그는 터키 마약 조직의 보복을 두려워하고 있었다. 모자이크의 조각들이 서로 아귀가 맞아 가고 있었다. 하지만 폴은 아직 확신할 수가 없었다. 전체적으로 보아 모자이크가 너무나 허술하고 불안정해 보였다.

"그 모든 건 그저 가정일 뿐입니다. 증거가 전혀 없어요. 우선 소장님은 그 마약이 유럽에서 거래된 적이 없다고 확신하고 계시는 모양인데, 그 근거가 뭐죠?"

"두 가지 요소가 그 점을 분명하게 입증해 주었소. 첫째, 그 정도의 헤로인이 시장에 풀렸다면 소문이 나지 않았을 리가 없어요. 하다못해 마약중독자들을 통해서라도 어떤 기미가 확인되었을 거요. 그런데 유럽 시장에서는 아무 일도 일어나지 않았소."

"두 번째 요소는 뭐죠?"

"우리가 그 마약을 찾아냈다는 거요."

"언제요?"

"바로 오늘 아침에. (아미앵은 자기 어깨 너머를 일별했다.) 납골당 안에서."

"여기에서요?"

"지하 납골당 안을 조금 더 돌아다녀 보았다면, 당신도 그것을 보았을 거요. 유골들 사이에 흩어져 있는 마약을 말이오. 마약이 숨겨져 있던 납골 벽감이 총격전의 와중에서 박살난 모양이오. 이제 그것은 사용할 수 없게 되었소. (그는 다시 미소를 지었다.) 정말이지 대단히 상징적인 상황이오. 하얀 죽음이 잿빛 죽음으로 되돌아간 것이라고나 할까……. 시페르는 간밤에 이 헤로인을 찾으러 왔소. 그의 수사가 그를 마약이 있는 곳으로 이끈 거요."

"어떤 수사 말입니까?"

"당신이 하고 있는 수사 말이오."

전선들이 여전히 접속점을 찾아내지 못해서, 전기가 통하지 않고 있었다. 폴은 혼란을 느끼며 중얼거렸다.

"무슨 말씀이신지 이해를 못 하겠어요."

"알고 보면 간단한 거요. 벌써 몇 달 전부터 우리는 터키인들이 고용한 운반책이 여자일 거라고 생각했소. 다른 이슬람 국가와는 달리, 터키에서는 여자가 의사도 되고 기술자도 되고 장관도 되오. 마약을 밀거래하는 여자가 없으리란 법이 없지요."

그제야 전선이 연결되었다. 세마 고칼프, 안나 에메스. 두 얼굴을 가진 여자. 터키 마피아는 배신한 여자를 뒤쫓기 위해 회색늑대들을 보낸 것이었다.

그들의 '먹이'는 바로 운반책이었다.

폴의 머릿속에서 섬광이 번쩍이며 퍼즐이 맞춰졌다. 간밤에 시페르는 세마가 마약을 되찾아 가려던 바로 그 순간에 그녀와 마주쳤다.

두 사람은 서로 맞서 싸웠고, 참혹한 살인이 벌어졌다.

그리고 '먹이'는 여전히 도망을 치는 중이다…….

올리비에 아미앵은 웃음기를 싹 거두고 말했다.

"네르토, 우리는 당신의 수사에 관심을 갖고 있소. 우리는 당신 사건의 세 피살자와 우리가 찾고 있는 여자 사이에 어떤 관계가 있는지 알아냈어요. 터키 카르텔은 그 여자를 찾아내기 위해 살인자들을 보냈지만,

그들은 이제껏 그 여자를 잡지 못했소. 네르토, 그 여자 지금 어디 있어요? 그 여자를 찾아내기 위한 단서가 있소?"

폴은 대답하지 않았다. 그는 자기가 깨닫지 못하고 지나쳤던 일을 되짚어 보고 있었다. 마약을 찾기 위해 여자들을 고문한 회색늑대들. 자기가 쫓고 있는 여자가 바로 마약을 가지고 도주함으로써 자기를 곤경에 빠뜨린 바로 그 여자임을 특유의 직감으로 차츰차츰 알아차린 시페르…….

그는 갑자기 마음을 정했다. 그러고는 단도직입적으로 올리비에 아미앵에게 사건의 전모를 이야기했다. 2001년 11월에 있었던 제이네프 튀텐길 납치 사건. 공중목욕탕에서 세마 고칼프 발견. 필립 샤를리에의 개입과 증인 탈취 작전. 심리 조작 프로그램. 안나 에메스라는 인격의 탄생. 안나의 도주와 점차적인 기억 회복. 마약 밀거래자로 되돌아간 세마의 마약 회수 기도.

폴의 이야기가 끝나자, 아미앵은 완전히 아연한 기색을 보였다. 한참 만에 그가 물었다.

"그래서 샤를리에가 여기에 와 있는 거요?"

"보바니에도 마찬가지입니다. 그들은 이 사건에 아주 깊이 관련되어 있습니다. 그들이 여기에 온 것은 시페르가 정말 죽었는지 확인하기 위해서죠. 하지만 아직 안나 에메스가 남아 있습니다. 샤를리에는 그녀가 입을 열기 전에 그녀를 찾아내야 합니다. 그녀를 붙잡는 즉시 없애 버릴 게 틀림없어요. 소장님이 뒤쫓고 계신 산토끼를 그도 추적하고 있는 것입니다."

아미앵은 폴의 앞으로 와서 가만히 서 있었다. 그의 표정이 돌처럼 딱딱해 보였다.

"샤를리에 그자는 나의 골칫거리요. 그 여자를 찾아내기 위한 단서가 있소?"

폴은 주위의 무덤과 기념물을 둘러보았다. 타원형 액자에 들어 있는 해묵은 사진. 축 늘어진 망토를 두른 채 눈길을 낮추고 있는 온화한 표정의 성모 마리아. 냉정하고 과묵한 느낌을 주는 그리스도……. 그 모든 것이 그에게 어떤 메시지를 전하고 있었다. 하지만 그 뜻을 분명히 알 수가 없었다.

아미앵은 거칠게 그의 한쪽 팔을 잡았다.

"그 여자를 추적할 단서가 있소? 당신은 시페르의 피살에 대해 책임을 져야 할 거요. 경찰관으로서 당신은 이제 끝났소. 당신이 책임을 면하는 길은 하나뿐이오. 그 여자를 붙잡고 사건을 백일하에 드러내는 방법밖에 없소. 당신이 영웅의 역할을 해야 한다는 거요. 다시 한번 묻겠소. 어떤 단서가 있지요?"

"제가 직접 수사를 계속하고 싶습니다."

"나에게 정보를 주시오. 그런 다음에 생각해 봅시다."

"먼저 수사를 계속할 수 있도록 하겠다고 약속해 주십시오."

아미앵은 짜증을 냈다.

"말하라니까, 빌어먹을."

폴은 기념물들을 다시 둘러보았다. 비바람에 깎인 성모 마리아의 얼굴, 그리스도의 기다란 얼굴, 갈색의 얼굴이 돋을새김 되어 있는 카메오……. 그는 마침내 메시지를 이해했다. 얼굴. 그것이 그 여자를 붙잡을 수 있는 유일한 길이었다.

"그 여자는 얼굴을 바꿨습니다. 성형수술을 받았죠. 파리에서 그런 수술을 했을 가능성이 있는 성형외과 의사 10명의 명단을 가지고 있습니다. 그 중 세 사람은 이미 만나 봤습니다. 나머지 의사들을 신문할 수 있도록 저녁때까지 시간을 주십시오."

아미앵은 실망한 기색을 보였다.

"그게…… 그게 다요?"

폴은 과일 가공 공장과 아제르 아카르사에 대한 막연한 의심을 떠올렸다. 만일 그자가 연쇄 살인에 연루되어 있다면, 자기 혼자서 그자를 해치우고 싶었다. 폴은 거짓말을 했다.

"네, 그게 다입니다. 그 정도만 해도 나쁘지 않다고 생각합니다. 시페르는 그녀에게 수술을 해준 의사가 그녀를 찾아낼 수 있게 해줄 거라고 확신했습니다. 그의 생각이 옳았다는 것을 증명해 보일 수 있도록 기회를 주십시오."

아미앵은 턱을 앙다물었다. 사나운 포식동물 같은 모습이었다. 그러더니 폴의 등 뒤에 있는 정문을 가리켰다.

"당신 뒤로 1백 미터쯤 가면 알렉상드르 뒤마 지하철역이 있소. 어서 가시오. 정오까지 시간을 줄 테니 그 여자를 찾아내시오."

폴은 그가 일부러 자기를 거기까지 데려왔다는 사실을 알아차렸다. 그는 그런 거래를 폴에게 제안하고 싶었던 것이었다. 그는 명함 한 장을 폴의 호주머니에 찔러 넣었다.

"여기에 내 휴대폰 번호가 있소. 네르토, 그 여자를 꼭 찾아내시오. 그것이야말로 당신이 궁지에서 벗어날 수 있는 유일한 길이오. 이 기회를 놓치면 몇 시간 후에는 당신이 먹이가 될 거요."

63

폴은 지하철을 타지 않았다. 모름지기 파리에서 경찰관이라는 이름으로 불릴 만한 자는 지하철을 타지 않는 법이다.

그는 페르 라셰즈 공동묘지의 담장을 따라 강베타 광장까지 있는 힘을 다해 질주했다. 그런 다음 에밀 랑드랭 거리에 주차해 둔 승용차를 되찾았다. 그는 시페르의 핏자국이 아직 남아 있는 낡은 파리 지도를 집어 들고 남아 있는 의사들의 명단을 다시 훑어보았다.

일곱 의사의 주소지는 파리의 4개 구와 파리 교외의 두 도시에 흩어져 있었다.

그는 지도에 그들의 주소지를 동그라미로 표시한 다음, 파리 20구를 출발점으로 해서 가장 빠르게 그들을 차례차례 신문할 수 있는 노정을 연구했다.

어디로 먼저 가야 할지 확신이 서자, 그는 회전경보등을 지붕에 붙이고 전속력으로 차를 출발시키면서 첫 번째 의사의 이름과 주소를 되뇌었다.

제롬 셰레 박사
파리 8구 로셰 거리 18번지.

그는 서쪽으로 방향을 잡고 빌레트 대로와 로슈슈아르 대로와 클리시 대로를 따라 나아갔다. 그는 버스 전용 차선으로만 달리다가 이따금 자전거 전용 도로와 보도를 침범했고 일방통행 도로에서 두 차례 역주행을 하기도 했다.

바티뇰 대로가 보이자 그는 속도를 늦추고 노브렐 형사에게 전화를 걸었다.

"일이 어떻게 되어 가고 있어?"

"마타크 사에서 나오는 길입니다. 임기응변으로 공중위생국 사람들을 데려갔습니다. 불시 점검을 나온 것처럼 꾸몄죠."

"그래서?"

"아주 하얗고 청결한 공장이에요. 그야말로 연구소 같았어요. 고압 잠함을 봤습니다. 아주 깔끔하게 청소를 해 놓았더군요. 무슨 흔적이 있을 거라고 기대하는 것 자체가 부질없는 일입니다. 기술자들하고 얘기도 나눠 봤어요……."

폴이 상상했던 것은 녹이 잔뜩 슬어 있고 안에서 비명을 질러도 밖에는 전혀 들리지 않을 법한 버려진 공장이었다. 하지만 불현듯 깨끗한 작업장이 오히려 범죄와 더 잘 어울린다는 생각이 들었다.

"공장장한테 물어봤어?"

"네. 은근슬쩍 물어봤어요. 프랑스 사람인데 결백해 보이던데요."

"더 위쪽은 어때? 터키의 소유주들까지 조사해 봤어?"

"이 공장은 얄린 아슈라는 주식회사에 속해 있고, 이 주식회사는 앙카라에 등록되어 있는 모회사에 딸려 있어요. 이미 상공회의소에 연락해 봤습니다."

"빨리 주주들의 명단을 알아내. 그리고 아제르 아카르사라는 이름을 기억해 둬."

그는 전화를 끊고 손목시계를 들여다보았다. 공동묘지에서 출발한 뒤로 20분이 지나 있었다.

빌리에 교차로에서 그는 급히 좌회전을 하여 로셰 거리로 들어섰다. 그러고는 사이렌과 회전경보등을 껐다. 의사에게 접근할 때는 조심스럽게 행동할 필요가 있었다.

11시 20분에 그는 제롬 셰레 성형외과 의원의 초인종을 눌렀다. 의사는 그를 비밀 문으로 들어오게 했다. 경찰관이 왔다는 것을 알면 손님들이 겁을 먹을까 봐 그쪽으로 안내하는 듯했다. 의사는 수술실에 딸린 대기실로 그를 조심스럽게 맞아들였다. 폴은 용건을 간단히 설명하고 나서 덧붙였다.

"그냥 한번 봐 주시기만 하면 됩니다."

그는 두 장의 사진을 내밀었다. 세마의 몽타주 사진과 안나의 바뀐 얼굴 사진이었다. 의사는 경탄조로 물었다.

"같은 사람이 이렇게 달라진 건가요? 대단하군요."

"이 여자 알아요, 몰라요?"

"죄송하지만, 둘 다 처음 보는 얼굴입니다."

폴은 계단의 빨간 융단과 하얀 쇠시리 장식 사이로 성큼성큼 내려갔다.

그는 지도의 동그라미 표시 하나에 줄을 긋고 다시 길을 떠났다.

11시 40분이었다.

티에리 데벨레 박사
파리 17구 팔스부르 거리 22번지.
같은 종류의 건물, 같은 질문, 같은 대답.

12시 15분, 폴이 다시 시동을 걸려고 하는데 호주머니에서 휴대폰이 울렸다. 마트코프스카 형사의 메시지였다. 의사를 잠깐 만나는 사이에 전화를 했는데 부자 동네 건물의 벽들이 너무 두꺼워서 접속이 안 된 모양이었다. 그는 즉시 전화를 되걸었다. 마트코프스카가 말했다.

"고대 조각에 관한 소식이에요. 거대한 두상(頭像)들이 모여 있는 고대 유적지가 있어요. 사진을 구했어요. 균열과 마모의 흔적이 있는 석상들인데…… 피살자들의 흉하게 망가진 얼굴과 생김새가 비슷해요……."

폴은 눈을 감았다. 이보다 더 자신을 흥분시키는 게 무엇이 있으랴 싶었다. 살인자의 광기가 실체를 드러내려 하고 있었다. 그의 생각이 처음부터 옳았다는 얘기였다.

마트코프스카는 떨리는 목소리로 말을 이었다.

"그리스 신들과 페르시아 신들을 혼융한 신들의 두상이랍니다. 서기

1세기 초엽의 유적이고, 유적지는 아나톨리아 동부에 있는 어떤 산의 꼭대기입니다…….''

"정확하게 어디야?"

"터키 남동부 시리아 국경 쪽입니다."

"근처에 있는 주요 도시들의 이름을 대 봐."

"잠깐만요."

종이가 부스럭거리는 소리와 나직하게 구시렁거리는 소리가 들려왔다. 폴은 자기 손을 바라보았다. 그의 손은 떨리고 있지 않았다. 그는 자기가 무슨 말이든 아주 냉정하게 들을 준비가 되어 있다고 느꼈다.

"됐어요. 여기 지도가 있어요. 유적지는 넴루트 산이고, 근처에 있는 큰 도시로는 아드야만과 가지안테프가 있어요."

가지안테프. 또다시 아제르 아카르사 쪽으로 혐의가 집중되고 있었다. "그는 가지안테프 근처의 자기 고향에 방대한 과수원들을 소유하고 있습니다." 하고 알리 아지크는 말했었다. 그 과수원들은 석상들이 있다는 바로 그 넴루트 산의 발치에 있는 것이 아닐까? 아제르 아카르사는 그 거대한 두상들의 그늘에서 자라지 않았을까?

폴은 중요한 점을 다시 확인해 두고 싶었다.

"그 두상들이 정말로 피해자들의 얼굴과 비슷해?"

"기가 막힐 정도라니까요. 균열이 생긴 거며 훼손된 모습이 똑같아요. 석상 중에 풍요의 여신을 나타낸 것이 있는데, 이건 세 번째 피살자의 얼굴과 완벽하게 닮았어요. 코는 잘려 나가고 턱은 마모되어 있어요……. 두 사진을 겹쳐 보았더니 균열이 밀리미터 단위까지 일치해요. 이게 무엇을 뜻하는 것인지는 모르지만 무서워서 소름이 돋을 정도예요……."

긴 터널을 지나고 나면 결정적인 상황증거들이 몇 시간 동안 잇달아 나타나는 경우가 있었다. 폴은 경험을 통해서 그런 사실을 알고 있었다. 알리 아지크의 목소리가 또 다시 들려왔다. "그는 터키의 영광스러운 과거에 집착하고 있죠. 그에게도 재단이 하나 있습니다. 이 재단을 통해서 고고학 연구에 재정 지원을 하고 있어요."

성공 신화를 만든 그 거부는 넴루트 산 유적지의 복원 공사에 돈을 대고 있는 것이 아닐까? 그는 어떤 사사로운 이유로 그 두상들에 흥미를 느끼고 있는 것은 아닐까?

폴은 심호흡을 한 다음 스스로에게 핵심적인 질문을 던졌다. 아제르 아카르사가 살인의 주범이자 특공대의 우두머리가 아닐까? 고대 석상에 대한 그의 열정이 고문과 신체훼손이라는 행위에까지 표현된 것은 아닐까? 아직은 너무 이른 가정이었다. 하지만 폴은 그런 점을 염두에 두고 지시를 내렸다.

"그 석상들에 관해서 집중적으로 조사해. 최근에 복원 공사가 있었는지 알아봐. 만일 공사가 있었다면, 누가 돈을 댔는지 알아내."

"무언가 짚이시는 게 있나요?"

"아마 어떤 재단이 있을 거야. 하지만 그 이름은 몰라. 혹시 그 유적과 관련된 연구소가 있다면, 기구가 어떻게 짜여져 있는지 알아내고 주요 기부자들과 책임자들의 명단을 조사해. 특히 아제르 아카르사라는 이름이 있는지 찾아봐."

그는 그 이름의 철자를 다시 불러주었다. 이제는 그 이름의 글자들 사이에서 불꽃이 튀는 듯한 느낌이 들었다.

"그게 다인가요?"

"아냐. 작년 11월부터 우리나라 비자를 발급 받은 터키 국민 중에 아카르사가 있는지도 확인해 봐."

"시간이 많이 걸리겠는데요!"

"아냐. 모두 전산화되어 있어. 그리고 이미 출입국관리소의 담당자에게 조사를 부탁해 놓았어. 그 친구에게 연락해서 아카르사라는 이름을 알려줘. 서둘러."

"그런데……."

"자아, 행동 개시!"

                                64

디디에 라페리에르

파리 8구 부아시 당글라 거리 12번지.

문턱을 넘어서는데, 불현듯 이곳에서는 무언가를 얻어낼 거라는 예감이 들었다. 거의 심령 현상에 가까운 경찰관 특유의 직감이 발동한 것이었다.

진찰실은 미광에 잠겨 있었다. 의사는 책상을 마주하고 서 있었다. 키가 자그마하고 숱이 많은 곱슬머리가 희끗희끗한 남자였다. 울림이 없는 목소리가 그가 물었다.

"경찰인가요? 무슨 일이죠?"

폴은 상황을 설명하고 사진들을 꺼냈다. 의사는 주눅이 들어 더욱 왜소한 느낌을 주었다. 그는 책상 위에 놓인 전등을 켜고 사진들 쪽으로 몸을 숙였다.

그는 주저 없이 안나 에메스의 사진을 집게손가락으로 가리켰다.

"나한테 수술을 받은 적은 없지만 내가 아는 여자예요."

폴은 두 주먹을 꼭 쥐었다. 드디어 때가 된 것이었다. 의사가 말을 이었다.

"며칠 전에 나를 찾아왔더군요."

"정확하게 언제인가요?"

"지난 월요일이에요. 원하신다면, 비망록에서 확인해 보겠습니다."

"무슨 일로 왔었죠?"

"그게 분명치 않았어요. 이상야릇한 여자였지요."

"왜요?"

의사는 고개를 설레설레 흔들었다.

"수술 때문에 생기는 흉터에 관해서 질문을 하더라고요."

"그게 뭐가 이상해요?"

"그것 자체는 이상할 게 없죠. 다만…… 그 여자는 연극을 하고 있었던 것이거나 기억상실증에 걸려 있었어요."

"왜죠?"

의사는 집게손가락으로 안나 에메스의 사진을 두드렸다.

"그 여자는 이미 수술을 받은 상태였거든요. 면담이 끝나갈 때 나는 그 여자에게 수술 자국이 있음을 알아차렸어요. 무엇 때문에 나를 찾아왔는지 잘 모르겠어요. 자기를 수술한 의사에게 불만이 있어서 고소를 하려고 했던 게 아닌가 싶어요. 내가 보기엔 굉장히 잘 된 수술이었는데 말이에요……."

이것 역시 시페르의 생각이 옳았음을 입증하고 있었다. "내가 보기에 그 여자는 자기 자신에 관해서 조사를 벌이고 있는 중일 거야." 하고 그는 말했었다. 아닌 게 아니라 안나 에메스는 세마 고칼프를 찾아가고 있었다. 자신의 과거로 거슬러 올라가고 있었던 것이었다.

폴은 땀에 흠뻑 젖어 있었다. 자기가 불의 고랑을 계속 따라가고 있다는 느낌이 들었다. '먹이'가 손을 뻗으면 닿을 만큼 가까운 거리에 있는 듯했다.

"다른 얘기는 없었나요? 연락처 없어요?"

"없어요. '먼저 서류상으로 판단해 보고 싶었다'라는 식의 말을 끝으로 했을 뿐이에요. 이해할 수가 없었어요. 그 여자 대체 누구죠?"

폴은 묵묵히 일어섰다. 그러고는 책상 위에 있는 메모지철을 집어 들고 자신의 휴대폰 번호를 적었다.

"혹시 그 여자가 다시 전화를 하거든, 어떻게든 그녀가 있는 곳을 알아내 주세요. 그 여자가 받은 수술에 관해서 이야기하세요. 부작용이든 후유증이든 아무 얘기나 해서 그 여자를 오게 하세요. 그런 다음 저에게 전화를 주세요, 아시겠죠?"

"그런데 정말 괜찮으세요?"

폴은 문손잡이를 잡은 채 멈춰 섰다.

"무슨 말이죠?"

"얼굴이 불덩이처럼 빨개져 있어요."

65

피에르 라로크

파리 16구 마스페로 거리 24번지.

아무 소득이 없었다.

장·프랑수아 스켄데리의 마스네르 클리닉

파리 16구 폴 두메르 대로 58번지.
아무 소득이 없었다.

오후 2시, 폴은 다시 센 강을 건너 좌안 쪽으로 가는 길이었다.
그는 너무 머리가 아파서 회전경보등과 사이렌을 포기하고 천천히 달렸다. 그러면서 보행자들의 얼굴과 진열창들의 빛깔과 반짝이는 햇살에서 약간의 평온을 찾고 있었다. 정상적인 삶의 한복판에서 정상적인 하루를 보내고 있는 시민들이 새삼 경이롭게 느껴졌다.
그는 부하 형사들에게 여러 차례 전화를 걸었다. 노브렐은 여전히 앙카라 상공회의소를 상대로 씨름을 벌이고 있었다. 마트코프스카는 넴루트 산 유적지의 복원 공사에 자금을 댄 기관들을 찾기 위해, 박물관과 고고학 연구소와 관광 안내소는 물론이고 유네스코까지 들쑤셔대고 있었다. 그와 동시에 그는 전산 시스템의 분석 결과를 바탕으로 작성된 비자 명단을 검토했다. 하지만 아카르사라는 이름은 나타나지 않았다.
폴은 신열 때문에 숨이 막힐 듯했다. 얼굴이 불타듯 후끈거리고 목덜미가 몹시 땅겼다. 맥박이 너무나 강하게 뛰고 있어서 손을 대지 않고도 잴 수 있을 법했다. 약국에라도 들러야 할 판이었다. 하지만 그는 '다음 교차로에서 하지' 하는 식으로 정차를 계속 미루고 있었다.

브뤼노 시모네
파리 7구 세귀르 대로 139번지.
아무 소득이 없었다.
육중하고 투박하게 생긴 이 의사는 커다란 고양이를 품에 안고 있었다. 사람과 고양이가 서로 완벽하게 영향을 주고받고 있어서, 누가 누구를 쓰다듬고 있는 것인지 알 수가 없었다. 폴이 사진들을 다시 챙겨 넣으려고 하는데, 의사가 말했다.

"그 얼굴을 나에게 보여준 사람이 또 있어요."

폴은 전율을 느꼈다.

"어떤 얼굴이요?"

"이거요."

시모네는 세마 고칼프의 몽타주 사진을 가리키고 있었다.

"누가 이 얼굴을 벌써 보여주었다는 거죠? 경찰관이었나요?"

그는 고개를 끄덕였다. 그의 손가락들은 여전히 고양이의 목덜미를 간질이고 있었다. 폴은 시페르를 떠올렸다.

"나이가 지긋하고 건장하고 머리가 은빛인 남자였나요?"

"아뇨. 젊은 사람이었어요. 머리가 텁수룩한 게 대학생처럼 보였어요. 말투는 약간 외국인 같았고요."

폴은 이제 로프에 매달려 있는 권투선수처럼 하나하나의 타격을 참아내고 있었다. 그는 벽난로의 대리석 판에 몸을 기대지 않으면 안 되었다.

"터키 사람의 말투였나요?"

"그것까지는 모르겠고요, 오리엔트 쪽에서 온 사람의 말투 같기는 했어요."

"언제 왔는데요?"

"어제 오전에요."

"자기 이름을 대던가요?"

"아뇨."

"연락처는요?"

"없어요. 그게 이상하더라고요. 영화에서는 언제나 연락처를 남기는데, 안 그런가요?"

"금방 다시 올게요."

폴은 자기 승용차로 달려갔다. 그러고는 튀르케슈의 장례식 사진 중에서 아카르사가 나와 있는 사진 한 장을 집어 들었다. 그는 진찰실로 돌아와 의사에게 사진을 내밀었다.

"문제의 남자가 이 사진에 나와 있나요?"

의사는 벨벳 재킷을 입고 있는 남자를 가리켰다.

"이 사람이에요. 틀림없어요."

그는 고개를 들며 물었다.

"이 사람, 동료 아니에요?"

폴은 자기 내면의 아주 깊숙한 곳에서 간신히 약간의 냉정을 길어 올리고, 적갈색머리 여자의 몽타주 사진을 다시 보여주었다.

"그자가 이 여자 사진을 보여주었다고 했는데, 그 사진이 이것과 똑같았나요? 이런 몽타주 사진이었어요?"

"아뇨, 흑백사진이었어요. 여럿이 함께 찍은 사진이었죠. 대학 캠퍼스 같은 데서 말입니다. 사진의 질은 좋지 않았지만, 여자의 얼굴이 이 몽타주의 여자와 똑같았어요. 틀림없어요."

세마 고칼프. 다른 터키 대학생들 속에 섞여 있는 그녀의 젊고 활기찬 모습이 잠시 그의 눈앞을 스쳐 갔다.

그것이 아마도 회색늑대들이 가지고 있는 그녀의 유일한 사진이었으리라. 그 흐릿한 사진 때문에 애먼 여자 세 명이 목숨을 잃은 것이리라.

폴은 아스팔트에 타이어 자국을 내면서 차를 출발시켰다.

그는 지붕에 회전경보등을 다시 붙이고 보통 사람들의 어항 속 같은 일상을 관통하는 빛과 소음을 내보냈다.

그의 머릿속에서 추리가 빠르게 이어지고, 심장박동이 그것에 장단을 맞추고 있었다.

회색늑대들은 이제 그와 똑같은 길을 따라가고 있었다. 무고한 여자 세 명을 살해한 뒤에야 자기들의 실수를 깨달은 것이었다. 그들은 이제

늑대의 제국

표적의 얼굴을 바꾸어준 성형외과 의사를 찾고 있었다.

시페르가 사후에 거둔 또 하나의 승리였다. "곧 같은 궤도에서 그들과 마주치게 될 거야. 그런 예감이 들어."

폴은 손목시계를 들여다보았다. 오후 2시 30분.

이제 명단에는 두 명의 의사밖에 남아 있지 않았다.

살인자들보다 먼저 그 성형외과 의사를 찾아내야 했다.

그들보다 먼저 그 여자를 찾아내야 했다.

폴 네르토가 아제르 아카르사를 앞질러야 했다.

무명인의 아들이 하얀 암늑대 아세나의 아들을 무찔러야만 했다.

66

성형외과 의사 프레데릭 그뤼스는 생클루 언덕에 살고 있었다. 센 강을 따라가는 빠른 길로 불로슈 숲까지 달려가는 동안 폴은 다시 노브렐 형사에게 연락을 취했다.

"터키 쪽에서는 여전히 아무 정보가 없어?"

"애는 쓰고 있습니다만……."

"그 일은 그만둬."

"뭐라고요?"

"튀르케슈의 장례식 사진들 복사해 놓은 거 가지고 있지?"

"네. 제 컴퓨터에 들어 있어요."

"그 사진들 중에 운구 행렬이 전경에 나와 있는 게 있어."

"잠깐만요. 메모를 해야겠어요."

"그 사진을 보면 왼쪽으로부터 세 번째에 벨벳 재킷을 입은 젊은 남자가 있어. 그자의 얼굴을 확대해서 수배를 요청해. 그자의 이름은……."

"아제르 아카르사인가요?"

"맞았어."

"그자가 바로 살인자인가 보죠?"

폴은 목구멍의 근육이 너무 긴장된 탓에 말을 하는 데에 어려움을 느끼고 있었다.

"수배를 요청해."

"알겠습니다. 그게 다인가요?"

"아냐. 이 살인사건을 담당하고 있는 예심판사 보마르조를 만나러 가. 그 양반에게 마타크 사에 대한 수색 영장을 요청해."

"제가요? 그건 팀장님께서 직접 하시는 게 나을 텐데……."

"나 대신 자네가 가. 가서 나에게 증거가 있다고 말해."

"증거요?"

"목격자도 한 사람 있어. 또 마트코프스카에게 전화해서 넴루트 산의 사진들을 달라고 해."

"무슨 산요?"

폴은 산의 이름을 다시 말해주고 그것의 사진이 필요한 이유를 간단히 설명했다.

"마트코프스카를 통해서 확인할 게 한 가지 더 있어. 작년 11월 이후로 비자를 발급 받은 터키인들 명단에 아카르사라는 이름이 있는지 알아봐. 그 모든 것을 한데 모아서 곧장 예심판사에게 달려가."

"팀장님이 어디 계시느냐고 물으면 어쩌죠?"

폴은 망설였다.

"이 전화번호를 판사에게 알려줘."

그는 올리비에 아미앵의 전화번호를 불러주었다. 그들끼리 알아서 하겠지, 하고 그는 전화를 끊으면서 생각했다. 생클루 다리가 눈앞에 보였다.

오후 3시 30분.

공화국 대로가 햇빛을 받아 반짝이며 생클루로 통하는 언덕을 구불거리며 올라가고 있었다. 봄날의 햇살이 너무나 찬연했다. 벌써부터 어깨를 드러내게 하고 카페의 테라스에 앉은 사람들의 자세를 나른하게 만드는 날씨였다. 폴은 이런 날씨가 마음에 들지 않았다. 사건의 마지막 장이 펼쳐지고 있는 상황이니만큼 금방이라도 폭풍우가 몰아칠 것 같은 날씨가 어울릴 듯했다. 먹장구름으로 뒤덮인 하늘이 천둥번개로 쩍쩍 갈라지는 묵시록적인 광경이 아쉬웠다.

대로를 올라가면서 그는 시페르와 함께 가르슈 병원의 법의학연구소를 방문했던 일을 떠올렸다. 그 날 이후로 얼마나 많은 일이 벌어졌던가?

생클루 언덕에 올라보니 거리가 조용하고 평화로웠다. 이곳은 부자 동네 중에서도 최고의 부자 동네였다. 센 강 연안과 '낮은 도시'를 굽어보는 부와 허영의 응축물 같은 곳이었다.

폴은 부들부들 떨고 있었다. 신열과 피로와 흥분 때문이었다. 그의 시야에 잠깐씩 검은 구멍이 생기고 있었다. 그의 눈구멍 속에서 검은 별들이 명멸하는 듯했다. 그는 졸음을 참아내는 능력이 없었다. 어렸을 때 불안에 떨면서 아버지가 돌아오는 것을 염탐할 때조차도 졸음을 이겨내지 못했다.

아버지. 그의 이미지가 시페르의 이미지와 혼동되고, 모조가죽 의자의 칼자국이 골분으로 덮인 시체의 상처들과 뒤섞이기 시작했다.

그는 클랙슨 소리에 소스라치게 놀랐다. 신호가 파란불로 바뀌어 있었다. 잠깐 잠이 들었던 모양이었다. 그는 거칠게 차를 출발시켜 마침내 센 거리를 찾아냈다.

그는 센 거리로 접어들자 속도를 늦추고 37번지를 찾았다. 저택들이 눈에 보이지 않았다. 돌담과 나란히 늘어선 소나무들에 가려져 있기 때문이었다. 곤충들이 붕붕거리며 날아다녔다. 봄날의 햇살에 만상이 나른해져 있는 듯했다.

37번지에는 석회를 하얗게 바른 높다란 담벼락 사이에 검은 정문이 나 있었다. 그 바로 앞에 주차할 자리가 하나 있었다.

그는 초인종을 누르려다가 문이 조금 열려 있음을 알아차렸다. 그의 머릿속에 있는 경보 장치에 불이 켜졌다. 그렇게 문이 열려 있는 것은 경계심이 많은 이 동네의 일반적인 분위기와 어울리지 않았다. 폴은 무의식적으로 벨크로 권총집을 드러냈다.

이 저택의 정원은 예상했던 것과 별반 다르지 않았다. 잔디밭, 잿빛 나무들, 자갈이 깔린 산책로. 정원 안쪽에는 하얀 벽에 검은 덧창들이 달려 있는 저택이 육중하게 솟아 있었다. 저택 옆에는 자동차 두세 대가 들어갈 만한 차고가 붙어 있었다.

그를 맞으러 나오는 사람이 아무도 없었다. 개라도 한 마리쯤은 보일 법한데, 그런 것조차 없었다. 안에도 인기척이 전혀 없어 보였다.

그의 머릿속에서 더 높은 단계의 경보가 발령되었다.

그는 현관으로 통하는 3단의 층층대를 올라갔다. 이상한 점이 또 한 가지 발견되었다. 유리창이 깨져 있는 것이었다. 그는 침을 꿀꺽 삼키고 9밀리 구경 권총을 살며시 빼들었다. 그는 창문을 밀고 바닥의 유리 조각들을 으스러뜨리지 않도록 조심하면서 창턱을 넘어갔다. 오른쪽으로 1미터 떨어진 곳에 현관이 있었다. 집 안에는 괴괴한 정적이 감돌고 있었다. 그는 현관을 등지고 복도로 나아갔다.

왼쪽에 있는 문 하나가 조금 열려 있었다. '대기실'이라는 팻말이 붙어 있는 문이었다. 더 나아가자 오른쪽에 또 다른 문이 활짝 열려 있었다. 아마도 진료실인 듯했다. 열린 문을 통해서 그 방의 벽이 가장 먼저 눈에 들어왔다. 석고판과 밀짚을 섞은 방음 재료로 덮인 벽이었다.

그 다음에 그는 바닥을 보았다. 사진들이 흩어져 있었다. 성형수술을 받은 여자들의 얼굴. 혹시나 했던 일이 분명한 사실로 확인되는 순간이었다. 누군가가 침입해서 그 방을 뒤진 것이었다.

벽 너머에서 삐거덕 하는 소리가 울렸다.

폴은 권총 손잡이를 움켜쥔 채 얼어붙은 듯이 서 있었다. 불현듯 그는 자기가 오로지 이 순간을 위해 살아 왔음을 깨달았다. 길게 사느냐 짧게 사느냐 중요하지 않았다. 인생의 행복이나 불행, 희망이나 좌절도 중요하지 않았다. 중요한 것은 오로지 영웅적인 용기였다. 그는 깨달았다. 다음 몇 초 동안에 벌일 자신의 행위가 이승에 잠시 머물다 가는 자기 인생에 온전한 의미를 부여하게 되리라는 것을. 이 세상 영혼들을 심판하는 저울에 자기가 용기와 명예의 무게를 조금 보태게 되리라는 것을⋯⋯.

그는 진찰실 안으로 뛰어들려고 했다. 그 때 문 옆의 벽이 산산조각으로 부서졌다.

그는 반대편 벽으로 튕겨나갔다. 불과 연기가 일거에 복도를 가득 채웠다. 벽에 접시만큼 커다란 구멍이 났음을 알아차리는 순간, 다시 총소리가 두 차례 들리면서 방음벽을 뚫었다. 밀짚 덩어리에 불이 붙으면서 복도는 불의 터널로 변했다.

폴은 바닥에 몸을 웅크리고 있었다. 불길 때문에 목덜미가 후끈거렸다. 석고와 밀짚의 파편들이 그의 머리 위에 쏟아졌다.

이내 정적이 다시 찾아들었다. 폴은 고개를 들었다. 벽의 파편 더미 너머로 진찰실이 훤히 들여다보였다.

그들이 거기에 있었다.

아래위가 붙은 검은색 전투복 차림에 탄띠를 두르고 특공대의 복면을 쓴 세 남자. 그들은 저마다 SG 5040 모델의 척탄 소총을 들고 있었다. 폴은 그 모델을 카탈로그에서밖에 본 적이 없지만, 그것일 거라고 확신했다.

그들의 발치에는 실내 가운을 입은 남자의 시체가 널브러져 있었다. 성형외과 의사라는 직업의 가장 극단적인 위험을 떠안은 프레데릭 그뤼스였다.

폴은 반사적으로 자신의 글록 권총을 찾았다. 하지만 이젠 그에게 기회가 없었다. 그의 배에서 쿨럭쿨럭 솟아나온 피가 재킷의 주름을 타고 구불구불 흘러내리고 있었다. 통증은 전혀 느껴지지 않았다. 그는 자기가 치명적인 총상을 입었다고 결론을 내렸다.

왼쪽에서 날카로운 마찰 소리가 울렸다. 폴은 귀가 먹먹해져 있었지만 누군가의 발걸음에 벽의 파편들이 으스러지고 있음을 비현실적일 정도로 분명하게 감지했다.

네 번째 남자가 문에 나타났다. 나머지 사내들과 마찬가지로 복면을 쓰고 장갑을 낀 검은 실루엣이었다. 하지만 그의 손에는 소총이 들려있지 않았다.

사내는 폴에게 다가와서 상처를 들여다보았다. 그러더니 자기의 복면을 홱 잡아떼었다. 그의 얼굴은 온통 그림으로 덮여 있었다. 갈색의 곡선과 아라베스크로 나타낸 늑대의 머리였다. 콧수염과 눈썹과 눈은 검은색으로 강조되어 있었다. 헤나를 사용하긴 했지만, 터키의 전사라기보다 마오리 족의 전사들을 연상시키는 분장이었다.

폴은 사진에서 본 적이 있는 그 남자를 알아보았다. 아제르 아카르사. 그의 손에는 폴라로이드 사진이 한 장 들려 있었다. 갈색머리를 클레오파트라식으로 깎은 계란형의 창백한 얼굴. 수술 직후에 찍은 안나 에메스의 사진이었다.

회색늑대들이 자기들의 '먹이'를 다시 찾아낼 수 있게 되었다는 얘기였다.

폴이 빠진 채로 사냥이 계속되리라는 얘기였다.

아카르사는 무릎을 꿇고 폴의 눈을 뚫어지게 내려다보다가 부드러운 목소리로 말했다.

"고압이 그 여자들을 미치게 만들더군. 덕분에 그 여자들은 고통을 잊었어. 마지막 여자는 코가 잘린 채로 노래를 불렀지."

폴은 눈을 감았다. 그 말의 정확한 의미를 이해하지는 못했지만, 한 가지 확신이 뇌리를 스쳤다. 아카르사는 그가 누구인지 알고 있었다. 그리고 노브렐이 자기 공장을 방문했다는 사실을 이미 알고 있는 게 분명했다.

피해자들의 얼굴에 난 상처가 섬광처럼 눈앞을 스쳐갔다. 그 상처는 아제르 아카르사가 고대의 석상에 바치는 찬가였다.

폴은 그의 입술에서 거품이 이는 것을 느꼈다. 피였다. 그는 다시 눈을 떴다. 살인자가 그의 이마에 45구경 권총을 겨누고 있었다.

폴은 마지막으로 셀린을 생각했다.

그리고 그 애가 학교에 가기 전에 전화를 하겠다는 약속을 지키지 못했음을 상기했다.

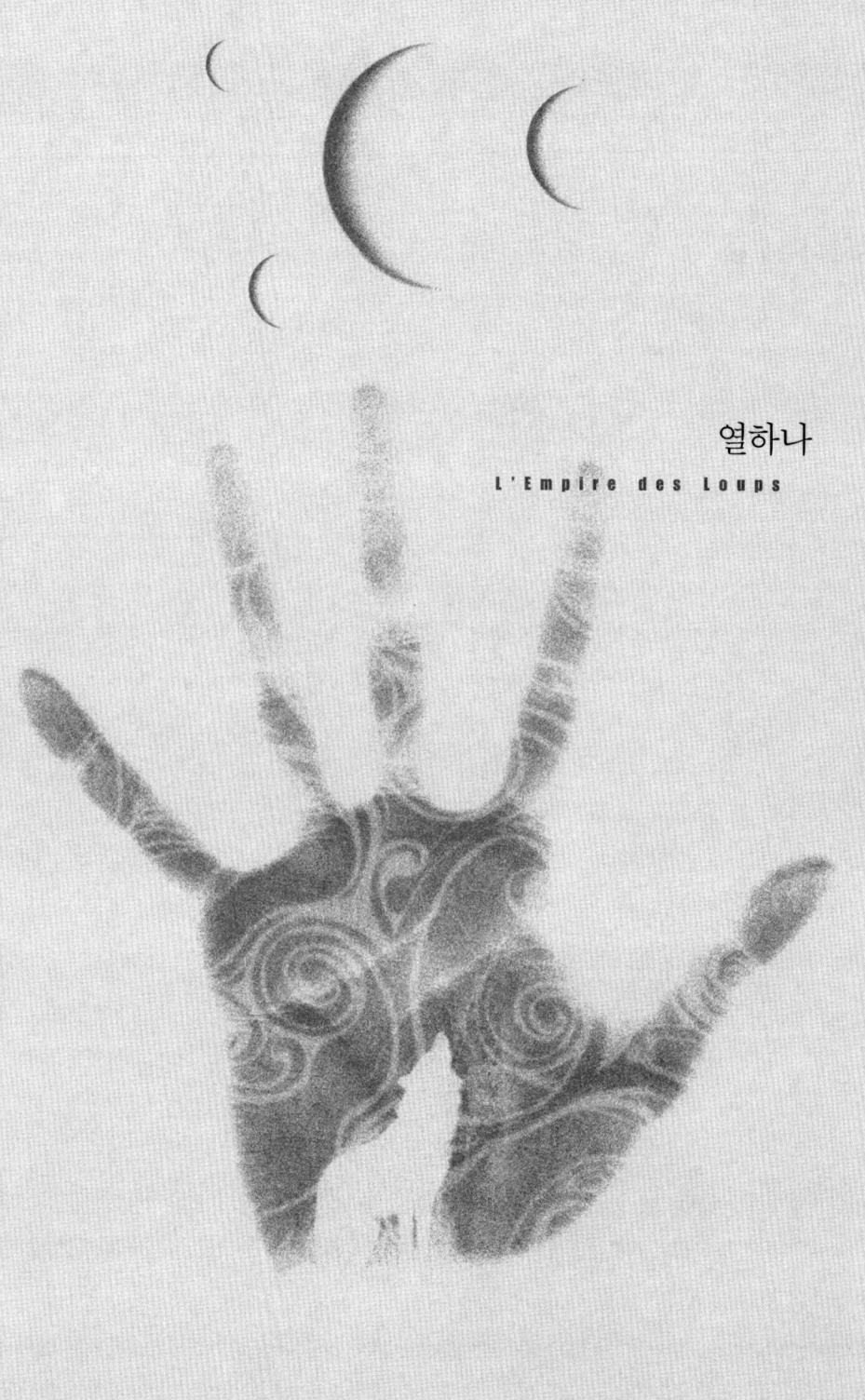

열하나

L'Empire des Loups

67

루아시 샤를 드골 공항.
3월 21일 목요일 오후 4시.
공항에서 무기를 숨기자면 방법은 하나뿐이다.
총기 애호가들은 대개 글록 사의 자동권총이 주로 폴리메르로 만들어지므로 엑스선이나 금속탐지기의 검색을 통과할 수 있을 거라고 생각한다. 이는 오산이다. 총열, 복좌 용수철, 공이치기, 방아쇠, 탄창의 용수철 및 몇몇 다른 부품들은 아직 금속으로 되어 있다. 총알은 더 말할 것도 없다.
공항에서 무기를 숨기자면 방법은 하나뿐이다.
세마는 그 방법을 알고 있다.
그녀는 공항 여객터미널 상업 구역의 진열창들 앞에서 그 사실을 기억해 낸다. 터키 항공의 이스탄불 행 TK4067편 여객기를 타려고 준비하던 참의 일이다.
그녀는 먼저 옷가지 몇 점과 여행 가방을 산다―짐이 없는 여행자보다 더 수상쩍은 것은 없을 터이므로. 그런 다음에는 사진 장비를 산다. 니콘 F2 카메라. 렌즈는 35-70밀리 표준렌즈에 2백 밀리 망원렌즈 추가, 그리고 니콘 카메라에 맞게 만들어진 작은 연장통, 납을 덧대어 보안 검색 때에 필름을 보호해 주는 케이스 두 개. 그녀는 이 물건들을 프로용의 프로맥스 가방에 정성스럽게 넣은 다음 공항 화장실로 간다.

거기, 사람들의 눈길이 미치지 않는 작은 공간에서 그녀는 자신의 글록 21을 분해하여 총열과 공이치기와 다른 금속 부품들을 연장통의 드라이버며 펜치들 사이에 놓는다. 그리고 텅스텐 총알들은 납을 입힌 케이스 속에 넣는다. 이 케이스들은 엑스선을 차단하여 내용물이 전혀 보이지 않게 해 준다.

세마는 자신의 반사적인 행동에 스스로 놀란다.

자신의 동작, 자신의 지식, 그 모든 것이 저절로 되돌아오고 있는 것이다. 아케르만은 바로 이런 것을 두고 '문화적 기억'이라고 했던 것이 아닐까?

오후 5시에 그녀는 태연하게 비행기에 탑승했고 해거름에는 이스탄불에 도착하여 세관 검색에 불안해하지 않고 공항을 빠져 나왔다.

그녀는 택시를 타고 가면서 차창 밖을 두리번거린다. 풍광이 잘 보이지 않는다. 벌써 어스름이 깔리고 있다. 어둠에 묻혀 내리는 소낙비가 가로등 불빛을 받아 환상적인 반사광을 발하고 있다. 그녀의 또렷하지 않은 의식과 잘 어울리는 빛이다.

어스름 속에서도 분명하게 눈에 들어오는 것들이 더러 있다. 고리처럼 생긴 빵을 파는 행상, 버스 정류장의 세라믹 무늬와 혼동되는 너울을 쓴 젊은 여자들, 거뭇하고 심드렁한 모습으로 나무들을 굽어보며 침울한 생각에 잠겨 있는 듯한 회교 사원, 부두에 꿀 벌통처럼 줄지어 있는 새장들……. 이 모든 것이 친숙하면서도 생소한 언어를 그녀에게 속삭인다. 그녀는 차창에서 고개를 돌리고 좌석에 편히 앉아 몸을 웅크린다.

그녀가 선택한 최고급 호텔은 시내 한복판에 있다. 때마침 이름 없는 관광객들이 물결을 이루고 있어서 그 속에 파묻히기가 십상 좋은 곳이다.

밤 8시 30분. 그녀는 객실 문에 빗장을 지르고 침대에 쓰러져 옷을 다 입은 채로 잠이 든다.

이튿날, 3월 22일 금요일. 그녀는 오전 10시에 잠에서 깨어난다.

그런 다음 즉시 텔레비전을 켜고 프랑스의 위성방송 채널을 찾는다. 프랑스어권 나라들의 국제적인 채널인 TV5가 있다. 이거라도 있는 것을 다행으로 여겨야 한다. 프랑스어권 스위스에서 행해지는 사냥에 관한 토론과 퀘벡의 국립공원에 관한 다큐멘터리가 끝나고 정오가 되어서야 마침내 TF1의 뉴스가 나온다. 프랑스에서 전날 저녁에 방송된 뉴스다.

그녀가 예상하던 소식이 보도된다. 페르 라셰즈 공동묘지에서 장·루이 시페르의 시체가 발견되었다는 소식이다. 하지만 그녀가 예상하지 못했던 소식도 있다. 같은 날 생클루 언덕의 한 저택에서 두 구의 다른 시체가 발견되었다고 한다.

세마는 그 저택을 알아보고 볼륨을 높인다. 피해자들의 신원이 확인되었다고 한다. 저택의 소유주인 성형외과 의사 프레데릭 그뤼스와 파리 경찰청 제1수사부에 소속된 35세의 팀장 폴 네르토.

세마는 공포에 사로잡힌다. 기자의 해설이 이어진다.

"두 사람이 살해된 이 사건과 관련해서 경찰은 아직 어떤 설명도 내놓고 있지 않습니다. 하지만 이 사건은 장·루이 시페르의 죽음과 연계되어 있을 수도 있습니다. 폴 네르토는 지난 몇 달 동안 '작은 터키'라 불리는 파리의 터키인 구역에서 세 여자가 살해된 사건을 수사하고 있었습니다. 이 수사 활동의 일환으로 그는 파리 10구 전문가인 퇴직 수사관 장·루이 시페르의 조언을 구한 바 있습니다·······."

텔레비전 화면에 나오는 모습을 보니, 네르토는 일본 남자처럼 머리를 깎은 미남형의 젊은 남자다. 세마는 그에 관한 이야기를 한번도 들은 적이 없었다. 하지만 그녀는 두 사건이 논리적으로 어떻게 연결되는지 미루어 짐작할 수 있다. 회색늑대들은 무고한 세 여자를 불필요하게 죽인 뒤에 마침내 추적의 실마리를 제대로 찾아내어, 2001년 여름에 그녀를 수술했던 성형외과 의사 그뤼스에게까지 거슬러 올라간 것이다. 그와 때를 같이하여 젊은 경찰관 네르토도 똑같이 길을 따라가서 생클루의 그뤼스가 그녀에게 수술을 해 준 의사임을 알아냈을 게 틀림없다. 그가 의사의 저택에 갔던 바로 그 순간에 회색늑대들은 의사를 심문하고 있었다. 사건은 결국 터키식으로 끝난 셈이다. 피의 목욕으로 말이다.

회색늑대들이 세마의 얼굴이 바뀌었음을 알아내는 것은 언젠가는 닥치고 말 일이었다. 그녀는 막연하게나마 줄곧 그렇게 예상하고 있었다. 그들이 그녀의 바뀐 얼굴을 알아냈다면, 그녀를 어디에 가서 찾아낼 수 있는지도 금방 알게 될 것이다. 이유는 간단하다. 그들의 우두머리가 바로 '벨벳 씨'인 것이다. 아몬드 페이스트를 속에 넣은 초콜릿을 좋아하는 그는 '초콜릿의 집'에 규칙적으로 오던 손님이었다. 그녀를 아연실색케 하는 진실이 아닐 수 없다. 그녀가 기억을 되찾고 나서 알게 된 무시무시한 진실인 것이다. 그의 이름은 아제르 아카르사. 세마는 청소년기에 아다나의 '이상주의자' 훈련소에서 그를 만났던 일을 기억하고 있다. 그 때에 벌써 그는 영웅으로 통하고 있었다·······.

몇 달 전부터 파리 10구에서 그녀를 찾고 있던 살인자는 자기가 좋아하는 초콜릿을 사느라고 일주일에 두 번씩 그녀와 마주치면서도 그녀를 알아보지 못했다. 사건의 궁극적인 아이러니는 바로 이것이다.

텔레비전 보도에 따르면, 생클루의 비극적인 사건은 전날 오후 3시경에 벌어졌다. 회색늑대들은 이튿날을 기다렸다가 '초콜릿의 집'을 공격할 것이다. 세마는 본능적으로 그렇게 짐작한다.

그렇다면 지금이다.

세마는 전화기에 달려들어 초콜릿 가게에 있을 클로틸드에게 전화를 건다. 아무도 전화를 받지 않는다. 세마는 손목시계를 들여다본다. 이스탄불 시각으로 낮 12시 30분. 그렇다면 파리 시각으로는 11시 30분. 이미 너무 늦어 버린 것일까? 그 때부터 세마는 30분 간격으로 초콜릿 가게에 계속 전화를 건다. 아무 소용이 없다. 그녀는 어찌해 볼 도리가 없어서 그저 방 안을 빙빙 돌아다닌다. 불안해서 미쳐 버릴 것만 같다.

세마는 궁여지책으로 호텔의 비즈니스 센터로 내려가서 컴퓨터 한 대를 차지하고 앉는다. 그리고는 인터넷에서 〈르 몽드〉의 목요일 저녁 인터넷 판을 열어, 장·루이 시페르의 죽음과 생클루의 이중살인에 관한 기사들을 검색한다.

그 판의 다른 페이지들을 기계적으로 훑어 내려가고 있는데, 한 기사가 눈길을 끈다. 또 다시 예상치 못했던 소식을 접한 것이다. 기사에는 '한 고위공직자의 자살'이라는 제목이 붙어 있다. 분명히 로랑 에메스의 죽음을 알리는 기사다. 그녀의 눈앞에서 글자들이 떨리고 있다. 시체는 목요일 아침에 오슈 대로에 있는 그의 아파트에서 발견되었다. 로랑은 자신의 공용 무기인 38구경 마뉴랭을 사용했다. 자살 동기와 관련해서 기사는 두 가지 사실을 짤막하게 상기시키고 있다. 1년 전에 그의 아내가 자살한 일과 많은 증언을 통해 확인된 바대로 그 이후 그가 우울증 상태에 빠져 있었다는 것.

세마는 치밀하게 짜인 그 거짓말의 그물에 정신을 집중한다. 하지만 더 이상 단어들이 눈에 들어오지 않는다. 대신 창백한 손과 약간 겁먹은 듯한 눈길과 금빛으로 환하게 빛나는 머리가 보일 뿐이다. 세마는 그 남자를 사랑했다. 기이하고 불안한 사랑, 그녀 자신의 환각 때문에 뒤죽박죽이 되어버린 사랑. 그녀의 눈에 눈물이 맺히려고 한다. 하지만 그녀는 울음을 삼킨다.

생클루의 저택에서 죽은 젊은 경찰관에게 생각이 미친다. 그는 어찌 보면 그녀를 위해서 희생되었다. 하지만 세마는 애도의 눈물을 흘리지 않았다. 로랑 때문에 우는 일도 없을 것이다. 로랑은 다른 자들과 더불어 그녀를 조종했던 사람이다. 그녀와 살을 섞었던 가장 가까운 조종자였다.

그리고 그런 의미에서 가장 비열한 조종자였다.

오후 4시. 그녀가 비즈니스 센터에서 줄담배를 피우며 한쪽 눈을 텔레비전에 다른 눈을 컴퓨터에 두고 있는 동안, 기어이 일이 터지고 말았다. 새로 짜인 〈르 몽드〉 인터넷 판의 '프랑스 사회' 면에 이런 기사가 실린 것이다.

포부르 생토노레 거리에서 총격전

3월 22일 금요일 정오가 다 되어가는 시각, 포부르 생토노레 거리 225번지에는 여전히 경찰 병력이 남아 있었다. '초콜릿의 집'이라는 가게에서 난데없이 벌어진 총격전의 뒤끝이었다. 주위의 시민들을 공포에 떨게 한 이 요란한 격돌로 세 명이 죽고 두 명이 다치는 피해가 발생했다. 사상자 중에는 경찰관 세 명도 포함되어 있다. 사건 발생 후 두 시간 가까이 지난 정오 무렵까지도 그 정확한 이유가 알려지지 않고 있다.

1차적으로 수집된 증언들, 특히 참사의 현장에서 무사히 빠져나온 가게 여종업원 클로틸드 소 씨의 증언을 바탕으로 정황을 미루어 보면, 사건은 다음과 같이 전개된 것으로 볼 수 있다. 10시 10분, 가게 문이 열리고 얼마 되지 않아 세 남자가 가게에 들어왔다. 그러자 가게 정면에 잠복하고 있던 사복 경찰관들이 즉시 그들을 체포하기 위해 나섰다. 세 남자는 자동화기로 사격을 가하며 이에 맞섰다. 총격전은 도로를 사이에 두고 몇 초 동안 지속되었을 뿐이지만 매우 격렬했다. 경찰관 세 명이 범인들의 총탄에 맞아, 한 명은 그 자리에서 숨졌고 다른 두 명은 중태에 빠져 있다. 범인들 중에서는 두 명이 사살되고, 나머지 한 명은 도주했다.

범인들의 신원은 이미 확인되었다. 뤼세트 일드름, 카디르 크르, 아제르 아카르사. 세 사람 모두 터키에서 왔다. 사망한 두 사람, 뤼세트 일드름과 카디르 크르는 외교관 여권을 소지하고 있었다. 현재로서는 그들이 프랑스에 온 날짜를 알 수 없다. 터키 대사관은 일체의 해명을 거부하고 있다.

수사관들에 따르면, 죽은 두 사람은 터키 경찰당국이 잘 아는 인물들이었다. 그들은 '이상주의자들' 혹은 '회색늑대들'이라 불리는 극우파 단체의 회원으로서 터키의 범죄 카르텔을 위해 청부살인 '계약'을 이미 여러 차례 이행했다는 혐의를 받고 있다.

도주해 버린 세 번째 남자의 정체는 더욱 놀랍다. 아제르 아카르사는 터키의 과수 재배 분야에서 예외적인 성공을 거둔 사업가이며 이스탄불에서 상당한 명성을 누리고 있다. 그는 애국주의적 사고방식을 가진 것으로 알려져 있지만 민주주의적 가치와 양립할 수 있는 온전하고 현대적인 민족주의를 옹호하는 사람이라고 한다. 터키 경찰과 마찰을 빚은 적도 없다.

그런 인물이 이 사건에 연루되었다는 것은 모종의 정치적인 문제가 걸려 있는 게 아닌가 하는 추측을 낳게 한다. 하지만 수수께끼는 그대로 남아 있다. 오늘 아침 세 남자는 왜 돌격소총과 자동권총으로 무장하고 '초콜릿의 집'에 난입했을까? 또 테러 방지국 소속이라는 사복 경찰관들은 왜 현장에 있었을까? 세 범인의 뒤를 쫓고 있었던 것일까? 우리가 알기로 경찰관들은 며칠 전부터 그 가게를 감시하고 있었다. 그들은 그 터키인들을 체포하기 위해 매복하고 있었던 것일까? 그렇다면 왜 어떤 안전조치도 내리지 않은 상태에서 인파가 몰리는 시각에 도로 한복판에서 체포를 시도한 것일까? 파리 검찰청은 경찰의 그런 비정상적인 작전에 의문을 품고 내사를 지시했다.

우리 소식통에 따르면, 하나의 단서가 이미 중요하게 부각되고 있다. 포부르 생토노레 거리의 총격전은 본보에서 어제 보도한 두 건의 살인 사건과 관련되어 있을 가능성이 있다. 3월 21일 오전에 페르 라셰즈 공동묘지에서 전직 경찰관 장·루이 시페르의 시체가 발견되었고, 같은 날 생클루의 한 저택에서 수사팀장 폴 네르토와 성형외과 의사 프레데릭 그뤼스의 시신이 발견된 바 있다. 네르토 팀장은 지난 5개월에 걸쳐 파리 10구에서 신원불명의 세 여인이 살해된 사건에 관해 수사를 벌이고 있었다. 이 수사의 일환으로 그는 파리 터키 타운의 전문가인 장·루이 시페르의 조언을 들었다.

이 잇단 살인은 형사적이면서도 정치적인 어떤 복잡한 사건의 핵심을 이루고 있을 가능성이 높다. 폴 네르토의 상관들도 살인 사건의 예심을 맡은 티에리 보마르조 판사도 그 사건의 복잡한 내막을 파악하지 못하고 있는 듯하다. 총격전이 두 건의 살인 사건과 연계되어 있다는 가정은 다음과 같은 사실에 의해 더욱 설득력을 얻고 있다. 즉, 네르토 팀장은 피살되기 한 시간 전에 아제르 아카르사에 대한 수배를 요청했다. 또한 파리 남쪽 교외 비에브르에 위치한 마타크 사의 건물을 뒤지기 위해 수색 영장을 요구하기도 했다. 이 회사의 대주주 가운데 한 사람이 바로 아카르사이다. 총격전의 주요 증인인 클로틸드 소에게 수사관들이 아카르사의 사진을 보여주자, 증인은 그가 범인임을 분명하게 확인했다.

수사의 관건이 되는 또 다른 인물은 테러 방지국의 간부인 필립 샤를리에 씨일 것이다. 그는 당연히 총격전을 일으킨 자들에 대한 정보를 가지고 있다. 그는 테러에 맞선 싸움에서 중요한 역할을 해 온 경찰 간부다. 그런가 하면 일하는 방식에 문제가 있다고 해서 많은 비판을 받은 인물이기도 하다. 그는 오늘 예비 조사의 일환으로 베르나르 사쟁 예심판사로부터 심문을 받을 것으로 보인다.

마침 선거운동이 한창인 때에 이런 혼미스러운 사건이 터졌다. 사회당의 리오넬 조스팽 제1서기는 경찰 조직의 개편을 선거 공약에 포함시켜 놓고 있다. 국가보안국과 중앙정보국의 통합이 계획되고 있는 것이다. 이 계획은 일부 경찰관들이나 정보 요원들의 독립성이 지나치게 강한 것을 시정해 나가기 위한 조치로 보인다.

세마는 접속을 끊은 다음 사건들을 자신의 입장에서 결산해 본다. 클로틸드가 무사해서 무엇보다 다행이다. 샤를리에에게 소환되어 조사를 받게 된 것도 잘된 일로 볼 수 있다. 다소 시일이 걸릴지라도 테러 방지국의 그 경찰관은 그 모든 죽음에 관해서 대답하게 될 것이다. 로랑 에메스의 '자살'에 관해서도…….

결산서의 마이너스 쪽에는 한 가지 항목이 있을 뿐이다. 하지만 이 항목이 긍정적인 결과들을 모두 무의미하게 만들고 있다.

아제르 아카르사가 아직 잡히지 않은 것이다. 그녀가 여전히 안전하지 않다는 뜻이다. 이 위험이 그녀의 결심을 더욱 강하게 만들고 있다.

그를 다시 만나야 한다. 그래서 이 모든 사건에 책임이 있는 더 높은 곳에 있는 자가 누구인지 알아내야 한다. 아직은 그자의 이름을 모른다. 하지만 결국엔 그 피라미드의 전모가 드러나고야 말 것이다.

지금 이 순간 확실한 것은 하나뿐이다. 아카르사가 곧 터키로 돌아올

것이다. 아니, 어쩌면 벌써 돌아와서 자기 패거리의 보호를 받고 있을
지도 모른다. 경찰과 어떤 호의적인 정치권력의 비호를 받고 있을 수도
있다.
 그녀는 외투를 집어 들고 객실을 나선다. 기억을 더듬어 가다보면 길
을 찾아낼 수 있을 것이다. 그자에게 이르는 길을.

68

 세마는 먼저 호텔에서 멀지 않은 갈라타 다리로 간다. 그녀는 할리치
만의 건너편을 한참 동안 바라본다. 이곳의 전망은 이스탄불에서 가장
명성이 높다. 보스포루스 해협과 그곳을 오가는 배들, 에미뇌뉘 부두와
예니 회교 사원, 사원의 돌로 된 테라스, 날아오르는 비둘기 떼, 둥근 지
붕, 하루에 다섯 번씩 기도 시간을 알리는 뮈에진의 목소리가 울려 나오
는 첨탑들.
 담배 한 대.
 관광객이 된 듯한 기분은 들지 않는다. 하지만 자신의 도시인 이스
탄불이 자신의 기억을 온전히 되찾게 해 줄 어떤 징표나 불씨를 제공
하리라는 생각이 든다. 이제 안나 에메스라는 이름으로 살았던 과거는
멀어져 가고, 그 대신 마약 밀거래자의 일상적인 일과 관련된 어렴풋
한 인상과 막연한 느낌이 되살아나고 있다. 어떤 일에 관한 기억의 편
린들이 어지럽게 머릿속을 오간다. 하지만 자신이 무엇을 위해서 정확

히 무슨 일을 했는지는 기억이 나지 않는다. 자기의 신상과 관련해서 무엇이든 떠오르는 게 있다면, 그것을 실마리로 삼아 예전의 '형제들'에게 돌아가기 위한 방법을 찾아낼 수 있으련만, 전혀 생각나는 것이 없다.

세마는 택시를 불러 세운다. 딱히 갈 데가 있는 것은 아니다. 그래서 그냥 아무 데로나 시내를 돌아다녀 달라고 운전기사에게 부탁한다. 그녀의 입에서 자연스럽게 터키 말이 나온다. 발음에 외국 사람 티가 나지 않고 머뭇거리는 기미도 전혀 느껴지지 않는다. 사용할 필요가 생기니까 저절로 터키 말이 터져 나온 것이다. 그녀의 깊은 곳에 감춰져 있던 샘물이 솟아나듯이 말이다. 하지만 그녀가 생각할 때 사용하는 언어는 프랑스어다. 그 까닭은 무엇일까? 프랑스 경찰이 행한 심리 조작의 결과일까? 그건 아니다. 프랑스어에 친숙해진 것은 그 고약한 사건이 있기 전에 이루어진 일이다. 프랑스어로 사고하는 것은 그녀의 인격을 구성하는 한 가지 요소다. 인생 역정의 어느 구비에서, 혹은 어린 시절의 교육 과정에서 언어의 이상한 이식이 이루어진 것이리라…….

차창 너머로 이스탄불의 풍광이 스쳐 지나간다. 세마는 사소한 것 하나도 놓치지 않으려고 눈에 불을 켠다. 하얀 초승달과 별이 찍혀 있는 터키의 붉은 깃발. 그 빨간색이 마치 봉인처럼 이곳이 터키 땅임을 나타내고 있다. 벽들과 석조 기념물들의 파란색은 갈색으로 변해 있다. 오염 때문에 줄무늬가 생겨서 그 빛깔이 더욱 칙칙해 보인다. 회교 사원의 지붕과 돔의 초록색은 햇빛을 어떻게 받느냐에 따라 옥빛이 되기도 하고 에메랄드빛이 되기도 한다.

택시가 어떤 성벽을 따라 달리고 있다. 하툰 자데시다. 세마는 도로 표지판에 적힌 이름들을 읽는다. 악사라이, 퀴취크파자르, 차르샴바……. 그 이름들은 그녀의 내면에 희미한 반향만 일으킬 뿐 개인적인 감회나 뚜렷한 기억을 불러일으키지는 않는다. 하지만 어떤 기념물이나 간판이나 거리 이름 같은 아주 사소한 것일지라도 그녀의 기억을 혼미하게 만드는 유사(流砂)를 휘저어서 그녀 안에 가라앉아 있는 기억의 덩어리들을 드러내리라는 예감이 새록새록 더해만 간다. 마치 바다 밑바닥에 가라앉아 있던 난파선의 잔해가 살짝 건드리는 것만으로도 수면으로 천천히 올라오듯이 그녀의 난파된 기억도 의사의 표층으로 올라올 수 있으리라…….

운전기사가 묻는다.

"데밤 에딜림 미[15]?"

"에벳[16]."

다시 담배 한 대.

교통이 혼잡하고 찻소리가 시끌시끌하다. 마치 배가 옆질을 하듯이 행인들이 몸을 건들건들 흔들며 지나간다. 이 도시의 부산함은 여기에서 절정에 달한다. 하지만 대기에는 다사로운 기운이 감돌고 있다. 도심의 북새통 위로 봄의 그림자가 어른거린다. 오염된 공기를 뚫고 창백한 햇살이 빛난다. 이스탄불 상공으로 아른아른 피어오르는 은빛 아지랑이가 청동 무기에 스는 동록처럼 소란의 서슬을 무디게 한다. 나무들까지도 그윽한 잿빛 기운을 발하여 사람들의 마음을 달래는 듯하다…….

길가의 포스터에 적힌 단어 하나가 불현듯 그녀의 눈길을 끈다. 빨간색과 금색을 바탕으로 두드러져 보이는 몇 음절의 단어.

세마는 운전기사에게 이른다.

"갈라타사라이로 데려다 주세요."

---

15) [원주] 계속 갈까요?
16) [원주] 예.

"갈라타사라이 고등학교 말인가요?"
"그래요, 고등학교. 베요글루에 있는 거요."

69

이스탄불의 번화가 탁심 어귀에 있는 광장. 은행과 국제적인 호텔이 즐비하고, 무수한 국기들이 나부끼는 곳. 운전기사는 보행자 전용 대로 초입에서 차를 세운다.

"여기에서 내려 걸어가는 게 더 빠를 겁니다. 이스티클랄 대로를 따라가세요. 한 백 미터쯤 가면, 찾고 있는 그 학교가……."

"알고 있어요."

3분쯤 지나서 세마는 나무가 울창한 어둑한 정원을 삼엄하게 둘러막고 있는 높다란 철책에 다다른다. 정문을 지나 교정에 들어서니 그야말로 숲 속에 들어온 느낌이 든다. 전나무, 사이프러스, 플라타너스, 피나무 등이 빛깔의 미묘한 차이를 보이며 끝밋하게 늘어서서 짙은 그늘을 드리우고 있다.

때로는 나무껍질의 한 면이 회색이나 검은색으로 보이기도 한다. 어떤 나무들은 우듬지나 나뭇가지들이 밝은 색 선을 그리며 갈라진다. 마치 파스텔 색조의 흐드러진 미소를 짓는 듯한 느낌이다. 그런가 하면 거의 파란색을 띠고 있어 선연히 눈에 들어오는 잡목들의 숲은 속이 훤히 들여다보일 만큼 투명한 느낌을 준다. 식물의 다채로운 스펙트럼이 펼쳐지는 정원이다.

　나무들 위쪽으로 학교 건물의 노란 정면이 보인다. 운동장과 농구 코트가 건물을 에워싸고 있다. 세마는 나무 그늘 속에 멀찌감치 떨어져서 학교를 관찰한다. 꽃가루 빛깔의 벽. 칙칙한 색조의 시멘트 바닥. 빨간 S자를 금빛 G자 속에 보석처럼 박아 넣은 학교의 휘장. 그 휘장이 들어간 감색 조끼를 입고 교정을 거니는 학생들.

　하지만 세마는 눈에 보이는 것보다 갑작스럽게 솟은 왁자한 소리에 더 마음을 기울인다. 수업에서 풀려난 아이들이 즐겁게 떠들어대는 것은 세계 어디에서나 마찬가지다. 때는 정오, 수업이 끝나는 시각이다.

　학생들의 웅성거림은 단지 귀에 익은 소리일 뿐만 아니라 그녀의 기억 속에 흩어져 있는 것들을 한데 불러 모으는 하나의 신호이기도 하다. 갑자기 어떤 감정들이 몰려와 그녀의 가슴을 옥죈다……. 그녀는 북받치는 감격에 숨이 막힌 듯하여 벤치에 앉는다. 과거의 이미지들이 하나둘 되살아난다.

　그녀의 마음속에 맨 먼저 떠오른 것은 아나톨리아 오지에 있는 고향 마을이다. 끝없이 펼쳐진 휑한 하늘을 이고 산비탈에 달라붙어 있는 흙벽의 오두막들. 자잘한 기복을 이루며 뻗어나간 평원과 길찬 풀숲. 가파른 비탈에서 사선으로 종종걸음을 치는 잿빛 양떼. 햇살과 추위의 갈마듦 속에서 부서지는 돌들처럼 골짜기에 터 잡고 살아가는 남자와 여자와 아이들…….

　다음으로 그녀가 떠올린 것은 어떤 훈련소다. 중앙 아나톨리아 카이세리 지방 어딘가에 있는 옛 온천장을 개조하고 철조망을 둘러친 곳이다. 사상 교육과 기술 교육과 군사 훈련으로 이루어진 일상. 알파슬란 튀르케슈의 『아홉 줄기 빛』을 읽거나 민족주의적 규범을 되풀이해서 외거나 터키 역사에 관한 무성영화를 보던 오전 시간들. 탄도학의 기초를 배우고 화약과 폭약을 구별하고 돌격 소총을 쏘고 갖가지 도검을 다루며 보낸 시간들…….

 그러다가 갑자기 프랑스계 고등학교에 진학하면서 모든 게 달라진다. 우아하고 세련된 환경. 어쩌면 그것이 훨씬 더 고약했는지도 모른다. 세마는 농민의 딸이다. 아들이 많은 집에서 자란 산골 소녀였다. 세마는 광신자이기도 했다. 터키적인 정체성과 자신의 이념에 사로잡혀 있는 민족주의자였다. 그런 그녀가 한결같이 유럽인이 되기를 꿈꾸는 좌파 성향의 부유층 자제들과 같은 학교를 다닌 것이다…….

 바로 이 갈라타사라이 고등학교에서 세마는 프랑스어 공부에 열중했다. 어찌나 열심히 공부했던지 나중에는 모국어 대신 프랑스어로 사고할 정도가 되었다. 어린 시절에 쓰던 터키 방언을 다 잊어버린 것은 아니지만, 알몸 같은 음절들이 서로 부딪치는 그 언어를 조금씩 밀어내고 새로운 낱말과 시와 책들이 그녀의 논리적인 사고에 미묘한 변화를 주고 새로운 관념을 형성하는 데에 관여했다. 그러자 세계는 그야말로 프랑스를 중심으로 돌아가기 시작했다.

 그 다음에는 여행의 시기가 찾아온다. 아편 재배지를 찾아다니는 위험한 여행. 사막 어귀에 계단식으로 가꾸어 놓은 이란의 경작지. 채소밭과 밀밭 사이사이에 바둑판 모양으로 들어앉은 아프가니스탄의 양귀비 밭. 국경선이 분명하지 않아 어느 나라 땅이라고 말하기 어려운 중간 지대의 풍경이 그녀의 눈에 선하다. 지뢰로 뒤덮여 있어 악착같은 밀수꾼들만 자주 출몰하는 흙먼지 투성이의 임자 없는 땅. 그녀는 여행 중에 겪은 전쟁들을 기억해 낸다. 전차, 스팅어 미사일, 그리고 소비에트 병사의 머리를 가지고 부스카시 놀이를 하던 아프가니스탄 반군 병사들.

 마약 제조소에 관한 기억도 떠오른다. 숨쉬기가 힘들 만큼 답답한 가건물들. 거기에 잔뜩 모여 있던 복면의 남녀들. 하얀 먼지와 매캐한 연기. 모르핀 베이스와 정제된 헤로인……. 이 무렵부터 세마는 그 분야의 진짜 전문가가 되었다.

이 대목에서 한 얼굴이 분명하게 모습을 드러낸다.

조금 전까지만 해도 그녀의 기억은 한 방향으로만 움직였다. 이 과정에서 사람들의 얼굴이 매번 기억의 뇌관 역할을 했다. 시페르의 얼굴은 그녀의 활동과 관련된 최근 몇 달 동안의 기억—마약, 도주, 은신—을 상기시키기에 충분했다. 아제르 아카르사의 차가운 미소는 청년 조직, 민족주의자들의 집회, 집게손가락과 새끼손가락을 세우고 나머지 손가락을 모아 쥔 손을 흔들어 대며 날카로운 괴성을 내지르거나 '튀르케슈 만세!'를 외치던 남자들을 갑자기 생각나게 했고, 그녀 역시 회색늑대였다는 사실을 일깨워 주었다.

하지만 이제 갈라타사라이의 교정에서는 정반대의 현상이 일어나고 있다. 지난 일들이 떠오르면서 마치 어떤 음악의 지도동기처럼 그 기억의 편린들을 관통하는 한 인물이 정체를 드러내고 있는 것이다……. 처음엔 어린 시절의 땅딸막한 생김새로, 그 다음엔 프랑스계 학교에 다니던 시절의 어설픈 모습으로, 나중에는 마약 밀거래의 동업자로. 비밀 제작소에 갈 때면 하얀 가운을 입은 바로 그 뚱뚱한 인물이 그녀에게 미소를 지어 보이곤 했다.

한 아이가 피를 나눈 형제처럼 여러 해 동안 그녀와 함께 자랐다. 그녀와 모든 것을 함께 나누었던 회색늑대. 이제 정신을 한데 모으니 그 얼굴이 더욱 분명해진다. 꿀빛 곱슬머리에 인형처럼 포동포동한 얼굴. 사막의 자갈들 사이에 놓인 두 개의 터키석처럼 파란 눈.

불현듯 한 이름이 뇌리를 스친다. 퀴르샤트 밀리히트.

세마는 벤치에서 일어나 마음을 다잡고 학교 건물 안으로 들어간다. 한 가지 확인해야 할 것이 있다.

그녀는 교장에게 프랑스 기자라고 둘러댄 다음, 갈라타사라이 졸업생들 가운데 터키에서 유명인사가 된 사람들에 관해서 르포 기사를 쓰고자 한다고 용건을 설명한다.

교장은 그 용건을 지극히 당연한 것으로 여기며 득의에 찬 얼굴로 웃는다.

몇 분 후 세마는 벽들이 온통 책으로 덮인 작은 방으로 안내된다. 지난 몇 십 년 동안 이 학교를 거쳐 간 사람들의 명부가 그녀 앞에 있다. 옛 재학생들의 성명과 사진, 생년월일, 수상 내역 등이 연도별로 기록되어 있는 장부들이다. 그녀는 주저 없이 1988년의 장부를 꺼내 들고 자신이 속해 있었던 졸업반의 페이지를 펼친다. 그녀가 찾는 것은 자신의 옛 얼굴이 아니다. 그 얼굴을 다시 대할 생각만 해도 마치 어떤 금기를 건드리기라도 한 것처럼 마음이 불편해진다. 그녀가 찾는 것은 쿼르샤트 밀리히트의 사진이다.

문제의 사진을 찾아내자 그녀의 기억이 더욱 명료해진다. 어린 시절의 친구이자 여행의 동반자였던 그는 오늘날 화학자가 되어 있다. 자기 분야에서는 최고의 실력자다. 어떤 생아편이든 그의 손을 거치면 최상의 모르핀이 된다. 그는 가장 순도 높은 헤로인을 정제해 내는 능력을 지니고 있다. 아세트산 무수물을 다룰 때면 그의 손은 마법사의 손이 된다. 그 분야에서는 아무도 그를 따라갈 자가 없다.

몇 해 전부터 세마는 물건을 운반하는 임무를 맡을 때마다 그와 함께 작전을 짰다. 마지막 운반 때에는 그가 헤로인을 용액으로 농축했다. 세마는 그 용액을 기포 포장재의 기포 속에 주입하는 방법을 생각해 냈다. 꾸러미 하나에 1백 밀리리터씩 주입하면 꾸러미 열 개로 1킬로그램을 보낼 수 있었다. 그들은 모두 2백 개의 꾸러미를 만들었다. 문서를 반투명한 포장재로 싸서 루아시 공항의 화물 터미널에서 찾을 단순한 소화물인 것처럼 위장했지만, 그 포장재의 기포 속에 용액으로 된 제4호 헤로인 20킬로그램이 숨겨져 있었던 것이다.

세마는 다시 사진을 들여다본다.

이마가 우유처럼 희고 구릿빛 머리가 구불거리는 그 뚱뚱한 남학생은 단지 과거의 유령이 아니다. 이제 그는 중요한 역할을 하지 않으면 안 된다.

오로지 그만이 그녀가 아제르 아카르사를 찾도록 도와줄 수 있다.

70

한 시간 후, 세마는 택시를 타고 보스포루스 해협에 높이 걸쳐 있는 거대한 철제 현수교를 건너간다. 그 때 갑자기 천둥이 치고 비바람이 분다. 몇 초 뒤 택시가 아시아 쪽 해안에 다다르자 빗발의 기세가 맹렬해진다. 먼저 바늘 같은 빗줄기가 번득거리며 보도를 때리고 나더니, 물웅덩이가 번져 나가면서 마치 함석지붕을 때리듯이 요란한 소리를 내기 시작한다. 이내 사위에 온통 무거운 기운이 감돈다. 자동차들이 지나갈 때마다 황토색 물줄기가 솟는다. 차도가 내려앉아 물에 잠기고 있는 것만 같다…….

택시가 현수교 발치에 웅크리고 있는 베일레르베이 지구에 도착하자, 소나기는 폭풍우로 바뀌었다. 뿌옇게 휘몰아쳐 오는 빗방울 때문에 한치 앞도 보이지 않는다. 이리저리 움직이는 비안개 속에서 자동차와 보도와 집들이 서로 분간되지 않고 뒤섞여 보인다. 온 동네가 액체 상태로, 이탄과 진흙만 있던 선사 시대로 돌아가고 있는 듯하다.

얄르보유 거리에 다다르자, 세마는 걸어가는 게 낫겠다 싶어 택시에서 내린다. 그런 다음 자동차들 사이로 요리조리 빠져나가 가게들을 따라 늘어뜨려져 있는 차양 밑으로 몸을 피한다. 그녀는 서두르지 않고 우선 비옷으로 입을 가벼운 초록색 판초를 산 다음 자기가 가야 할 길을 찾는다. 이 동네는 이스탄불을 작게 줄여놓은 듯한 인상을 준다. 리본처럼 좁다란 보도, 다닥다닥 붙어 있는 집들, 해협의 기슭 쪽으로 구불거리며 내려가는 골목길들 등이 영락없는 이스탄불의 축소판이다.

세마는 베일레르베이 거리로 들어서 해협 쪽으로 걸어간다. 왼쪽으로는 문을 닫은 가게들과 차양을 드리운 작은 식당들과 방수포로 덮어놓은 진열대들이 늘어서 있다. 오른쪽에는 문 하나 나 있지 않은 담벼락이 한 회교 사원의 정원을 가리고 있다. 다공질의 붉은 석재 표면에 마치 지도를 그리듯이 이리저리 금이 가 있어서 스산한 느낌을 준다. 아래쪽으로는 잿빛 나뭇잎들 사이로 보스포루스 해협의 물이 보인다. 물결이 오케스트라 박스 속의 팀파니처럼 요란한 소리를 낸다.

온 몸이 물에 흠씬 젖어가고 있다는 느낌이 든다. 빗방울이 후드득거리며 머리를 적시고 어깨를 때린다. 비옷 위로 물이 주르륵주르륵 흘러내린다. 입술을 핥으니 진흙 맛이 난다. 얼굴마저도 물처럼 반짝이며 흐물흐물해지는 듯하다…….

제방 쪽은 폭풍우가 더욱 세차다. 해협이 열리고 앞이 트이자 제 세상을 만난 것처럼 기세를 올린다. 기슭마저 뭍에서 떨어져 나가 해협을 따라 바다로 나갈 태세다. 세마의 몸이 저절로 부들거린다. 혈관들이 강으로 변한 듯한 기분이 든다. 그 강물에 휩쓸려 그녀의 몸에서도 해협의 기슭과 같은 뭍의 파편들이 토대부터 흔들리고 있는 듯하다.

세마는 갔던 길을 되짚어 올라가며 회교 사원의 입구를 찾는다. 곰팡이로 얼룩진 벽을 따라가다 보니 녹슨 철책문이 나온다. 고개를 들어 올려다보니 둥근 지붕이 반짝이고 첨탑들이 비를 맞으며 우뚝 솟아 있다.

앞으로 나아감에 따라 새로운 추억들이 몰려온다. 퀴르샤트에게는 '원예가'라는 별명이 있다. 식물학에도 조예가 깊기 때문이다. 그는 특히 양귀비의 전문가다. 야생 양귀비를 손수 가꾸기도 한다. 여기 이 정원에 그 양귀비들이 감춰져 있다. 그는 매일 저녁 베일레르베이에 와서 그것들을 보살핀다…….

세마는 정문을 지나 대리석이 깔린 마당으로 들어선다. 기도하기 전에 발을 씻는 세족대가 바닥 가까이에 늘어서 있다. 안뜰을 지나자 천장에 웅크리고 있는 흰빛과 꿀빛의 고양이들 한 무리가 보인다. 놈들 중의 한 마리는 애꾸눈이고 다른 한 마리는 주둥이에 피가 말라 붙어 있다.

다시 문턱을 하나 넘자 마침내 정원이 나온다.

정원을 대하니 마음이 뭉클해진다. 나무와 관목 덤불과 무성한 잡초. 파 엎어 놓은 흙. 감초 막대사탕 만큼이나 거무스름한 가지들. 겨우살이 덤불처럼 빽빽하고 작은 잎사귀들 때문에 가운데가 불룩해진 작은 수풀. 소나기에 흠씬 적어 더욱 생기가 도는 풍요로운 세계다.

세마는 꽃향기가 은은한 흙냄새에 취해 앞으로 나아간다. 빗줄기는 여전히 세차지만 여기에서는 빗소리가 사뭇 부드럽다. 나무에 떨어진 빗방울은 무딘 피치카토로 잎사귀에서 되튀어 오르고, 풀잎을 때린 빗방울은 하프의 현을 타듯이 풀줄기를 타고 미끄러진다. 문득 이런 생각이 세마의 뇌리를 스친다. '몸은 춤으로 음악에 화답한다. 대지는 자신의 정원으로 비에 화답한다.'

나뭇가지들을 헤치자 나무갓에 가려져 있던 넓은 채소밭이 나타난다. 대나무 버팀대가 여기저기 세워져 있다. 윗부분을 잘라낸 양철통에는 부식토가 가득가득 들어 있다. 어린 싹을 보호하기 위해 뒤집어 놓은 어항들도 보인다. 노천의 온실, 아니 그보다는 식물의 탁아소에 들어온 기분이다. 세마는 몇 발짝 더 걷다가 제자리에 우뚝 멈춰 선다. 그

'원예가'가 저기에 있다.

그는 한쪽 무릎을 땅바닥에 대고 줄지어 늘어선 양귀비들 위로 몸을 숙이고 있다. 양귀비꽃들은 투명한 비닐봉지에 싸여 있다. 그는 암꽃술의 씨방에 배액관을 밀어 넣고 있는 중이다. 바로 그 씨방에 알카로이드가 들어 있다. 그가 다루고 있는 양귀비는 세마가 알지 못하는 종이다. 아마도 제철보다 이르게 개화하는 새로운 잡종이리라. 터키의 수도 한복판에 실험용 양귀비 밭이 있다니…….

인기척을 느끼기라도 한 듯 그가 고개를 든다. 후드가 이마를 가리고 있어서 그의 굵직한 얼굴 윤곽이 겨우 드러난다. 그의 눈에 놀란 기색이 스치는 것보다 더 빠르게 입술에 미소가 살짝 스쳐 간다.

"눈은 그대로군. 눈을 보니 너인 줄 알겠어."

그는 프랑스어로 말했다. 옛날에 그들은 단 둘이 있을 때면 프랑스어로 이야기를 나누었다. 그건 일종의 놀이였고 그들을 은밀하게 묶어주는 또 하나의 끈이었다. 세마는 아무 대꾸도 하지 않고, 그의 눈에 자기 모습이 어떻게 비칠지 상상해 본다. 초록색 후두를 눌러쓴 야윈 실루엣, 알아볼 수 없을 정도로 수척해진 얼굴. 하지만 퀴르샤트는 그녀의 달라진 모습에 전혀 놀라지 않고 있다. 그렇다면 그는 그녀의 얼굴이 바뀌었다는 사실을 알고 있다는 얘기다. 내가 이 사람에게 그 사실을 알려주고도 기억하지 못하는 것일까? 아니면 회색늑대들이 그 사실을 알려 주었을까? 이 사람은 친구인가 아니면 적인가? 빨리 판단을 해야 한다. 옛날에 이 남자는 그녀가 속내 이야기를 털어놓을 수 있는 친구였고 그녀의 공모자였다. 그래서 그녀는 자신의 도주와 관련된 세세한 정보를 그에게 알려주었다.

그의 몸짓이 부자연스럽다. 왠지 쭈뼛거리는 기색이 느껴진다. 그는 세마보다 조금 더 크다. 천으로 된 작업복에 넓은 비닐 앞치마를 두르고 있다. 그가 몸을 일으킨다.

"왜 돌아왔어?"

세마는 아무 말도 하지 않는다. 뚝뚝 듣는 빗방울이 초침처럼 시간을 재며 침묵을 깨고 있을 뿐이다. 이윽고 비옷에 가려 울림이 줄어든 목소리로 그녀가 말문을 연다. 그녀 역시 옛날처럼 프랑스어를 사용한다.

"내가 누구인지 알고 싶어. 나는 기억을 상실했어."

"뭐라고?"

"파리에서 경찰에 붙잡혔다가 기억 조작 실험에 이용되었어. 그래서 기억을 잃게 된 거야."

"그런 일은 있을 수 없어."

"우리가 사는 이 세상에서는 모든 일이 가능해. 너도 잘 알잖아."

"정말…… 아무것도 기억 못 해?"

"내가 지금 알고 있는 건 나 스스로 조사해서 알아낸 것뿐이야."

"그런데 굳이 돌아올 까닭이 뭐가 있어? 왜 도망치지 않았지?"

"도망치기에는 너무 늦었어. 회색늑대들이 내 뒤를 쫓고 있거든. 그들은 나의 바뀐 얼굴을 알고 있어. 나는 협상을 원해."

그는 비닐봉지에 싸인 꽃을 양철통과 부식토 사이에 조심스럽게 내려놓는다. 그러고는 그녀를 흘깃 쳐다보며 묻는다.

"그거 아직 가지고 있어?"

세마가 대답하지 않자 쿼르샤트가 재우쳐 묻는다.

"마약, 아직 가지고 있는 거야?"

"질문은 내가 해. 그 거래의 물주가 누구였지?"

"우리는 물주의 이름을 몰라. 그게 규칙이야."

"이제 규칙 따위는 없어. 내가 도주함으로써 모든 게 뒤집어진 거야. 그들이 너에게 물어보러 왔을 게 틀림없어. 사람이 왔으면 이름도 전해졌겠지. 그 운반 작전을 명령한 사람이 누구지?"

쿼르샤트는 대답을 머뭇거린다. 그의 후드에 뚝뚝 떨어진 빗방울이 얼굴을 타고 흘러내린다.

"이스마일 쿠드세이."

그 이름에 충격을 받기라도 한 것처럼 기억의 한 부분이 되살아난다. 쿠드세이, 절대적인 지배자. 하지만 세마는 여전히 그 이름을 잊고 있는 듯한 시늉을 한다.

"그가 누구지?"

"네 머리에서 그런 기억까지 사라졌다는 게 믿기지 않아."

"그가 누군데?"

"이스탄불에서 가장 중요한 어른이지. (그는 비의 음조에 자기 목소리를 맞추려는 듯 어조를 낮춘다.) 그 어른은 우즈베크 사람들이며 러시아 사람들과 제휴할 준비를 하고 있어. 네가 맡았던 짐은 시범용이었어. 일종의 테스트이자 상징이었지. 그게 너와 함께 사라져 버렸던 거야."

빗방울에 젖은 세마의 맑은 얼굴에 미소가 번진다.

"그 거래의 파트너들 사이에 좋은 분위기가 감돌고 있겠군."

"전쟁이 임박했어. 하지만 쿠드세이는 그런 것엔 아랑곳하지 않아. 그 어른의 관심은 오로지 너에게 있어. 너를 반드시 다시 찾아내고 싶어 하시지. 이건 돈의 문제가 아니라 명예가 걸린 문제야. 아랫사람에게 배신당한다는 게 그 어른에게는 도저히 있을 수 없는 일이지. 우리는 그분이 키운 회색늑대들이고 그분의 총애를 받았던 사람들이야."

"그의 총애를 받았다고?"

"우리는 대의를 위한 도구야. 회색늑대들이 우리를 키우고 가르치고 우리의 생각을 이끌어 주었어. 출신으로만 보자면 너는 아주 보잘것없는 존재였어. 온몸에 이가 들끓는 가난한 양치기였지. 내가 그랬고 다른 친구들이 그랬듯이 말이야. 조직은 우리에게 신념과 권력, 지식 등 모든 것을 주었어."

이야기가 핵심을 벗어나고 있지만, 세마는 비록 사소한 것일지라도 다른 사실들을 알고 싶은 마음이 간절하다.

"우리가 왜 프랑스어를 하지?"

퀴르샤트의 둥근 얼굴에 미소가 설핏 어린다. 자랑스러워하는 기색이 담긴 미소다.

"우리는 선택 받은 사람들이야. 1980년대에 '레이스', 즉 지도자들이 사관들과 우수한 인재들을 모아 비밀 군대를 창설하고 싶어 했어. 터키 사회의 최상류층에 들 수 있는 회색늑대들을 키우고자 했던 거지."

"쿠드세이가 구상한 거야?"

"발의는 그 어른이 했지. 하지만 모두가 그 계획에 찬성했어. 재단의 밀사들이 중앙 아나톨리아의 가정들을 방문했지. 가장 재능 있는 아이들, 가장 장래가 촉망되는 아이들을 찾아다닌 거야. 그런 아이들에게 고등교육을 제공하겠다는 게 그들의 구상이었어. 애국적인 계획이었지. 지식과 권력을 이스탄불의 돼먹지 않은 부르주아 자식들에게가 아니라 진정한 터키 사람인 아나톨리아의 아이들에게 되돌려 주겠다는 것이었으니까 말이야……."

"그래서 우리가 선발된 거야?"

자부심에 찬 퀴르샤트의 어조가 더욱 부풀어 오른다.

"우리는 다른 몇몇 아이들과 함께 재단의 장학금을 받아 갈라타사라이 고등학교에 진학했어. 그걸 다 잊어버린 거야? 어떻게 그럴 수가 있지?"

세마는 대답하지 않는다. 퀴르샤트는 갈수록 흥분이 고조되어 가는 목소리로 말을 잇는다.

"고향을 떠날 때 우리는 열두 살이었어. 그 때 이미 우리는 꼬마 '바스칸', 즉 우리 지역의 지도자였던 셈이야. 우리는 먼저 훈련소에서 1년을 보냈어. 갈라타사라이에 왔을 때는 벌써 돌격소총 사용법을 터득하고 있었지.『아홉 줄기 빛』의 몇몇 대목도 달달 외우고 있었어. 그러다가 갑자기 퇴폐적인 자들에게 둘러싸였지. 그들은 록 음악을 듣고 대마초를 피우고 유럽인들을 흉내 냈어. 개자식들이고 빨갱이들이었지……. 그들에 맞서서 우리는 서로 의지하고 힘을 합쳤어. 오누이처럼 말이야. 우리는 아나톨리아에서 온 시골뜨기였고 장학금을 받아 겨우 학업을 이어가는 단 두 명의 가난뱅이였지……. 하지만 우리가 얼마나 위험한지는 아무도 몰랐을 거야. 우리는 그 때 이미 회색늑대들이었고 전사였어. 우리는 우리에게 금지된 세계에 침투했어. 빨갱이 놈들에 맞서 더 잘 싸우기 위해서 말이야. 탄르 튀르퀴 코루순[17]!"

퀴르샤트는 집게손가락과 새끼손가락을 세우고 나머지 손가락을 모아 쥔 손을 흔들어댔다. 자기 딴에는 열렬한 투사처럼 보이려고 무척 애를 쓰고 있지만, 그는 옛날의 그 한결같던 모습에서 별로 달라진 것이 없다. 온순하고 서툴고 폭력과 증오에 조종당하기 쉬웠던 아이.

세마는 버팀대와 나무들 사이에 꼼짝 않고 서서 질문을 이어간다.

"그 다음에는 무슨 일이 있었지?"

"나는 이과대학에 들어갔고, 너는 모든 강의를 영어로 하는 보아지치 대학교에 진학했어. 1980년대 말에 회색늑대들은 마약 시장에서 중요한 위치를 차지해 가고 있었어. 그들에게는 전문가가 필요했지. 우리의 역할은 이미 정해져 있었어. 화학은 내 몫이었고 운송은 네 몫이었지. 다른 전문가들이 더 있었어. 외교관, 기업가 등으로 상류 사회에 침투한 회색늑대들 말이야……."

"아제르 아카르사처럼."

퀴르샤트가 소스라친다.

"그 이름을 알고 있어?"

---

[17] 터키인들에게 하느님의 가호가 있기를!

"바로 그 사람이 파리에서 나를 추적했어."

그는 마치 한 마리 하마처럼 몸을 부르르 흔들어 빗물을 털어낸다.

"모든 회색늑대 가운데 가장 악독한 자를 풀어 네 뒤를 쫓게 한 거야. 그가 너를 찾아 나선 이상, 언젠가는 찾아 내고 말 거야."

"그가 나를 찾아다니는 게 아니라 내가 그를 찾고 있어. 그 사람, 어디에 있지?"

"그걸 내가 어떻게 알겠어?"

퀴르샤트의 목소리가 거짓말을 하고 있다는 느낌을 준다. 그 순간, 한 가지 의심이 되살아나 그녀의 가슴을 후벼 판다. 거의 잊어가고 있던 사건의 이면에 다시 생각이 미친 것이다. 나를 배신한 자가 누굴까? 내가 귀르딜레크의 공중목욕탕에 숨어 있다는 것을 누가 아카르사에게 알려 주었을까? 세마는 그 의문의 해결을 나중으로 미뤄 둔다.

퀴르샤트가 무엇에 쫓기는 듯한 어조로 말을 잇는다.

"그거 아직 가지고 있어? 마약 어딨어?"

"다시 말하지만, 나는 기억을 상실했어."

"협상을 하고 싶다면, 빈손으로 돌아와서는 안 되지. 네가 살 수 있는 길은 오로지······."

세마는 말허리를 자르고 불쑥 묻는다.

"왜 내가 그런 일을 벌였지? 왜 짐을 가로채서 모두로부터 벗어나려고 했던 거지?"

"그 까닭을 아는 사람은 너밖에 없어."

"나는 나의 도주에 너를 끌어들였어. 너를 위험에 빠뜨린 거야. 그런 상황에서 내가 도망치는 이유를 너에게 말하지 않았을 리가 없어."

그는 뜻이 분명치 않은 손짓을 한다.

"너는 우리의 운명을 결코 받아들이지 않았어. 우리가 강제로 조직에 가입되었다고 말하곤 했지. 그들이 우리에게 선택권을 주지 않았다는 것이었어. 하지만 우리에게 과연 선택의 여지가 있었을까? 그들이 아니었다면 우리는 양치기 신세에서 벗어나지 못했을 거야. 아나톨리아 오지의 촌뜨기로 남아 있겠지."

"내가 마약 밀거래를 했다면, 나에게 돈이 있을 거야. 그냥 돈만 가지고 사라지면 되었을 텐데, 왜 헤로인을 훔쳤지?"

그 말에 퀴르샤트는 냉소를 짓는다.

"너에게 필요했던 건 단지 돈이 아니야. 너는 그 이상을 원했어. 난장판을 만들고 싶어했지. 조직들이 서로 맞서 싸우기를 바란 거야. 그 임무를 너는 복수에 이용했어. 우즈베크 사람들과 러시아 사람들이 여기로 쳐들어오는 날에는 대학살이 벌어질 거야."

빗발이 성깃해지고 어둠이 깔린다. 퀴르샤트가 마치 사위어 가는 불씨처럼 어둠 속으로 천천히 빨려 들어간다. 회교 사원의 둥근 지붕이 그들을 굽어보면서 형광 같은 빛을 발산하고 있다.

누가 나를 배신했을까 하는 의문이 다시 세차게 고개를 든다. 이제 갈 데까지 가야 한다. 이 더러운 일에 마침표를 찍어야 한다. 세마가 냉랭한 목소리로 묻는다.

"그런데 너 말이야, 어떻게 네가 아직 살아 있지? 그들이 너에게 물어보러 오지 않았니?"

"물론 왔지."

"너는 아무 말도 안 했어?"

퀴르샤트가 떨고 있는 듯하다.

"할 말이 없었어. 내가 아는 게 있어야 말이지. 나는 그저 파리에서 헤로인을 가공하고 터키로 돌아왔어. 그 뒤로 너에게서는 아무 소식이 없었어. 네가 어디에 있는지 아무도 몰랐어. 나는 더더욱 몰랐고."

그의 목소리가 떨린다. 세마는 갑자기 연민에 사로잡힌다. 퀴르샤트, 나의 퀴르샤트, 너 어쩌다가 이렇게 오래도록 살아남았느냐?

그가 단숨에 덧붙인다.

"그들은 나를 믿고 일을 맡겼어. 세마, 정말이지 나는 내가 맡은 일을 하고 돌아왔어. 그 뒤로 너한테 아무 소식이 없었고. 네가 귀르딜레크의 공중목욕탕에 숨었을 때부터, 나는 생각하기를……."

"귀르딜레크 얘기를 누가 했지? 내가 얘기한 거 아냐?"

세마는 비로소 깨달았다. 퀴르샤트는 모든 걸 알고 있었다. 하지만 그는 진실의 한 부분만을 아카르사에게 알려 주었다. 그녀의 파리 주소는 넘겨주되 얼굴을 고친 것에 대해서는 함구함으로써 궁지를 벗어난 것이다. 그녀와 '피를 나눈 동지'는 그렇게 양심과 타협했다.

화학자 퀴르샤트는 마치 턱의 무게에 끌리기라도 한 것처럼 잠시 벌어진 입을 다물지 못한다. 다음 순간 그의 한쪽 손이 작업복 속으로 들어간다. 세마는 그의 손이 무기에 닿기 전에 판초 속에 숨기고 있던 자신의 글록 권총을 겨누고 방아쇠를 당긴다. '원예가'는 새싹을 보호하기 위해 덮어 놓은 어항들 사이로 고꾸라진다.

세마는 털썩 무릎을 꿇는다. 이것은 시페르의 살해에 이은 그녀의 두 번째 살인이다. 하지만 그녀는 자신의 동작이 너무나 정확하다는 점에 비추어 자기가 이미 그렇게 가까이에서 사람을 죽인 적이 있음을 깨닫는다. 그게 언제였을까? 몇 번이나 그랬을까? 아무것도 생각나지 않는다. 그 점에 관해서는 그녀의 기억에 텅 빈 구멍이 나 있다.

세마는 양귀비들 사이에서 꼼짝하지 않고 있는 퀴르샤트를 잠시 살펴본다. 죽음이 벌써 그의 얼굴을 평온하게 만들고 있다. 마침내 이승의 번뇌로부터 벗어난 그의 얼굴에 순진무구한 표정이 천천히 되돌아온다.

세마는 시체를 뒤져 작업복 속에서 휴대폰을 찾아낸다. 최근 통화목록에 '아제르'라는 사람의 번호가 나와 있다.

그녀는 전화기를 자기 호주머니에 쑤셔 넣고 일어선다. 비가 멎었다.

사위가 온통 어둠에 잠겨 버렸다. 정원이 마침내 한숨을 돌리고 있다. 그녀는 고개를 들어 회교 사원을 올려다본다. 비에 젖은 둥근 지붕이 마치 초록색 도자기처럼 빛난다. 첨탑들은 별들을 향해 금방이라도 솟구쳐 오를 듯한 기세다.

세마는 잠시 더 시체 곁에 머문다. 까닭을 설명할 수는 없으나 불현듯 분명하게 떠오르는 것이 하나 있다. 어떤 진실 하나가 그녀 자신에게서 저절로 떨어져 나온 것만 같다.

이제 비로소 생각이 난다. 나는 왜 그렇게 행동했을까? 나는 왜 마약을 갖고 도망쳤던가?

물론 자유를 위해서다.

하지만 그게 전부가 아니다. 아주 구체적인 어떤 사건과 관련해서 복수를 하기 위한 것이기도 하다.

복수극을 더 진행하기 전에 그 사실을 확인해 보아야 한다.

우선 병원을 찾아가자. 가서 산부인과 의사를 만나야 한다.

71

편지를 쓰면서 하얗게 새운 밤.

열두 쪽에 달하는 긴 편지. 수신자는 파리 제5구 르 고프 거리의 마틸드 빌크로. 세마는 이 편지에 그간의 사연을 자세하게 적었다. 자신의 출신부터 교육, 직업, 마지막 운반 임무에 이르기까지.

그녀는 중요한 인물들의 실명도 밝혔다. 퀴르샤트 밀리히트, 아제르 아카르사, 이스마일 쿠드세이. 마치 각각의 말을 체스판에 올려놓듯이 각 인물을 소개하면서 그들의 역할과 위치를 꼼꼼하게 기술해 나갔다. 그럼으로써 거대한 프레스코의 조각들이 차례차례 재구성되었다.

마틸드 빌크로에게 그런 설명을 해 주는 것은 세마의 의무다. 페르 라셰즈의 지하 납골당에서 그녀에게 그것을 약속했기 때문이다. 하지만 그 약속을 떠나서 세마는 그 정신과 의사에게 이 사건을 이해시키고 싶다. 아무 대가 없이 목숨을 걸고 자기를 도와준 사람이기 때문이다.

호텔의 흰색 편지지에 '마틸드' 라는 이름을 쓰느라 볼펜에 힘을 잔뜩 주면서 그녀는 생각했다. 그 몇 음절의 이름만큼 견고한 무엇인가를 붙잡아 본 적이 있었던가.

세마는 담배에 불을 붙이고 잠시 추억에 잠긴다. 마틸드 빌크로. 키가 크고 강하며 검은 머리가 탐스러운 여자. 그녀의 너무나 붉은 미소를 처음 보았을 때, 세마의 머릿속에 하나의 이미지가 떠올랐다. 개양귀비 꽃. 꽃의 색깔을 보존하기 위해 태우던 개양귀비의 꽃대.

그 연상은 이제 세마가 어린 시절에 관한 기억을 되찾음에 따라 온전한 의미를 띠게 되었다. 그녀는 자기 머릿속에 떠오른 사막 풍경을 프랑스의 랑드 지방과 관련이 있는 것으로 생각했다. 하지만 사실 그것은 아나톨리아의 사막에서 본 풍경이었다. 그리고 그녀가 개양귀비라고 생각했던 것은 야생 양귀비였다. 세마는 그 꽃대들을 말리면서 두려움이 섞인 묘한 흥분이나 전율 같은 것을 느끼곤 했다. 그 때 이미 자기 삶에 아편의 어두운 그림자가 드리울 것을 예감했던 것은 아닐지……. 그녀는 꽃대를 태우던 그 검붉은 불꽃과 붉게 벌어지던 꽃봉오리 사이에 무어라 설명할 수 없는 은밀한 비밀이 있음을 느끼고 있었다.

마틸드 빌크로에게서는 그와 똑같은 신비의 빛이 반짝인다. 내면의 어떤 부분이 불탐으로써 그녀의 미소를 더욱 붉게 만들고 있는 것이다.

세마는 편지를 다 써 놓고 잠시 망설인다. 몇 시간 전에 병원에서 알게 된 사실을 적어야 할까? 아니다. 그건 나 자신하고만 상관있는 일이다. 세마는 서명을 하고 편지지를 봉투에 넣는다.

객실의 라디오 겸 자명종이 4시를 가리키고 있다.

세마는 자신의 계획을 마지막으로 한 번 더 점검한다. "협상을 하고 싶다면, 빈손으로 돌아오면 안 되지." 하고 퀴르샤트는 말했다. 〈르 몽드〉의 기사에도 텔레비전 뉴스에도 지하 납골당에 마약이 흩뿌려졌다는 이야기는 나오지 않았다. 따라서 아제르 아카르사와 이스마일 쿠드세이가 헤로인이 사라졌다는 사실을 모를 공산이 크다. 세마는 협상의 대상을 손에 넣고 있는 것이나 다름이 없다…….

그녀는 봉투를 문 앞에 내려놓고 욕실로 들어간다.

어제 저녁 베일레르베이의 한 잡화점에서 사 온 물건에 생각이 미친다. 그녀는 세면대에 물을 틀어놓고 그 물건이 담긴 종이상자를 잡는다.

상자 속의 물감을 세면대에 붓자, 붉은 줄기가 구불거리며 물속으로 흘러들더니 빛깔이 연해지면서 흙빛으로 엉겨 붙는다.

세마는 잠시 거울에 비친 자기 모습을 살펴본다. 겉으로 보이는 아름다움 속에 또 하나의 거짓이 감춰져 있다. 부서진 얼굴, 갈아 버린 뼈, 꿰맨 자국이 교묘하게 숨겨져 있는 피부…….

세마는 거울에 비친 자신에게 미소를 지으며 중얼거린다.

"이젠 선택의 여지가 없어."

그런 다음 자신의 오른쪽 집게손가락을 조심스럽게 헤나 물감 속에 담근다.

72

5시.

하이다르파샤 역. 아시아 쪽 터키의 철길이 시작되기도 하고 끝나기도 하는 곳, 또한 유럽과 아시아를 잇는 뱃길이 시작되기도 하고 끝나기도 하는 곳.

모든 것이 그녀의 기억 속에 있는 것과 똑같다. ㄷ자 모양의 중앙 역사. 이 건물의 꺾여 돌아가는 두 모서리에 육중하게 솟은 망루. 역사는 작은 반도처럼 뭍에서 뻗어 나와 삼면이 모두 보스포루스 해협의 바닷물로 둘러싸여 있다. 뭍이 팔을 내밀고 바다를 끌어안는 듯도 하고 바다로 떠나라고 사람들을 유혹하는 듯도 하다. 이리저리 뻗은 방파제들이 돌의 축을 그리며 물의 미로를 만들고 있다. 두 번째 방파제 끝에는 등대가 하나 서 있다. 마치 운하들 사이에 외따로 서 있는 탑과 같다.

아직 날이 밝지 않아서 모든 것이 어둡고 차갑고 고요하다. 역사의 불빛이 힘없이 반짝이고 있다. 부연 유리창들을 통해 머뭇머뭇 흘러나오는 적갈색의 빛.

이스켈레, 즉 선착장이라는 팻말이 붙은 작은 건물에서도 빛이 흘러나온다. 역사의 불빛보다 훨씬 약한, 금갈색이 도는 파르스름한 빛이다. 이 빛은 물속으로 비쳐들어 보라색에 가까운 파란 반점이 된다.

세마는 어깨를 펴고 옷깃을 세운 다음, 역사를 따라 걷다가 부두를 거슬러 올라간다. 그녀에게는 이런 스산한 풍경이 어울린다. 서릿발이 선 적막한 사막에서 오히려 편안함을 느끼던 그녀가 아닌가. 그녀는 요트와 모터보트의 선착장 쪽으로 간다. 닻줄 부딪치는 소리와 돛이 펄럭이는 소리가 계속 그녀를 따라온다.

세마는 크고 작은 배들을 하나하나 살핀다. 그러다가 마침내 돈을 주고 빌릴 만한 작은 보트 한 척을 찾아낸다. 보트 주인은 방수포를 덮은 채 새우잠을 자고 있다. 세마는 그를 깨워 즉시 협상에 들어간다. 남자는 험악한 얼굴을 일그러뜨리고 있다가 그녀가 거금을 제안하자 솔깃하게 귀를 기울인다.

"두 번째 방파제 너머로 멀리 나가지는 않을 거예요. 아저씨 시야를 벗어나지 않고 계속 근처에 머물러 있을 테니 안심하세요."

"좋아요."

뱃사람은 군말 없이 보트에 시동을 걸어놓고 뭍으로 내려온다.

세마는 키의 손잡이를 잡고 다른 배들 사이로 보트를 몰아 부두를 떠난다. 첫 번째 방파제를 따라 달리다가 끄트머리의 불룩한 축대를 돌아 나가자 기다란 섬처럼 뻗어 있는 두 번째 방파제가 나온다. 그녀가 가려는 곳은 이 두 번째 방파제의 끄트머리에 있는 등대다. 사위는 여전히 고요하다. 아주 멀리에 보이는 화물선의 불 켜진 갑판만이 어둠 속에서 뚜렷한 윤곽을 드러내고 있다. 투광기의 불빛 속에서 물보라가 이슬처럼 빛나고 검은 그림자들이 움직인다. 금색의 빛을 받고 있는 그 유령들이 자기와 무언가를 공모하고 있다는 느낌이 한 순간 밀려왔다가 사라진다.

세마는 등대 앞의 바위에 보트를 대고 밧줄로 묶어둔 다음 등대로 간다. 문이 잠겨 있지만, 그녀는 어렵지 않게 자물쇠를 부수고 안으로 들어간다. 내부는 좁고 썰렁하다. 사람이 머물러 있기가 힘든 곳이다. 등대가 자동화되어 있어 사람의 손을 전혀 필요로 하지 않는 듯하다. 등대 꼭대기에서 거대한 투광기가 긴 신음소리를 내며 돌아간다.

세마는 손전등을 켠다. 몸에 닿을 듯 가까이에 있는 둥근 벽이 더럽고 축축하다. 바닥에는 물웅덩이가 여기저기 파여 있다. 쇠로 된 나선 계단이 공간을 거의 다 차지하고 있다. 발 아래쪽에서 물결이 철석거리는 소리가 들려온다. 세상의 끝에 있는 돌로 된 의문부호 속에 들어와 있다는 생각이 든다. 철저한 고독의 장소. 그녀에게는 지금 그런 장소가 이상적이다.
 그녀는 퀴르샤트의 휴대폰을 꺼내들고 아제르 아카르사의 번호를 누른다.
 전화벨이 울린다. 누가 전화를 받는다. 침묵. 새벽 5시가 겨우 넘은 시각이니 망설일 만도 하다……
 그녀는 터키어로 말문을 연다.
 "나, 세마야."
 침묵이 이어진다. 그러다가 아제르 아카르사의 목소리가 울린다. 아주 가까이서 들리는 듯한 목소리다.
 "너, 어디에 있어?"
 "이스탄불이야."
 "무언가 제안할 게 있나 보군. 그게 뭐지?"
 "일대일로 만나자. 중립 지역에서."
 "어디?"
 "하이다르파샤 역. 두 번째 방파제에 등대가 있어."
 "몇 시에?"
 "지금. 혼자 와. 배를 타고."
 그의 목소리에 웃음이 섞여 든다.
 "토끼처럼 맥없이 총에 맞으라고?"
 "그런 식으로는 내 문제가 해결되지 않아."
 "네 문제가 어떤 식으로 해결될 수 있을지 모르겠다."
 "와 보면 알게 될 거야."
 "퀴르샤트는 어딨지?"
 그의 전화기 화면에 퀴르샤트의 번호가 표시되었을 게 틀림없다. 거짓말을 하는 게 무슨 소용이 있겠는가?
 "그를 죽였어. 나를 만나고 싶으면 지금 하이다르파샤로 와. 혼자, 노를 저어서."

세마는 전화를 끊고 쇠창살이 쳐진 창문 너머로 밖을 내다본다. 새벽빛에 젖은 부두가 천천히 기지개를 켜고 있다. 배 한 척이 레일 위로 미끄러져 올라가 물결에서 빠져 나오더니 불이 켜진 화물 창고의 아치 아래로 들어간다.

그녀는 감시 초소는 완벽하다. 거기에서는 역과 선착장, 부두, 첫 번째 방파제를 한눈에 감시할 수 있다. 누구든 그녀의 눈에 띄지 않고 접근하기는 불가능하다.

세마는 나선 계단에 앉는다. 추워서 몸이 바들바들 떨린다.

담배.

그녀의 생각이 표류한다. 지나간 일의 한 장면이 밑도 끝도 없이 불현듯 떠오른다. 살갗에 닿은 깁스의 덥고 답답한 느낌. 상처에 붙여 놓은 가제. 붕대 밑의 견딜 수 없는 가려움. 세마는 진통제에 취한 채 각성 상태와 수면 상태를 오락가락하던 회복기를 떠올린다. 그리고 무엇보다 몰라보게 달라진 자신의 얼굴을 마주하고 느꼈던 공포를. 터질 듯이 부풀어 오른 얼굴의 피멍들과 말라붙은 딱지들을…….

그들은 그 일에 대해서도 대가를 치르게 될 것이다.

5시 15분.

추위가 더욱 심해진다. 마치 살을 에는 듯하다. 세마는 계단에서 일어나 손발이 곱지 않도록 발을 동동거리고 팔을 휘젓는다.

수술에 관한 기억들을 떠올리자, 몇 시간 전에 이스탄불 중앙병원에서 마지막으로 알아낸 진실에 다시 생각이 미친다. 따지고 보면, 그것은 새롭게 알아낸 사실이라기보다 이미 짐작하고 있던 사실을 확인한 것일 뿐이다. 그녀는 이제 1999년 3월의 그 날에 런던에서 있었던 일을 정확하게 기억하고 있다. 대수롭지 않은 병인 결장염 때문에 병원에 갔다가 그녀는 부득이하게 엑스선 촬영을 했다. 그 바람에 뜻밖의 진실을 알게 되었다.

그들이 어찌 나에게 그런 짓을 할 수 있단 말인가?

어떻게 그것을 아주 절단해 버리는 짓을 할 수 있단 말인가?

바로 그것 때문에 나는 도망쳤다.

바로 그것 때문에 나는 그들을 모두 죽일 것이다.

5시 30분.

추위가 뼛속까지 스며든다. 피가 생명 유지에 필요한 주요 기관으로 몰리면서, 말단 기관들은 차츰차츰 얼음장처럼 차가운 마비 상태로 내몰린다. 이런 식으로 가다가는 얼마 안 있어 그녀의 온몸이 마비되고 말 것이다.

세마는 기계적으로 다리를 놀려 문까지 걸어간다. 팔다리가 말을 잘 듣지 않는다. 그런느 방파제로 나가 다리의 마비를 풀려고 애쓴다. 그녀 자신의 피가 온기의 유일한 원천이므로 피를 순환시켜야 한다. 피를 다시 온몸에 골고루 보내야 한다.

그 때 멀리서 사람들의 목소리가 들려온다. 그녀는 눈을 들어 소리가 들려오는 곳을 바라본다. 낚시꾼들이 첫 번째 방파제에 배를 대고 있다. 그녀가 예상하지 못했던 일이다. 낚시꾼이 이렇게 이른 시각에 나타나리라고는 미처 생각하지 못했던 것이다.

새벽 어스름 속에서 그들의 낚시 줄이 벌써 수면을 후려치고 있는 것이 보인다.

저들은 진짜 낚시꾼들일까?

세마는 손목시계를 들여다본다. 5시 45분.

몇 분 후에는 이곳을 떠야 한다. 아제르 아카르사를 더 오래 기다릴 수는 없다. 그가 이스탄불의 어디에 있든, 30분이면 하이다르파샤 역에 다다를 수 있다. 만일 그보다 시간이 더 걸린다면, 그건 그가 어떤 함정을 준비했다는 뜻이다. 세마의 직감이 그 점을 일깨우고 있다.

바닷물이 철썩이는 소리가 들린다. 배 한 척이 어슴새벽을 뚫고 수면에 하얀 자취를 남기며 나아오고 있다. 노를 저어서 움직이는 그 작은 배가 첫 번째 방파제를 지나자, 한 사람의 실루엣이 눈에 들어온다. 양 팔로 힘차게 노를 젓는 모습이다. 느리고 여유롭고 규칙적인 동작. 구름을 빠져나온 새벽 으스름달의 빛을 받아 벨벳 옷의 어깨가 한결 부드럽게 빛난다.

이윽고 배가 등대 앞의 바위에 닿는다.

그는 몸을 일으켜 배를 묶어두는 밧줄을 잡는다. 그 몸짓이며 소리가 너무나 범상해서 오히려 모든 게 현실이 아니라는 느낌마저 든다. 세마는 자기를 죽이려고 혈안이 되어 있는 남자가 자기로부터 불과 2미터 떨어진 곳에 있다는 사실이 도통 믿기지 않는다. 빛이 충분하지 않아도 그를 분명히 알아보는 데에는 아무 지장이 없다. 그가 즐겨 입는 올리브색 벨벳 재킷, 커다란 스카프, 텁수룩한 머리……. 그가 몸을 기울여 그녀에게 밧줄을 던질 때는 아주 짧은 순간이나마 그의 연보랏빛 눈동자가 반짝이는 것도 보였다.

세마는 밧줄을 잡아 자기가 타고 온 보트의 밧줄에 묶는다. 아제르가 배에서 내리려고 하자, 세마는 글록 권총을 위협적으로 겨누며 그를 제지한다.

"방수포."

그녀가 나직하게 말하자, 그는 배에 쌓여 있는 낡은 천막에다 눈을 준다.

"그거 들어 올려 봐."

그는 시키는 대로 고분고분 따른다. 뱃바닥은 텅 비어 있다.

"내려. 아주 천천히."

세마는 그가 방파제에 올라서도록 뒤로 물러선다. 그러고는 손짓으로 그에게 두 손을 들어 올리도록 명령하고 왼손으로 몸수색을 한다.

늑대의 제국 243

무기는 없다. 그가 중얼거린다.

"나는 게임의 규칙을 충실히 지키는 사람이야."

세마는 그를 등대의 문 쪽으로 떼밀면서 뒤따라간다. 그녀가 안으로 들어서니 그는 벌써 철제 계단에 앉아 있다.

그의 손에는 투명한 봉지 하나가 들려 있다.

"초콜릿 하나 줄까?"

세마는 대답하지 않는다. 그는 초콜릿 한 개를 집어 자기 입으로 가져가면서 변명하듯이 말한다.

"당뇨병 때문이야. 인슐린 요법으로 혈당치를 낮추고 있는데, 인슐린의 용량을 적절하게 맞추기가 쉽지 않아. 일주일에 몇 차례씩 저혈당 증상이 심하게 일어나곤 해. 흥분하면 증상이 더 심해지지. 그럴 때는 빨리 당분을 섭취해야 해."

그의 손가락 사이에서 오팔지가 반짝인다. 세마는 파리에 있는 '초콜릿의 집'과 클로틸드를 떠올린다. 그녀가 살았던 또 하나의 세계를.

"이스탄불에서는 카카오를 입힌 아몬드 페이스트를 사. 베욜루에 있는 한 제과점이 자랑하는 특제 과자야. 파리에서는 지콜라를 찾아냈고……."

그는 초콜릿 봉지를 철제 계단에 조심스럽게 내려놓는다.

짐짓 꾸미고 있든 실제로 그러하든, 그의 여유작작한 태도가 사뭇 놀랍다. 등대 안의 어둠이 천천히 파리한 납빛으로 바뀌어 간다. 날이 밝아오고 있는 중이다. 하지만 등대 꼭대기의 회전축은 여전히 신음소리를 내고 있다.

그가 덧붙인다.

"이 초콜릿이 아니면 너를 찾아내지 못했을 거야."

아제르는 빙그레 웃으며 재킷 안쪽으로 한 손을 집어넣는다. 세마는 권총을 들이댄다. 그는 손놀림을 늦추더니 흑백 사진 한 장을 꺼낸다.

대학 캠퍼스에서 여러 사람과 함께 찍은 평범한 스냅 사진이다.

"1993년 4월에 보아지치 대학에서 찍은 거야. 네 사진은 이것밖에 남아 있는 게 없더군. 너의 옛날 얼굴을 알려 주는 유일한 사진이지……."

갑자기 그의 손가락 사이에 라이터가 나타난다. 불꽃이 어둠을 가르더니 인화지를 천천히 물어뜯는다. 독한 화공약품 냄새가 풍겨난다.

"이 사진을 찍던 무렵 이후로 너를 만났다고 말할 수 있는 사람은 거의 없어. 게다가 너는 이름과 외모와 거주하는 나라를 계속 바꾸었지……."

그는 바작거리며 타들어 가는 사진을 계속 손에 들고 있다. 번득거리는 분홍색 불꽃이 그의 얼굴을 배경으로 일렁거린다. 세마는 자기가 환영을 보고 있는 게 아닌가 하고 생각했다. 혹시 어떤 발작의 시초가 아닐까……. 아냐, 살인자의 얼굴에 그냥 불빛이 비치고 있을 뿐이야.

그가 말을 잇는다.

"너의 행방은 완전한 수수께끼였어. 어찌 보면 그 때문에 다른 여자 세 명이 목숨을 잃은 거지. (그는 손가락 사이에서 일렁이는 불꽃을 가만히 들여다본다.) 그 여자들은 고통에 겨워 온몸을 비틀어댔지. 오랫동안, 아주 오랫동안……."

그는 마침내 끄트머리만 남은 사진을 놓아 버린다. 사위어 가는 불꽃이 물웅덩이에 떨어진다.

"성형수술을 생각했어야 하는 건데. 너로서는 그런 선택을 할 수밖에 없었을 거야. 최후의 변신을 말이야……."

그는 아직 연기가 피어오르고 있는 검은 물웅덩이를 내려다본다.

"세마, 너나 나나 우리 분야에서는 최고 소리를 듣는 사람들이야. 이제 네 얘기 좀 들어볼까? 제안할 게 뭐지?"

세마가 느끼기에 그는 그녀를 적이 아니라 경쟁자로 여기고 있다. 아니 경쟁자라기보다 분신으로 생각하고 있을지도 모른다. 그가 그녀를 추적한 것은 단지 일을 맡았기 때문에 한 행위가 아니라 그런 것을 훨씬 넘어서는 내밀한 도전이었을 것이다. 자기의 분신을 통해 자기 자신의 욕망을 들여다보는 일종의 거울 시험을 통과하는 일이었으리라…….
세마는 문득 그의 마음을 떠보고 싶은 충동에 이끌린다.
"우리는 도구일 뿐이야. 대부들의 손에서 놀아나는 장난감일 뿐이라고."
아제르는 미간에 주름을 잡으며 얼굴을 일그러뜨린다.
"그 반대야. 나는 우리의 대의를 위해 그들을 이용하고 있어. 그들의 돈은 그저……."
"우리는 그들의 노예야."
그 말에 그는 초콜릿을 바닥에 내던지며 신경질 섞인 목소리로 고함을 지른다.
"원하는 게 뭐야? 대체 뭘 제안하려는 거지?"
"너에게는 아무것도 제안하지 않아. 네가 하느님처럼 떠받드는 사람을 직접 만나서 말할 거야."

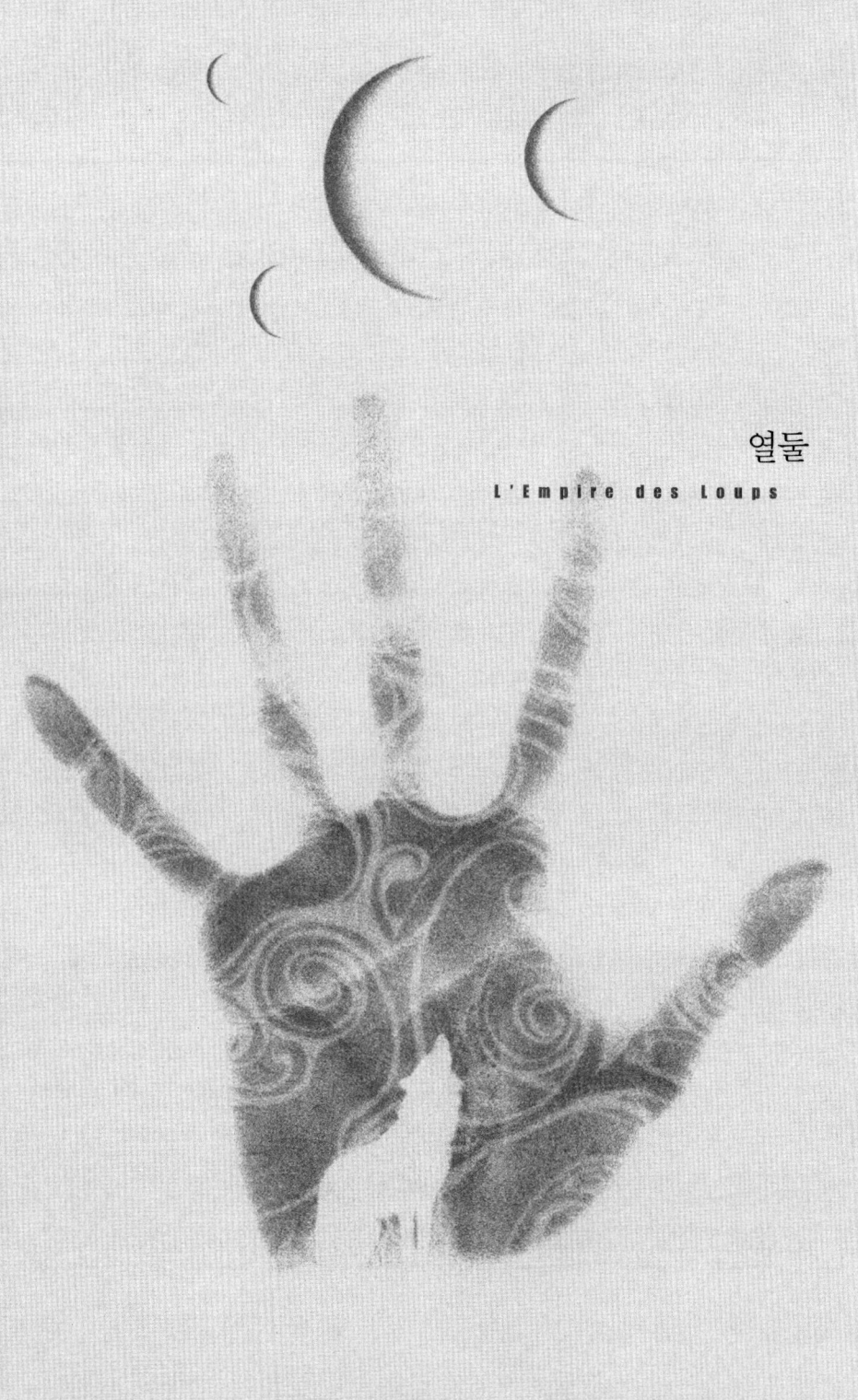

73

보스포루스 해협 기슭의 예니쾨이에 있는 이스마일 쿠드세이의 대저택. 그는 비를 맞으며 정원에 서 있었다. 테라스 가장자리의 갈대숲에 서서 해협의 수면에 눈길을 붙박고 있었다.

멀리 해협 건너편으로 아시아 쪽 제방이 가느다란 리본처럼 두드러져 보였다. 세찬 빗줄기가 그 리본의 가장자리를 풀어헤치고 있는 듯했다. 건너편 기슭까지는 1천 미터가 넘는 거리였다. 배는 한 척도 보이지 않았다. 노인은 자신이 안전하다고 느꼈다. 혼자 행동하는 저격수는 그를 공격할 수 없을 터였다.

아제르의 전화를 받고 나서 그는 이곳에 오고 싶은 욕구를 느꼈다. 은빛 주름 같은 물에 손을 담그고 초록빛 물보라에 손가락을 적시고 싶었다. 도저히 억제할 수 없는 거의 생리적인 욕구였다.

그는 지팡이에 의지해서 난간을 따라 걷다가 물속으로 곧장 이어지는 계단을 조심스럽게 내려갔다. 바다 냄새가 코를 찌르고 물보라가 맷바람에 그를 적셨다. 물결이 매우 사나웠다. 하지만 보스포루스는 아무리 격렬하게 요동치더라도 돌 제방 아래쪽에 언제나 은밀한 피난처들을 마련해 놓고 있었다. 물풀들이 조각 장식처럼 버티고 있는 이곳에서는 잔물결이 서로 휘감기며 다채로운 빛깔을 띠고 있었다.

74세의 쿠드세이는 오늘처럼 무언가를 깊이 생각할 필요가 있을 때마다 여기에 오곤 했다. 여기는 그가 태어나서 자란 곳이었다. 그는 여기에서 수영을 배웠고, 여기에서 처음으로 물고기를 낚았다. 처음으로 자기의 공을 잃어버린 곳도 여기였다. 낡은 헝겊 오리를 뭉쳐서 만든 공들은 바닷물에 빠지면 길게 풀려 버리기가 일쑤였다. 영원히 잊히지 않는 어린 시절의 붕대처럼……

노인은 손목시계를 들여다보았다. 9시.

애들은 뭐 하느라 아직 안 오지?

그는 계단을 도로 올라가서 자신의 왕국인 대저택의 정원을 찬찬히 둘러보았다. 정원을 외부의 왕래로부터 완전히 차단하고 있는 진홍색의 긴 담장, 바람이 조금만 불어도 깃털처럼 헝클어지는 비스듬하게 기울어진 대나무 숲, 대저택의 계단에 나른하게 웅크리고 있는 날개 달린 사자들의 석상, 백조들이 이리저리 오가는 둥근 연못…….

그는 비를 피해서 저택 쪽으로 발걸음을 옮기려다 모터보트가 붕붕거리며 다가오는 것을 느꼈다. 빗발을 뚫고 전해져 오는 그 느낌은 귀에 들려오는 소리라기보다 살갗으로 느끼는 진동이었다. 그는 고개를 돌려 배를 보았다. 배는 너울의 공격을 받을 때마다 솟구쳤다가 순식간에 다시 내려오기를 되풀이하면서 나아오고 있었다. 배가 수면에 남기는 두 줄기의 거품이 하얀 날개처럼 보였다.

몸에 꼭 끼는 재킷을 입고 옷깃까지 단추를 채운 아제르가 보트를 몰고 있었다. 그 옆에 앉은 세마는 너풀거리는 비옷에 파묻혀 왜소한 느낌을 주었다. 쿠드세이는 그녀의 얼굴이 바뀌었다는 것을 알고 있었다. 하지만 그렇게 떨어진 곳에서도 그녀의 자태를 알아볼 수 있었다. 20년

전 수백 명의 다른 아이들 속에서 유독 그의 눈길을 끌었던 그 귀엽고 당돌한 모습을.

아제르와 세마.

살인자와 도둑.

그가 자식처럼 생각하는 단 두 사람.

그러나 이제 그의 적이 되어 버린 두 사람.

74

그가 발걸음을 옮기기 시작하자 정원이 아연 활기를 띠었다.

경호원 한 사람이 수풀에서 뛰어나오고, 또 다른 경호원이 피나무 뒤에 나타났다. 자갈을 깐 산책로에는 다른 두 경호원이 모습을 드러냈다. 그들은 모두 MP-7로 무장하고 있었다. 이 무기는 아(亞)음속 실탄을 장전하는 밀착 경호용 기관단총으로서 50미터 거리에서 티탄이나 케블라 섬유로 된 방탄 장비를 뚫을 수 있는 성능을 지니고 있었다. 적어도 그에게 이 총을 판 상인은 그렇게 장담했다. 하지만 아무리 성능 좋은 무기를 보유한들 그게 무슨 의미가 있단 말인가? 나이가 들고 보니 적들이 음속으로 움직이고 방탄복을 뚫는 것은 두렵지 않았다. 진짜 무서운 적은 그 자신의 내부에 있었다. 그 적이 그의 내부에서 끈질기게 파괴 작업을 벌이고 있는 중이었다.

그는 산책로를 따라 걸었다. 경호원들이 즉시 그를 에워싸면서 주사위의 5점과 같은 사람의 대오가 형성되었다. 그는 그런 식으로 살고 있었다. 그의 삶은 엄중한 보호를 받고 있는 보석과 같았다. 하지만 이 보석에는 이제 아무런 광채가 없었다. 그는 유폐된 사람처럼 지내고 있었다. 정원 담장 밖으로 나가는 일도 없었고 그저 부하들에게만 둘러싸여 있었다.

그는 저택 쪽으로 나아갔다. 예니쾨이에 마지막으로 남아 있는 얄르[18] 가운데 하나인 이 여름 별장은 수면에 거의 닿을 듯하게, 역청을 칠한 말뚝들 위에 세워진 목조 건물이었다. 망루들까지 갖춘 아주 높다란 대저택이라서 성채 같은 삼엄한 분위기를 풍기기도 하지만, 한편으로는 낚시꾼의 오두막 같은 단순함과 허술함도 지니고 있었다.

풍우에 시달려 널들이 들뜨기 시작한 지붕에서 거울의 반사광만큼이나 번쩍거리는 강한 빛이 발산되고 있었다. 반면에 빛을 흡수하는 외벽들은 번쩍거림이 없는 은은한 빛깔을 띠고 있었다. 건물 주위에는 기항지나 배다리나 선착장 같은 분위기가 감돌았다. 바닷바람, 낡은 목재, 철썩이는 물결 등이 배가 떠나는 장소나 휴양지를 연상시켰다.

하지만 저택으로 다가가면서 정면의 오리엔트풍 장식들—테라스의 격자, 발코니의 태양, 창문의 별과 초승달 등—이 분명하게 눈에 들어오자, 그는 정교한 장식이 많은 이 대저택이 오히려 아주 닻을 내려버린 커다란 배 같다고 생각했다. 이건 그가 스스로 선택한 무덤이었다. 조개껍질들의 바삭거리는 소리가 들리는 나무 무덤. 해협의 물소리를 들으며 죽음이 다가오는 것을 볼 수 있는 곳…….

현관에서 이스마일 쿠드세이는 비옷과 장화를 벗었다. 그런 다음 펠트 천으로 된 슬리퍼를 신고 인도풍의 비단 실내복을 걸쳐 입고는 느긋

---

18) 예전에 이스탄불의 특권층 사람들이 보스포루스 연안에 지었던 호화 별장을 일컫는 말. '물가' 또는 '물가의 저택'이라는 뜻.

하게 거울을 들여다보았다.

그의 얼굴은 그가 자긍심을 가질 수 있는 유일한 대상이었다.

세월이 할퀴고 간 흔적은 피할 수 없었지만, 이목구비는 여전히 뚜렷했다. 피부가 탱탱하고 얼굴선이 날카로운 것도 예전 그대로였다. 옆얼굴은 두드러진 턱뼈와 거드름을 피우듯이 내밀고 있는 입술 때문에 여느 때보다 더 수사슴처럼 보였다.

그는 호주머니에서 빗을 꺼내어 머리를 빗었다. 희끗희끗한 머리카락을 매끈하게 가다듬다 말고, 그는 갑자기 빗질을 멈추었다. 그 동작의 의미를 깨달았기 때문이었다. 그는 '그들'을 만나기 위해 자신의 외모에 신경을 쓰고 있었다. 그들을 만나기가 두렵기 때문이었다. 그 모든 세월의 깊은 의미와 정면으로 맞서기가 저어되기 때문이었다…….

1980년 쿠데타 후에 그는 독일로 망명을 떠나야만 했다. 1983년 귀국했을 때는 터키의 상황이 진정되어 있었다. 하지만 그의 동지들인 회색늑대들 대부분은 감옥에 있었다. 이스마일 쿠드세이는 고립무원의 처지가 되었음에도 대의를 포기하지 않았다. 오히려 극비리에 훈련소를 다시 열고 자기 자신의 군대를 창설하기로 결심했다. 새로운 회색늑대들을 만들어내고, 더 나아가서는 자기의 정치적 이상과 범죄적인 수익 사업을 위해 활동할 엘리트 늑대들을 양성할 생각이었다.

그는 자기 기금의 후원을 받게 될 아이들을 직접 고르기 위해 아나톨리아 곳곳을 누비고 다녔다. 그런 다음 캠프를 마련하고 훈련 중인 청소년들을 관찰하면서 엘리트를 선발하기 위한 카드를 작성했다. 그는 이내 그 일의 재미에 빠져들었다. 당시는 그가 아편 시장에서 새로운 강자로 부상하고 있던 때였다. 이란이 혁명의 소용돌이에 휩싸임으로써 생긴 빈자리를 차지하고 나선 것이었다. 하지만 '대부' 이스마일 쿠드세이가 무엇보다 좋아했던 것은 바로 그 아이들을 교육시키는 일이었다.

그 시골 아이들은 거리의 자식이었던 자신의 어린 시절을 생각나게 했다. 그는 아이들을 대하면서 자기 안에 본능적인 유대감이 싹트는 것을 느꼈다. 자기의 친자식들보다 그 아이들과 함께 있는 것이 더 행복했다. 전직 장관의 딸과 결혼해서 늘그막에 얻은 그의 자식들은 옥스퍼드 대학과 베를린 자유대학에서 공부하고 있었다. 그는 특혜 받은 상속자인 친자식들에게서 도리어 이질감을 느끼게 되었다.

출장에서 돌아오면 그는 저택에 틀어박혀 시골 아이들의 서류와 프로필을 하나하나 검토하곤 했다. 그가 아이들에게서 찾아내고자 했던 것은 재주나 재능만이 아니었다. 어느 정도의 출세욕이나 불우한 처지에서 벗어나려는 의지도 중요했다. 그는 가장 장래가 촉망되는 인재들을 찾고 있었다. 장학금을 주어 고등교육을 받게 한 다음 자신의 조직에 가입시킬 젊은이들을.

그의 탐색은 점차 일종의 편집증이 되어 버렸다. 민족주의적 대의라는 변명만으로는 그의 야심을 더 이상 은폐할 수가 없었다. 원격 제어를 통해 자기 사람을 만들어 가는 일, 눈에 보이지 않는 조물주처럼 인간의 운명을 조종하는 일 자체가 그를 열광시키고 있었다.

얼마 안 가서 두 아이가 유달리 그의 관심을 끌었다.

한 소년과 한 소녀.

순도 높은 두 유망주.

아제르 아카르사는 넴루트 산의 고대 유적지 근처에 있는 마을에서 온 아이였다. 그는 재능이 남달라서 열여섯 살에 벌써 냉혹한 전사가 되었고 학업 성적도 뛰어났다. 무엇보다 그는 고대 터키에 관해 진지한 열정을 보였고 민족주의적 신념이 투철했다. 그는 아드야만의 비밀 조직에 가입했고 특공대원 양성 교육에 자발적으로 참여했다. 그 나이에 벌써 쿠르드 반군을 쳐부수기 위해 군에 입대할 생각을 하고 있었다.

하지만 아제르에게는 한 가지 약점이 있었다. 그는 당뇨병 환자였다. 쿠드세이는 아제르가 그 약점을 극복하고 회색늑대의 길을 끝까지 갈 수 있게 해 주리라고 결심했다. 그에게 계속 최상의 치료를 제공하리라고 스스로 다짐했다.

쿠드세이의 관심을 끈 또 다른 아이는 열네 살 난 세마 훈센이었다. 가지안테프의 자갈땅에서 태어난 이 시골 소녀는 국비 장학생으로 중학교에 진학한 장한 아이였다. 겉으로 보기에는 그저 자기의 출신 계층과 단절하고 싶어 하는 똑똑한 젊은이일 뿐이었다. 하지만 세마는 자신의 운명뿐만 아니라 나라의 운명까지도 변화시키고 싶어 하는 당찬 소녀였다. 세마는 가지안테프 '이상주의자' 조직에 가입한 유일한 여자였다. 그녀는 같은 마을 출신의 남학생인 퀴르샤트 밀리히트와 함께 카이세리의 훈련소에 지원했다.

쿠드세이는 그 여학생에게 대번 마음이 끌렸다. 그 악착같은 열의와 자신의 조건을 뛰어넘으려는 의지가 가상했다. 외모로 보자면 약간 통통하고 시골티가 나는 적갈색머리 여학생일 뿐이었다. 어느 모로 보아도 재능이 많다거나 정치적인 열정을 품고 있는 것으로 보이지는 않았다. 하지만 상대방의 얼굴에 돌멩이처럼 날아와 박히는 그 강렬한 눈길만은 그녀가 범상치 않은 젊은이임을 말해주고 있었다.

아제르와 세마는 단순한 장학생도 아니었고, 극우파나 그 범죄 조직을 위해 일하게 될 무명의 전사도 아니었다. 그들 두 젊은이는 두고두고 그의 보호를 받게 될 양자녀 같은 존재였다. 하지만 그는 그들이 전혀 알아차리지 못하도록, 멀리 떨어져서 그들을 도울 생각이었다.

세월이 흘렀다. 선택 받은 두 아이는 기대를 저버리지 않았다. 아제르는 스물두 살에 이스탄불 대학에서 물리학과 화학 분야의 석사 학위를 취득했고, 2년 뒤에는 뮌헨 대학에서 국제무역 분야의 학위를 받았다. 세마는 열일곱 살에 갈라타사라이 고등학교를 우수한 성적으로 졸업하고 보아지치 대학에 진학하여 외국어를 두루 공부했다. 그리하여 프랑스어와 영어와 독일어를 자유자재로 구사하게 되었다.

그러면서도 두 학생은 여전히 정치적인 활동가였고 지구 조직을 지휘할 자격이 있는 '바슈칸[19]' 이었다. 그러나 쿠드세이는 그들에게 일을 맡기는 것을 서두르지 않았다. 자신의 마약 제국과 직접적으로 관련된 더 야심 찬 계획이 있기 때문이었다…….

뿐만 아니라 그는 그들의 몇 가지 어두운 측면을 분명하게 밝혀내고 싶기도 했다. 우선 아제르의 행동은 위험한 결함을 드러내고 있었다. 1986년 그가 프랑스계 고등학교에 다니던 때의 일이었다. 그는 다른 학생과 싸움을 벌이다가 상대의 얼굴을 흉하게 망가뜨렸다. 상처가 아주 깊었다. 홧김에 우발적으로 낸 상처가 아니라, 처음부터 작정을 하고 가공할 침착성을 보이며 낸 상처였다. 쿠드세이는 아제르가 퇴학을 당하지 않도록 자신의 영향력을 있는 대로 다 발휘하지 않으면 안 되었다.

2년 뒤, 아제르는 이과대학에서 살아 있는 생쥐들을 해부하다가 들킨 적이 있었다. 음란한 말을 했다는 이유로 여학생들의 원성을 산 적도 있었다. 그 일이 있은 뒤에 수영장의 여학생 탈의실에서 고양이들의 시체가 발견되었다. 그가 내장을 들어낸 고양이들을 여학생들의 속옷 사이에 둥글게 말아놓았던 것이었다.

쿠드세이는 아제르의 범죄 충동에 호기심을 느꼈다. 그런 기질을 어떻게 이용할 수 있을까 하고 지레 상상해 보기도 했다. 하지만 그는 아직 그 충동의 진정한 특성을 모르고 있었다. 그러던 차에 병원에서 우연히 벌어진 어떤 일을 계기로 그 특성이 완전히 밝혀졌다. 아제르가

---

[19] '두목, 우두머리'라는 뜻.

뮌헨 대학에 다니던 때의 일이었다. 그는 당뇨병 증세가 갑자기 심해져서 병원에 입원했다. 독일 의사들은 독창적인 요법을 권했다. 고압의 잠함을 이용해서 몸속에 산소가 골고루 퍼지게 하는 요법이었다.

아제르는 잠함 속에서 심해의 황홀증에 빠진 채 이상한 헛소리를 했다. 그는 여자들을 '깡그리!' 죽여 버리고 싶다며 울부짖었다. 여자들을 고문하고 그녀들의 얼굴을 자기의 꿈에 나타나는 고대의 가면처럼 흉하게 만들고 싶다는 것이었다. 치료 시간이 끝나고 자기 병실에 돌아와서도 그는 계속 정신착란 증세를 보였다. 의사들이 진정제를 투여해도 사정은 달라지지 않았다. 그는 침대 가까이에 있는 벽에 사람의 얼굴을 새겼다. 코가 잘리고 뼈가 으스러진 흉측한 얼굴을 새기고는 그 주위에 자신의 머리카락을 정액으로 붙여 놓았다. 기나긴 세월에 침식당한 고대의 석상에 산사람의 머리카락이 달려 있는 형상이었다…….

독일 의사들은 그의 치료비를 대고 있던 터키 재단에 그런 사실을 알려 왔다. 쿠드세이는 자기가 직접 병원을 찾아갔다. 의사들은 그에게 상황을 설명하고 아제르를 즉시 정신병원에 보내라고 권했다. 그는 그 권유를 받아들이겠다고 약속하고서는 그 다음 주에 아제르를 터키로 귀국시켜 버렸다. 그는 자기 피보호자의 살인적인 광기를 다스릴 수 있을 뿐만 아니라 그것을 자기 목적에 이용할 수도 있으리라고 확신했다.

한편 세마 훈센에게는 다른 종류의 문제가 있었다. 세마는 혼자 있기를 좋아하고 비밀스럽고 고집이 세었으며, 재단 쪽에서 설정해 놓은 틀을 자꾸 벗어나려고 했다. 갈라타사라이 고등학교의 기숙사에서 도망친 것만도 한두 번이 아니었다. 불가리아 국경에서 그녀를 붙잡은 적도 있었고, 이스탄불의 아타튀르크 공항에서 붙잡은 적도 있었다. 그녀의 독립심과 자유를 향한 욕구는 병적인 것이 되어 공격성과 도주에 대한 강박증으로 나타났다. 쿠드세이는 거기에서도 하나의 장점을 보았다. 그는 세마를 떠돌이로, 여행자로, 뛰어난 마약 운반책으로 만들 생각이었다.

1990년대 중반, 유능한 기업인 아제르 아카르사는 진정한 '늑대'가 되었다. 쿠드세이는 자기 참모들을 내세워 그에게 몇 가지 임무를 맡겼다. 누구를 협박하라고 시키든 호위하라고 시키든 그는 자기에게 맡겨진 일을 훌륭하게 해냈다. 살인이라는 금기의 선(線)도 아무 거리낌 없이 넘었다. 아카르사는 피를 좋아했다. 너무 좋아해서 탈이었다.

아카르사에게는 또 다른 문제가 있었다. 자신의 정치적 조직을 따로 만들었다는 게 그것이었다. 이 분파 조직의 구성원들은 공식적인 정당의 모든 정치적 이념을 무색케 하는 과도하고 폭력적인 주장을 서슴지 않았다. 아카르사와 그의 추종자들은 권력과 타협한 왕년의 회색늑대들을 한심하게 여겼고, 쿠드세이처럼 마피아적인 활동을 하는 민족주의자들을 경멸하였다. 쿠드세이는 기분이 여간 씁쓸하지 않았다. 자식처럼 생각하던 인재가 갈수록 통제하기 어려운 괴물로 변해가고 있었던 것이다…….

쿠드세이는 자신을 위로하기 위해 세마 훈센 쪽으로 눈을 돌렸다. 엄밀히 말해서 '눈을 돌렸다'는 말은 적절하지 않았다. 그는 세마를 만난 적이 없었다. 말하자면 그녀는 대학을 졸업하자마자 사라져 버린 셈이었다. 그녀는 마약을 운반하는 임무를 받아들였다. 자신이 조직에 빚을 졌다는 것을 잘 알기 때문이었다. 하지만 그녀는 임무를 수행하는 대신 고용주들과는 철저하게 거리를 유지하겠다고 요구했다.

쿠드세이는 그것을 좋게 보지 않았다. 그러나 마약은 매번 무사히 운반되었다. 그런 쌍무 계약이 얼마나 오랫동안 유지될지는 알 수 없었지만, 그는 세마의 수수께끼 같은 성격에 더욱 매력을 느꼈다. 그는 그녀의 행로를 추적하였고 그녀의 놀라운 수완을 확인하며 큰 기쁨을 맛보곤 했다.

세마는 이내 회색늑대들 사이에서 하나의 전설이 되었다. 그녀는 말 그대로 국경과 언어의 미로 속으로 완벽하게 녹아들어갔다. 그녀를 두고 이러저러한 풍문이 나돌았다. 혹자는 아프가니스탄 국경에서 페체[20]로 얼굴을 가리고 있는 그녀를 보았다고 주장했다. 어떤 자들은 시리아 국경에 있는 비밀 제조소에서 마스크를 쓰고 있는 그녀에게 말을 걸었다고 단언했다. 또 어떤 자들은 스트로보스코프 불빛이 번쩍거리는 나이트클럽에서 그녀와 이야기를 나누었다고 흰소리를 치기도 했다.

쿠드세이는 그런 얘기들이 다 거짓이라는 것을 알고 있었다. 그들은 세마를 보았을 리가 없었다. 그녀를 본래의 모습대로 보았다는 주장은 더더욱 신빙성이 없었다. 세마는 목적에 따라 신분과 행로와 스타일과 테크닉을 변화시키는 실체 불명의 존재가 되어 버렸다. 끊임없이 유동하는 존재인 그녀에게 단 하나 변화하지 않는 실체가 있다면, 그것은 그녀가 운반하는 마약뿐이었다.

세마 자신은 모르고 있었지만, 사실 그녀는 결코 혼자가 아니었다. 쿠드세이가 언제나 그녀와 함께 있었기 때문이다. 그녀가 쿠드세이의 물건이 아닌 것을 운반한 적은 단 한 번도 없었다. 그녀가 임무를 수행할 때 멀리서 그의 부하들이 감시를 하지 않은 경우는 단 한 번도 없었다. 이스마일 쿠드세이는 그녀 자신의 내부에 있었다.

1987년 그녀가 급성맹장염으로 병원에 입원했을 때, 쿠드세이는 그녀 모르게 불임수술을 시켰다. 나팔관의 협부를 압박하여 묶어 버리는 수술이었다. 호르몬 체계를 교란시키지 않고도 영구적으로 아이를 갖지 못하게 한 것이었다. 의사들은 수술에 광학 도구를 이용했다. 맹장

---

20) '베일'을 가리키는 터키 말.

염 수술을 하느라고 복부를 조금 절개한 상태에서 일을 벌였기 때문에 흔적이나 상처가 전혀 남지 않았다.

쿠드세이로서는 선택의 여지가 없었다. 그의 전사들은 가족 때문에 지장을 받지 않고 독자적으로 활동할 수 있어야 했다. 세마에게 자식이 생긴다는 건 있을 수 없는 일이었다. 오로지 쿠드세이만이 자기의 전사들을 만들어 내고 키울 수 있었다―그들을 죽이는 것도 오로지 그만이 할 수 있는 일이었다. 그런 확신에도 불구하고, 그는 세마에게 불임수술을 시킨 것에 대해서 늘 꺼림칙한 기분을 느끼고 있었다. 마치 어떤 금기를 어기거나 금지된 영역을 침범한 것처럼 두려운 생각이 드는 것이었다. 나팔관을 쥐고 있는 하얀 손들이 꿈에 종종 나타나기까지 했다. 그는 어렴풋하게나마 그녀의 몸에 새겨진 그 비밀 때문에 큰 재앙이 닥쳐오리라는 것을 예감하고 있었다.

쿠드세이는 자식처럼 여긴 두 사람과 자신의 관계가 실패로 돌아갔음을 인정하지 않을 수 없었다. 아제르 아카르사는 정신병자나 다름없는 살인자가 되어 독립적인 행동 조직을 이끌고 있었다. 이 조직에 속한 테러리스트들은 고대 터키 제국의 후예임을 자처하면서 민족주의의 대의를 저버린 회색늑대들과 국가 권력을 상대로 테러를 계획하고 있는 중이었다. 쿠드세이 역시 그들의 공격 대상자 명단에 올라 있었다. 그런가 하면, 세마는 갈수록 자취가 묘연한 심부름꾼이 되어 가고 있었다. 편집증에다 정신분열증의 기미까지 보이는 그녀는 그저 아주 달아나 버릴 기회만 노리고 있었다.

그가 최고의 정예로 만들고자 했던 그들은 괴물일 뿐이었다.

그의 목덜미로 덤벼들 준비를 하고 있는 두 마리의 미친 늑대였다.

사정이 그러했음에도 그는 그들에게 계속 중요한 임무를 맡겼다. 조직이 자기들을 그토록 신용하고 있으니 그들도 조직을 배신하지 않으리라 기대했다. 만일 그들이 배신을 한다면, 그건 그들을 키우는 데에 그토록 많은 공을 들인 쿠드세이의 지난 삶을 송두리째 부정하는 것이나 다름없었다. 그는 운명이 자신에게 그런 모욕을 가하지 않으리라 믿었다.

그래서 지난 해 봄 '황금 초승달' 지대에서 마약 카르텔 간에 역사적인 동맹을 이루려는 움직임이 일어나고 그 동맹의 성패가 걸린 마약 운반을 준비하게 되었을 때, 그는 오직 한 사람 세마를 지명했다.

또한 결국 올 것이 와서 배신자가 마약과 함께 사라졌을 때도, 그는 오직 한 사람의 킬러 아제르를 지명했다.

그는 자기가 나서서 그들을 제거하려 하지 않았다. 그 대신 그들이 서로 맞서 싸우도록 내몰았다. 그러다가 서로 죽이기를 바랐던 것이다.

하지만 일은 전혀 예상대로 진행되지 않았다. 세마는 계속 행방이 묘연했고 아제르는 파리에서 무고한 여자들을 잇달아 살해했을 뿐이었다. 아제르를 체포하기 위해 국제적인 영장이 발부되었고, 쿠드세이의 조직에서는 아제르가 너무 위험하다 해서 이미 그에게 사형을 선고해 놓고 있는 터였다.

그랬는데 갑자기 새로운 일이 벌어져서 모든 것을 뒤죽박죽으로 만들었다.

세마가 다시 나타난 것이었다.

그냥 나타난 것이 아니라 만남을 요청하고 있었다.

또 다시 그녀가 게임을 주도하고 있는 셈이었다…….

쿠드세이는 거울에 비친 자기 모습을 마지막 한 번 더 살펴보았다. 뼈가 칼날처럼 드러난 노인. 파키스탄에서 최근에 발굴된 선사 시대의 유골처럼 석회석이 되어 버린 포식자…….

그는 윗옷 호주머니에 빗을 찔러 넣고 거울 속의 자신에게 미소를 지어 보이려고 했다.

눈구멍이 텅 비어 있는 해골에게 인사를 건네는 듯한 기분이 들었다.

그는 계단 쪽으로 발걸음을 옮기며 경호원들에게 일렀다.
"겔딜레르. 베니 얄느즈 브라큰[21]!"

75

그가 '명상실'이라고 부르는 방은 원목 마룻장이 깔리고 넓이가 1백 20제곱미터에 달하는 탁 트인 통방이었다. 궁궐로 치면 '옥좌실'이라는 이름도 어울릴 법했다. 3단으로 된 높은 단(壇) 위에 달걀껍질 빛깔의 기다란 소파가 누워 있고, 금실로 수를 놓은 방석들이 소파를 덮고 있었다. 소파 앞에는 나지막한 탁자가 놓여 있었고, 양옆으로는 두 개의 조명기구가 하얀 벽에 은은한 빛의 아치를 드리우고 있었다. 벽에는 나전으로 정교하게 장식된 나무 궤(櫃)들이 마치 무슨 비밀이라도 품고 있는 거뭇한 그림자들처럼 나란히 붙어 있었다. 방 안에 있는 가구는 그게 전부였다.

쿠드세이는 그런 간소함을 좋아했다. 거의 신비로운 느낌이 들 만큼 그렇게 텅 비어 있는 공간에 들어서면, 어떤 기도라도 받아들여질 것 같은 분위기 때문에 수피[22]처럼 기도를 올리고 싶은 기분이 들곤 했다.

---

21) [원주] 그들이 왔다. 나 혼자 가게 해다오.
22) 이슬람 신비주의자.

그는 방을 가로지르고 계단을 올라가서 나지막한 탁자로 다가갔다. 탁자 위에 놓인 물병에는 요구르트를 물로 희석시킨 아이란이 가득 들어 있었다. 그는 지팡이를 내려놓고, 자기의 손길을 기다리고 있는 그 물병을 잡았다. 그러고는 아이란을 한 잔 따라서 단숨에 마셨다. 신선한 기운이 몸속으로 퍼져나가는 듯했다. 그는 그 느낌을 즐기면서 소파 위쪽에 걸린 자기 보물에 새삼스럽게 경탄의 눈길을 보냈다.

이스마일 쿠드세이는 킬림을 많이 소장하고 있었다. 그가 수집한 작품들은 터키에서 가장 아름다운 컬렉션이었다. 이 방의 소파 위쪽에 걸려 있는 킬림은 그 중에서도 가장 중요한 작품이었다.

이 오래된 킬림은 넓이가 1제곱미터쯤 되는 소규모 작품이었다. 전체적으로는 검붉은 색으로 불타는 듯한 느낌을 주었고, 가장자리는 농익은 노란색―황금과 밀과 잘 구워진 빵의 색깔―로 장식되어 있었다. 한복판에는 파란색과 검정색으로 된 직사각형이 두드러지게 나타나 있었다. 하늘과 무한을 연상시키는 성스러운 빛깔이었다. 직사각형 안에는 커다란 십자가가 남성과 전사의 상징인 숫양의 뿔로 장식되어 있었다. 그 위쪽에는 십자가를 덮어서 보호하듯 독수리 한 마리가 날개를 펼치고 있었다. 가장자리의 장식띠를 배경으로 생명의 나무, 기쁨과 행복의 꽃인 콜히쿰, 영원한 잠을 가져오는 마법의 식물 하시시 등이 두드러져 보였다.

몇 시간 내내 바라보고 있어도 싫증이 나지 않을 걸작이었다. 쿠드세이가 보기에 이 작품은 그가 속해 있는 전쟁과 마약과 권력의 세계를 요약하고 있었다. 그는 킬림의 장인이 눈에 띄지 않게 작품 속에 짜 넣은 비밀 문양을 좋아했다. 그 양털의 수수께끼는 늘 그의 궁금증을 자아냈다. 그는 스스로에게 또다시 질문을 던졌다. 삼각형은 어디에 있지? 행운을 가져다준다는 그 비밀 문양은 어디에 있을까?

먼저 그는 그녀의 달라진 모습에 경탄을 금치 못했다.

살이 포동포동하던 그녀가 늘씬한 갈색머리 아가씨로 변해 있었다. 신세대 아가씨들처럼 가슴이 작고 허리가 잘록했다. 게다가 검은 일자 바지에 안감을 누빈 검은 외투를 입고 코가 뭉툭한 반장화를 신은 품이 영락없는 파리 여자였다.

하지만 무엇보다 그를 놀라게 한 것은 얼굴의 변화였다. 도대체 수술을 얼마나 많이 하고 생살을 얼마나 많이 쨌기에 저런 결과를 얻었을까? 알아볼 수 없게 변한 그 얼굴은 자신의 멍에를 벗어 던지고 달아나려는 그녀의 집념을 잘 말해주고 있었다. 그녀의 쪽빛 눈에서도 그 점을 읽을 수 있었다. 이따금 깜박이는 눈꺼풀 아래로 보일 듯 말 듯 내비치는 그 검푸른 빛깔에는 상대방을 부당한 침입자나 불쾌한 존재로 배척하는 듯한 기색이 어려 있었다. 그 눈에서 쿠드세이는 그녀가 속한 유목민족의 원초적인 강인함을 다시 보았다. 사막의 바람과 뜨거운 햇살에서 비롯된 야생의 완강한 힘을.

그는 문득 자신이 늙었다고 느꼈다. 모든 게 끝나 버린 듯한 느낌이었다.

입술이 먼지처럼 부서지는 불타 버린 미라.

그는 소파에 앉아서 그녀가 다가오는 것을 가만히 지켜보았다. 그녀는 철저한 몸수색을 당하고 오는 길이었다. 그의 부하들은 그녀의 옷을 이리저리 만져보며 샅샅이 검사를 했다. 그녀를 엑스선 검색대로 지나가게 하기도 했다. 이제는 그의 경호원 두 명이 실탄을 장전하고 안전장치를 푼 MP-7 기관단총을 든 채 그녀 곁에 버티고 있었다. 아제르 역시 무장을 하고 그녀 뒤에 서 있었다.

그럼에도 쿠드세이는 막연한 두려움을 느꼈다. 한평생 전사로 살아온 그의 직감이 그녀가 위험하다는 사실을 일깨우고 있었다. 겉으로 보기에는 호랑이굴에 제 발로 걸어들어 온 아이처럼 보여도 그녀는 여전히 독니를 품은 독사였다. 갑자기 그녀가 약간 혐오스럽게 느껴졌다. 저 애의 머릿속에는 대체 무엇이 들어 있을까? 저 애는 왜 이토록 고약하게 구는 것일까?

그녀는 그의 뒤쪽 벽에 걸린 킬림을 바라보고 있었다. 그는 이 만남을 더 공식적인 것으로 만들기 위해 프랑스어를 사용하기로 했다.

"세계에서 가장 오래된 융단 가운데 하나지. 러시아 고고학자들이 시베리아와 몽골 국경의 얼음 덩어리 속에서 찾아낸 거야. 만들어진 지가 아마도 2천 년 가까이 되었을 게다. 내가 보기에는 훈족의 킬림이 아닌가 싶어. 십자가, 독수리, 숫양의 뿔. 순전히 남성적인 상징들이지. 틀림없이 어떤 족장의 천막에 걸려 있던 것일 거야."

세마는 입을 굳게 다물고 있었다. 침묵의 일침이었다. 그는 개의치 않고 이야기를 계속했다.

"남자들의 융단이지. 중앙아시아의 킬림들이 다 그렇듯이 여자가 짠 것이라는 점만 빼면 말이야. (그는 미소를 띠며 잠시 뜸을 들였다.) 나는 이것을 만든 여자를 종종 머릿속에 그리곤 해. 전사들의 세계에서는 배제되었으나 칸의 천막에서까지 자기 존재를 인정받았던 한 여자를 말이다."

세마는 손끝 하나 움직이지 않고 서 있었다. 경호원들이 더욱 가까이에서 그녀를 에워쌌다.

"당시에 킬림 짜는 여자들은 다른 문양들 사이에 언제나 삼각형 하나를 숨겨 놓았어. 자기 융단에 악운이 닥치는 것을 막기 위해서였지. 나는 그 발상이 마음에 들어. 생각해 봐라. 한 여인이 전사들의 문양으로 가득 찬 남성적인 융단을 오랫동안 공을 들여 만들어. 그러다가 프레스코와도 같은 그 작품 가장자리 어딘가에 모성의 상징을 살며시 끼워 넣는 거야. 이 킬림에도 행운을 가져다주는 삼각형이 감춰져 있다. 그걸 찾아낼 수 있겠니?"

세마 쪽에서는 아무 대답도 아무 움직임도 없었다.

그는 물병에 들어 있는 아이란을 잔에 천천히 따랐다. 그러고는 더욱 느릿느릿한 동작으로 아이란을 마셨다.

이윽고 그가 말을 이었다.

"안 보이지? 보이든 안 보이든 그게 중요한 건 아니야. 세마, 내가 방금 한 이야기는 너 자신의 이야기와 비슷한 데가 있어. 너는 남자들의 세계에 들어온 여자야. 그리고 우리 모두와 관계된 어떤 물건을 숨기고 있지. 우리에게 행운과 번영을 가져다주기로 되어 있는 물건을 말이야."

그는 잦아드는가 싶던 목소리를 갑자기 높여 사납게 호통을 쳤다.

"세마, 삼각형 어디 있어? 마약 어딨냐고!"

아무 반응이 없었다. 그의 말들이 빗방울처럼 그녀의 몸을 타고 흘러내리는 듯했다. 그녀가 딴 데에 마음을 팔고 있는 게 아닐까 하는 생각마저 들었다. 하지만 그건 아니었다. 그녀가 갑자기 말문을 열었다.

"저는 모릅니다."

그는 다시 미소를 지었다. 자신을 상대로 협상을 하려 드는 그녀가 가소로웠다. 그녀가 말을 이었다.

"저는 프랑스에서 체포되었습니다. 경찰이 저를 어떤 심리 실험에 이용했습니다. 조건 형성을 통해 기억을 변화시키는 실험이었습니다. 일종의 세뇌를 당한 것이죠. 저의 과거가 생각나지 않습니다. 저는 마약이 어디에 있는지 모릅니다. 제가 누구인지조차 모르는 걸요."

쿠드세이는 눈으로 아제르를 찾았다. 그 역시 아연한 기색을 보이고 있었다.

"그런 터무니없는 말을 내가 믿을 거라고 생각하는 거냐?"

쿠드세이의 물음에 그녀는 차분한 어조로 말을 이어나갔다.

"그것은 오랜 시간에 걸쳐 이루어진 기억 조작이었습니다. 방사능 물질에 취하게 해 놓고 암시를 주는 방법이었지요. 그 실험에 가담했던 자들은 죽거나 체포되었습니다. 한번 확인해 보십시오. 어제와 그제 날짜의 프랑스 신문에 다 나와 있으니까요."

쿠드세이는 의심이 풀리지 않아서 사실 여부를 계속 확인하려 들었다.

"경찰이 헤로인을 압수한 거야?"

"그들은 마약 운송이 문제가 되고 있다는 것을 알아차리지도 못했습니다."

"뭐라고?"

"그들은 제가 누구인지 몰랐습니다. 그들이 저를 선택한 것은 아제르의 공격이 있은 뒤에 귀르딜레크의 공중목욕탕에서 쇼크 상태에 빠져 있는 저를 발견했기 때문입니다. 그들은 제 비밀을 모르는 채 제 기억을 지워 버린 것입니다."

"과거를 기억하지 못한다면서 아는 것도 많구나."

"저 나름대로 조사를 했으니까요."

"아제르라는 이름은 어떻게 알고 있지?"

세마의 얼굴에 미소가 스치고 지나갔다. 카메라 셔터가 찰칵 하는 것만큼이나 찰나적인 미소였다.

"파리에서 신문을 읽은 사람이라면 누구나 그 이름을 알고 있습니다."

쿠드세이는 입을 다물었다. 다른 것들을 물어볼 수도 있었지만, 이미 확신이 선 마당이라 굳이 그럴 필요가 없겠다 싶었던 것이다. 언뜻 보기에 터무니없어 보이는 것일수록 진실일 가능성은 오히려 더 높은 법이다. 그것은 그가 이제껏 살아오면서 터득한 불변의 법칙이었다. 하지만 그녀의 태도는 여전히 이해가 되지 않았다.

"그런데 네가 돌아온 이유는 뭐지?"

"세마의 죽음을 알리고 싶었습니다. 세마는 저의 기억과 함께 죽었습니다."

쿠드세이는 피식 실소를 흘렸다.

"내가 너를 고이 보내 주리라고 기대하는 거냐?"

"기대 같은 건 없습니다. 저는 세마가 아니라 딴 사람입니다. 따라서 이제는 세마라는 이름을 단 채로 도망치고 싶지 않습니다."

그는 소파에서 일어나 몇 발짝 걸어가더니, 그녀를 향해 지팡이를 들어올렸다.

"빈손으로 나에게 온 걸 보니까, 네가 정녕 기억을 잃긴 잃은 게로구나."

"이제는 죄인도 없고 벌도 없습니다."

어떤 뜨거운 기운이 그의 혈관 속으로 밀려왔다. 참으로 이상한 일이었다. 그녀를 용서하고 싶은 마음이 들었다. 그건 있을 수 있는 결말이었다. 어쩌면 가장 참신하고 가장 멋진 결말일 수도 있었다. 새로운 삶을 살라 하고 이 가엾은 것을 놓아줄까……. 지난 일들은 모두 없었던 것으로 치부해 버릴까……. 그런 생각이 잠시 스쳐갔다. 하지만 그는 그녀의 눈을 똑바로 노려보면서 쐐기를 박았다.

"너에겐 이제 얼굴이 없다. 과거도 없고 이름도 없다. 그래, 너는 일종의 추상이 된 거야. 그러나 고통을 느끼는 능력은 아직 너에게 남아 있을 게다. 우리는 우리의 불명예를 너의 고통으로 씻을 것이다. 우리는……."

이스마일 쿠드세이는 숨을 멈추었다.

세마가 손바닥을 그의 앞으로 내밀고 있었다.

양쪽 손바닥에 헤나 물감으로 그린 그림이 하나씩 있었다. 네 개의 초승달 아래에서 울부짖는 늑대 한 마리. 그건 어떤 조직의 구성원임을 나타내는 표시였다. 새롭게 만들어진 마약 밀매조직의 구성원들이 사용하는 상징이었다. 초승달이 세 개 들어 있는 오스만 제국의 18세기 이전 깃발에 쿠드세이 자신이 황금 초승달 지대를 상징하는 네 번째 초승달을 추가해서 만든 것이었다.

쿠드세이는 지팡이를 놓고 검지로 세마를 가리키며 울부짖듯 소리쳤다.

"알고 있어. 이 애는 알고 있어!"

세마는 그 경악의 순간을 놓치지 않고, 한 경호원의 뒤로 펄쩍 뛰어가더니 그의 허리에 팔을 둘렀다. 그러고는 오른손으로 경호원의 손가락과 MP-7의 방아쇠를 감싸 쥐고 단상 쪽으로 총탄을 퍼부었다.

이스마일 쿠드세이는 두 발이 갑자기 바닥에서 떨어지는 것을 느꼈다. 다른 경호원이 그를 소파의 다리 쪽으로 떼밀어 버린 것이었다. 그는 바닥에 나뒹굴면서 경호원이 제자리에서 이리저리 돌고 있는 것을 보았다. 경호원의 몸에서 흘러나온 피가 바닥에 장미꽃 모양으로 번져가는 데도 그의 총에서는 사방팔방으로 총알이 튀어나가고 있었다. 총탄에 맞은 나무 궤들이 산산조각 나고, 불꽃들이 음양의 단자에 높은 전압을 가했을 때 생기는 활불처럼 교차하였다. 천장에서 부서져 나온 횟가루는 구름처럼 허공으로 퍼져 나갔다. 세마의 방패 노릇을 하던 경호원이 털썩 무너져 내리는 순간, 그녀의 그의 권총을 뽑아 들었다.

쿠드세이는 아제르 쪽으로 눈길을 돌렸다. 하지만 그는 이제 보이지 않았다.

세마는 나무 궤들 쪽으로 뛰어가더니 그것들을 쓰러뜨려 엄폐물로 삼았다. 바로 그 때, 다른 두 남자가 방 안으로 들어섰다. 그들은 자동화기를 난사했다. 그 요란한 소리를 뚫고 세마가 쏘는 권총의 무딘 소리가 한 발 한 발 외롭게 들렸다. 두 남자는 안쪽으로 채 걸음을 떼기도 전에 총알에 맞았다.

이스마일 쿠드세이는 소파 뒤로 숨고 싶었다. 하지만 앞으로 나아갈 수가 없었다. 뇌가 명령을 하는데도 몸이 따라주지 않았다. 그는 꼼짝 않고 마룻바닥에 그대로 누워 있었다. 총알에 맞았다는 신호가 그의 온몸에서 울렸다.

다른 경호원 세 명이 문턱에 나타나 겨끔내기로 사격을 해대고는 즉시 문설주 뒤로 사라졌다. 쿠드세이는 총의 불꽃을 보며 눈을 깜박였다. 하지만 이상하게도 총성이 들리지 않았다. 귀와 뇌에 물이 가득 들어차 있는 느낌이 들었다.

그는 방석을 움켜쥐며 몸을 잔뜩 웅크렸다. 뱃속 가장 깊은 곳을 짜르르하게 관통하는 통증 때문에 그런 태아 자세를 취할 수밖에 없었다. 그는 눈길을 아래쪽으로 돌렸다. 그의 내장이 비어져 나와 다리 사이에 늘어져 있었다.

갑자기 칠흑 같은 어둠이 밀려왔다. 다시 정신을 차려보니, 세마가 계단 아래에서 나무 궤 하나를 엄폐물로 삼고 권총에 다시 탄알을 장전하고 있었다. 그는 단상 가장자리 쪽으로 몸을 돌려 팔을 내밀었다. 그의 마음 한 구석에서 그 몸짓에 이의를 제기했다. 그는 도움을 청하고 있었다.

이스마일 쿠드세이가 세마 훈센에게 도움을 청하고 있는 것이었다!

세마가 몸을 돌렸다. 쿠드세이는 눈물을 글썽이며 손을 흔들었다. 그녀는 잠시 망설이다가 계속되는 사격을 피해 몸을 구부린 채 계단을 올라왔다. 노인은 신음소리로 고마움을 표시했다. 그의 야윈 손이 피에 젖은 채 바들바들 떨리고 있었다. 하지만 세마는 그 손을 잡지 않았다.

그녀는 몸을 바로 세우더니, 마치 활시위를 당길 때처럼 온몸으로 권총을 겨누었다.

이스마일 쿠드세이는 머릿속이 하얘지는 듯한 아찔한 기분을 느끼며 세마 훈센이 이스탄불에 돌아온 이유를 비로소 깨달았다.

이 애가 돌아온 것은 단지 나를 죽이기 위해서다.

증오의 뿌리를 잘라내기 위함이다.

아마 생명의 나무 때문이기도 할 것이다.

그 나무의 뿌리를 동여맨 나에게 복수를 하려는 것이다.

그는 재차 까무러쳤다. 다시 눈을 떠 보니 아제르가 세마를 덮치고 있었다. 그들은 살가죽 파편과 선혈이 낭자한 계단 아래에서 나뒹굴었다. 화기의 섬광이 여전히 화약 연기를 가르며 번쩍이는 가운데 육박전이 시작되었다. 팔들이 움직이고 주먹이 오가고 충격음이 들렸다. 하지만 비명이나 외침은 전혀 들리지 않았다. 그저 완강한 증오심과 생존에 대한 몸들의 맹렬한 집착이 숨 막히게 격돌하고 있을 뿐이었다.

아제르와 세마.

쿠드세이가 낳은 사악한 두 자녀.

배를 깔고 엎드려 있던 세마가 권총을 치켜들려고 했다. 하지만 아제르는 온몸으로 그녀를 짓눌러 버렸다. 그러고는 한 손으로 그녀의 목덜미를 누르면서 칼을 꺼내들었다. 세마는 그의 손아귀에서 벗어나 바닥에 등을 대고 쓰러졌다. 그는 그녀에게 달려들어 칼로 그녀의 배를 찔렀다. 세마는 외마디 비명을 내뱉었다. 피로 이루어진 소리 없는 비명이었다.

쿠드세이는 단상에 누워 한 쪽 팔을 계단에 늘어뜨린 채 그 모든 광경을 지켜보고 있었다. 그의 두 눈이 느리게 여닫히는 밸브처럼 맥박의 리듬을 따라 감겼다 뜨였다 하고 있었다. 그는 싸움이 결판나기 전에 죽게 해 달라고 기도했다. 하지만 그들에게서 눈을 뗄 수는 없었다.

칼날이 오르락내리락하면서 악착같이 살 속을 파고들었다.

세마의 몸뚱이가 활처럼 휘어졌다. 아제르는 그녀의 두 어깨를 잡아 바닥에 붙였다. 그런 다음 칼을 내던지고 벌어진 생살 속으로 손을 집어넣었다.

이스마일 쿠드세이는 유사(流砂) 속으로 빠져들 듯 죽음 속으로 깊이 침잠해 가고 있었다.

종말을 몇 초 앞두고, 그는 새빨간 두 손이 자기 쪽으로 내밀어지는 것을 보았다. 그 손에는 전리품이 담겨 있었다.
 아제르의 손에 들린 것은 세마의 심장이었다.

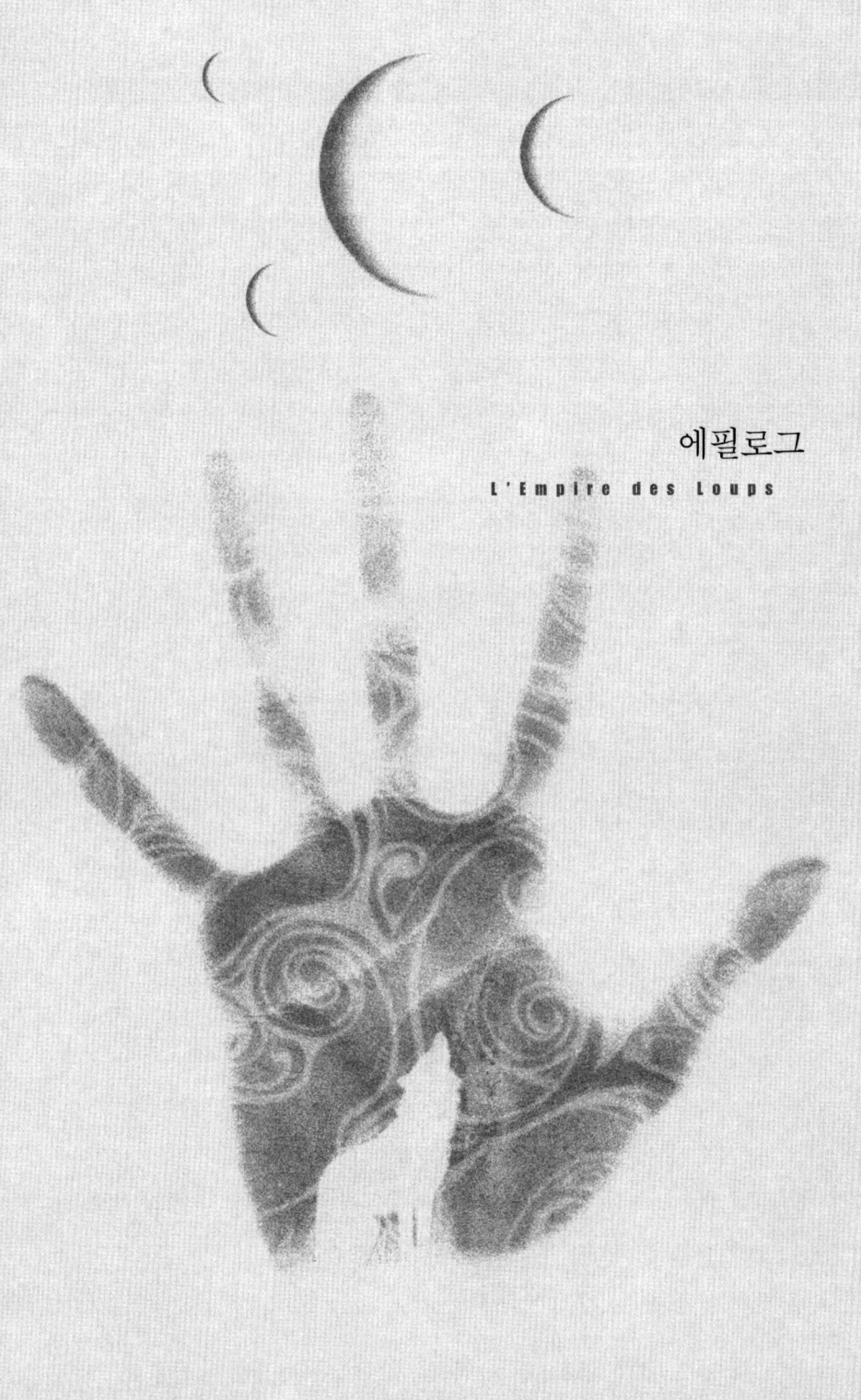

4월말이 되면 동부 아나톨리아에서도 고산의 눈이 녹기 시작하고 토로스 산맥의 최고봉인 넴루트 산까지 길이 열린다. 그래도 아직 관광객들이 찾아오는 철은 아니어서, 이 산의 고대 유적지는 태고의 정적을 온전히 간직한다.

하나의 임무를 완수하고 나면, 그는 이 시기를 기다렸다가 신들의 석상이 있는 넴루트 산에 오르곤 했다.

그는 전날인 4월 26일에 이스탄불에서 비행기를 탔다. 해거름에 아다나에 도착하여 공항 근처 호텔에서 몇 시간 동안 휴식을 취했다. 그런 다음 한밤중에 렌터카를 몰고 길을 떠났다.

그는 거기에서 동쪽으로 4백 킬로미터 떨어진 아드야만을 향해서 달려가는 중이었다. 도로 양편으로 방목장들이 길게 뻗어 있었다. 폭우에 휩쓸린 벌판처럼 황량한 모습이었다. 어둠 속에서도 물결처럼 오르락내리락 하는 초원의 기복이 느껴졌다. 그 어두운 물결을 보는 것이 순수에 이르는 길의 첫 단계였다. 그는 젊은 시절에 고대 터키어로 썼던 자작시의 첫머리를 떠올렸다.

나는 푸르른 초목의 바다를 누비고 다녔고……

6시 30분. 가지안테프 시를 지나자 풍경이 달라졌다. 새벽의 여명 속에 토로스 산맥이 나타났다. 물결처럼 일렁이던 벌판은 돌이 많은 사막으로 변했다. 거죽이 벗겨진 것처럼 붉은 빛깔을 띤 봉우리들이 가파르게 하나둘 솟아올랐다. 멀리에는 분화구들이 마른 해바라기 꽃처럼 모습을 드러냈다.

여느 여행자들은 이런 풍광을 대하면 공포나 막연한 불안을 느끼기가 십상이었다. 하지만 그는 그 황토색 풍광을 좋아했다. 푸르스름한 새벽빛보다 더 강하고 선명한 이 색조는 그가 누구인지를 다시금 일깨워주곤 했다. 바로 이 척박한 땅이 그의 육신을 빚어냈다. 이 풍광은 순수에 이르는 길의 두 번째 단계였다.

그는 자기 시의 다음 구절을 기억해 냈다.

나는 푸르른 초목의 바다를 누비고 다녔고,
암벽들과 눈구멍 같은 검은 분화구들을
가슴에 품었네……

아드야만에 다다르자 해가 막 솟아오르고 있었다. 이 도시의 주유소에서 그는 종업원이 앞 유리창을 닦는 동안 직접 연료탱크를 채웠다. 그러면서 산비탈 기슭까지 흩어져 있는 청동빛 집들을 바라보았다.

간선도로에 들어서자 마타크 사(社)의 창고들이 보였다. 바로 '그 자신의' 창고들이었다. 가공되거나 통조림으로 만들어지거나 외국으로 수출될 과일이 머지않아 이곳에 엄청나게 많이 저장될 예정이었다. 그는 그 일을 전혀 자랑스럽게 느끼지 않았다. 그런 하찮은 포부에 매달릴 그가 아니었다. 그는 넴루트 산이, 그 정상의 쌍둥이 신단이 멀지 않은 곳에 있음을 느끼고 있었다.

　5킬로미터를 더 달린 뒤에 그는 간선도로를 벗어났다. 이젠 아스팔트도 표지판도 없었다. 산 속으로 난 오솔길이 뱀처럼 구불거리며 구름에 닿도록 올라가고 있을 뿐이었다. 여기서부터 그의 진정한 고향이 시작되는 셈이었다. 자줏빛 흙먼지로 덮인 산비탈, 가시를 위협적으로 드러내며 덤불을 이루고 있는 풀들, 자동차가 지나가도 비켜서는 둥 마는 둥 하는 회색과 검은색의 양들.

　그는 자기가 태어나서 자란 마을을 지나다가, 머릿수건을 쓴 아낙네들과 마주쳤다. 동판에 끌로 새긴 듯 윤곽이 뚜렷하고 불그스레한 얼굴들. 그의 어머니가 그러했듯이, 땅의 척박함을 잘 견디고 종교와 전통 속에 갇혀 사는 여자들. 그네들 가운데에는 아마 그의 집안사람들도 있을 터였다.

　더 높이 올라가자 너무나 헐렁한 윗옷을 걸친 채 산비탈에 웅크리고 있는 양치기들이 보였다. 그가 외투 대용으로 입었던 자카드 직(織) 스웨터가 아직도 기억에 생생했다. 처음엔 소매가 너무 길었지만 해마다 소매 밖으로 손이 조금씩 더 빠져나오곤 했다. 그 뜨개옷의 코들이 그의 유일한 달력이었다.

　옛날에 느꼈던 어떤 촉감들이 손가락 끝에서 가물가물 되살아나는 듯했다. 아버지의 손찌검을 막느라고 머리통을 감싸 쥘 때, 손가락 끝에 느껴지던 까까머리의 감촉. 저녁에 방목장으로부터 돌아오면서 식료품 장수의 커다란 자루들을 쓰다듬을 때 느꼈던 마른 과일의 부드러움. 가을에 줍다가 손바닥에 물이 들면 겨울이 다 가도록 얼룩이 지워지지 않았던 호두의 초록색 껍질…….

　그는 장막처럼 짙게 드리운 안개 속으로 나아가고 있었다. 사위가 온통 젖은 솜에 싸인 것처럼 하얗고 축축하게 변했다. 구름의 속살을 헤치며 나아가는 기분이었다. 길 가장자리에는 눈 더미가 아직 쌓여 있었다. 모래가 섞여 들어 분홍색으로 빛나는 별난 눈이었다.
 마지막 구간으로 접어들기 전에 그는 타이어에 체인을 감고 다시 길을 떠났다. 그는 이리저리 까불리며 울퉁불퉁한 길을 한 시간 가까이 더 달렸다. 눈 더미들은 풍만한 몸뚱이 같은 모습으로 점점 더 밝게 빛나고 있었다. 순수에 이르는 길의 마지막 단계였다.

분홍빛 모래가 점점이 박히고
여체처럼 살이 오른 눈 더미,
나는 산비탈을 덮은 그 눈 더미를
어루만졌네……

 이윽고 암벽 아래에 마련된 주차장이 눈에 들어왔다. 그 위쪽의 산꼭대기는 안개의 너울에 가려 여전히 보이지 않았다.
 그는 자동차에서 내려 고요한 분위기에 젖었다. 눈이 빚어내는 정적이 수정 덩어리처럼 대지를 짓누르고 있었다.
 차가운 공기가 허파를 가득 채웠다. 이곳의 고도는 해발 2천 미터가 넘었다. 올라가야 할 길이 아직 3백 미터쯤 남아 있었다. 그는 힘을 쓸 것에 대비해서 초콜릿 두 개를 조금씩 깨물어 먹은 다음 호주머니에 손을 찔러 넣고 걷기 시작했다.
 산지기들의 오두막은 5월까지 빗장이 걸려 있었다. 그는 오두막을 지나, 눈에 덮여 끄트머리만 겨우 드러난 돌들의 자취를 따라갔다. 가풀막을 오르기가 힘겨워졌다. 가파른 오르막을 피해 에돌아가지 않을 수 없었다. 그는 허공으로 미끄러지지 않기 위해 옆으로 비스듬하게 몸을 기울인 채로 한 손으로 비탈을 짚으며 나아갔다. 발밑에서 눈이 뽀드득거렸다.
 그는 숨을 헐떡이기 시작했다. 온몸의 기력이 동원되고 정신이 깨어나는 듯한 기분이 들었다. 그는 첫 번째 신단에 다다랐다. 이른바 동쪽 신단이었다. 하지만 여기에서 늑장을 부릴 계제는 아니었다. 이곳의 조각상들은 너무 심하게 침식되어 있었다. 그는 '불의 제단'에서 잠시 한숨만 돌리기로 했다. 돌을 깎아 만든 이 청동색 단에 올라서면, 토로스 산맥의 봉우리들이 훤히 내려다보였다.

태양이 마침내 풍광의 아름다움을 되돌려 놓고 있었다. 분화구에 햇살이 내려앉자 물웅덩이들이 하얗게 떨렸다. 다른 곳에서는 햇살이 가루로 부서져 증발하면서, 모든 것을 사금처럼 반짝이는 무수한 조각으로 분해하고 있었다. 해가 구름과 장난을 치자, 얼굴에 스치는 어두운 표정처럼 그림자들이 산 위로 지나갔다.

그는 무어라 형언할 수 없는 감정에 사로잡혔다. 이 땅을 어찌 감히 '내' 땅이라 할 수 있으랴 싶었다. 자신이 그토록 아름답고 어마어마한 세계에 속해 있다는 확신이 들지 않았다. 지평선 위로 무리를 지어 나아오는 조상 유목민들이 눈에 보이는 듯했다. 그들은 아나톨리아에 권세와 문명을 가져온 최초의 터키인들이었다.

지평선을 계속 바라보고 있자니, 조상님들인가 싶던 그 무리가 사람도 말도 아닌 늑대의 무리로 보였다. 지면의 반사광 속에서 어른거리는 은빛 늑대 떼. 완벽한 전사들의 종족을 탄생시키기 위해 인간과 결합할 채비를 하고 있는 신성한 늑대들…….

그는 서쪽 사면을 향해 다시 발걸음을 옮겼다. 눈이 더 수북하면서도 더 푸슬푸슬해지고 있었다. 눈이 신발에 밟히는 소리가 한결 조용했다. 그는 고개를 뒤로 돌려 자신의 발자국을 보았다. 침묵의 언어를 옮겨 놓은 신비로운 문자 같다는 생각이 들었다.

이윽고 그는 돌로 된 두상(頭像)들이 우뚝하게 늘어서 있는 서쪽 신단에 다다랐다.

두상은 다섯 개다. 저마다 높이가 2미터도 더 되는 거대한 조각상이다. 원래 이 두상들은 왕릉에 세운 석물의 일부로서 육중한 몸체 위에 놓여 있었다. 그러다가 지진 때문에 쓰러진 것들을 사람들이 다시 일으켜 세운 것이다. 몸체 대신 땅바닥을 받침대로 삼게 되어 두상들의 위용이 한결 돋보인다. 마치 넴루트 산의 지맥들을 어깨처럼 거느리고 있는 형국이다.

한가운데에 있는 것은 코마게네의 왕 안티오코스 1세의 두상이다. 그는 넴루트 산에 모셔진 신들 사이에 자신의 무덤을 만들고 싶어했다. 이 신들은 그리스와 페르시아의 영향을 아울러 받은 혼혈의 신들이다. 반짝 번성했다가 사라진 코마게네[23] 문명의 혼합주의가 빚어낸 신들인 것이다. 안티오코스 1세의 옆으로는 벼락과 불로 권세를 드러냈던 최고신 제우스-아후라마즈다, 황소를 희생의 제물로 바치도록 요구했던 아폴론-미트라, 이삭과 열매로 된 관을 씀으로써 왕국의 풍요를 상징했던 티케가 있다.

덩치는 거대하고 위압적이지만, 이 신들의 얼굴에는 아이들의 평온한 표정이 어려 있다. 입은 분수대의 물줄기를 내뿜은 구멍을 연상시키고 수염은 부드럽게 구불거린다. 흰색의 커다란 눈은 꿈을 꾸는 듯한 느낌을 준다. 성소의 수호자인 백수의 왕 사자와 하늘의 지배자 독수리조차도 세월에 마모되고 눈에 덮여 있어서 석상들의 모습을 한결 너그러워 보이게 한다.

---

23) 터키 남동부, 시리아 북부, 유프라테스 강 상류 지역에 있었던 작은 왕국. 아시리아의 속국으로 고대 문헌에 처음 언급된 기원전 850년경 이래로 바빌로니아, 페르시아, 마케도니아, 셀레우코스 등의 지배를 받다가 기원전 130년경에 독립 왕국이 되었다. 미트리다테스 왕은 뿌리가 서로 다른 백성들을 통합시킬 목적으로 그리스와 페르시아의 신들을 혼용한 새로운 신앙 체계를 만들고 넴루트 산 정상을 비롯한 전국의 명승지에 신전을 건설했다. 미트리다테스의 아들 안티오코스 1세 때에는 로마 제국의 침공에 맞서 파르티아와 동맹을 맺고 독립을 유지했다. 그러나 안티오코스 1세가 죽어 넴루트 산의 성소에 묻힌 뒤로 쇠퇴 일로를 걷다가 서기 71년 로마군에 패망하였다. 코마게네 왕국의 몰락과 함께 깊은 정적에 싸인 채 사람들의 기억에서 사라졌던 넴루트 산의 유적은 19세기 말이 되어서야 프로이센의 토목 기술자 칼 세스터의 탐사를 통해 서방에 그 존재가 알려지게 되었다.

아직 시간이 되지 않았다. 그가 기다리고 있는 현상이 나타나기에는 안개가 너무 짙었다. 그는 스카프를 졸라매고 이 성소에 묻힌 왕을 생각했다. 안티오코스 1세. 그의 통치 기간에 코마게네 왕국은 번영을 누렸다. 그래서 왕은 자신이 신들의 축복을 받았다고 믿었다. 나아가서는 스스로를 신과 대등한 존재로 여기고 성스러운 산의 꼭대기를 자신의 무덤으로 삼았다.

대부 이스마일 쿠드세이 역시 스스로를 신과 같은 존재로 여겼다. 부하들의 목숨이 자기 손에 달려 있다고 믿었던 것이다. 하지만 그것은 원칙을 망각한 처사였다. 그는 신이 아니라 대의를 위한 도구였고 터키 민족주의의 한 요소일 뿐이었다. 그 점을 무시함으로써 그는 스스로를 배신하고 회색늑대들을 배신했다. 한때는 계율의 대표자였던 그가 계율을 조롱한 셈이었다. 그는 쇠잔해지고 공격 받기 쉬운 인물이 되어 버렸다. 그 때문에 세마가 그를 쓰러뜨릴 수 있었던 것이다.

세마. 씁쓸한 기분이 들면서 갑자기 입속의 침이 마르는 듯했다. 그는 그녀를 제거하는 데에 성공했다. 하지만 그건 승리라고 할 만한 것이 못 되었다. 그의 추적은 말짱 헛일이었고 완전한 실패였다. 그는 이 실패를 만회해 보려고 자신의 사냥감이었던 세마를 조상들의 규율에 따라 제물로 바쳤다. 그녀의 심장을 넴루트 산의 신들에게 바쳤던 것이다—전에는 경배의 뜻으로 줄곧 이 신들의 얼굴을 희생자들의 살가죽에 새기곤 했다.

안개가 흩어지고 있었다.

그는 눈밭에 무릎을 꿇고 기다렸다.

잠시 후 안개가 걷히면서 거대한 두상들을 마지막으로 한 번 더 휘감았다. 석상들은 사뿐한 안개의 너울에 휩싸이자 마치 살아 움직이는 듯했다. 얼굴들의 윤곽이 희미해지더니 눈밭 위로 둥실 떠오르는 느낌을 주었다. 안개가 자욱한 숲에서 신들이 걸어 나오고 있는 것만 같았다.

안티오코스 1세가 앞장을 서고 티케와 다른 신들이 차가운 수증기에 휩싸인 채 뒤를 따랐다. 긴박감이 고조되는 가운데 그들이 마침내 입을 열어 무슨 말인가를 하려고 했다.

그는 어렸을 때 이런 경이로운 현상을 자주 목격했다. 덕분에 신들의 속삭임을 감지하고 신탁을 이해하는 방법을 터득했다. 이 언어는 그곳 산기슭에서 태어나지 않은 사람들은 도저히 이해할 수 없는 광물성의 언어이자 고대의 언어였다.

그는 눈을 감았다.

오늘 그가 올리는 기도는 자신에게 관용을 베풀어 달라는 것이었다. 또한 이 기도는 새로운 신탁을 받기 위한 것이기도 했다. 그는 자신의 미래를 밝혀줄 말들이 안개 속에서 들려오리라 기대하고 있었다. 그의 조언자 노릇을 했던 신들이 이번엔 무엇을 일러줄 것인가?

"꼼짝 마."

그는 돌처럼 굳어 버렸다. 환각인가 했더니 차가운 총구가 그의 관자놀이를 눌러 왔다. 목소리가 다시 들렸다. 프랑스어였다.

"꼼짝 마."

여자 목소리였다.

그는 가까스로 고개를 돌렸다. 파카와 검은 꼬챙이바지 차림의 기다란 실루엣이 보였다. 챙 없는 모자를 눌러 쓰고 구불거리는 검은 머리를 어깨 위로 차랑차랑 늘어뜨리고 있는 모습이었다.

기가 막힐 노릇이었다. 이 여자가 어떻게 여기까지 날 따라왔지?

그가 프랑스어로 물었다.

"당신 누구야?"

"내 이름은 중요하지 않아."

"누가 당신을 보냈지?"

"세마."

"세마는 죽었어."

그는 자신의 은밀한 순례가 발각되었다는 사실을 받아들일 수 없었다. 여자의 목소리가 계속 들려왔다.

"나는 파리에서 세마를 도왔던 사람이야. 그녀가 경찰의 추적에서 벗어나도록 해 주었고, 기억을 되찾는 데에도 도움을 주었지. 그녀가 당신들과 맞서기 위해 터키로 돌아올 수 있도록 해 준 것도 나야."

그는 고개를 주억거렸다. 하긴 세마의 도피 행각에는 무언가 빠진 고리가 있었다. 누군가의 도움을 받지 않았다면, 그토록 오랫동안 그의 추적을 피했을 리가 없었다. 한 가지 물어보고 싶은 것이 생겨서 그의 입술이 근질거렸다. 그는 잠시 망설이다가 결국 참지 못하고 입을 열었다.

"마약은 어디에 있지?"

"공동묘지에 있어. 유골 단지들 속에 말이야. '잿빛 가루 속에 약간의 흰 가루'가 섞여 있는 거지."

그는 다시 고개를 주억거렸다. 세마다운 야유였다. 그녀는 게임을 하듯이 자기 일을 한 셈이었다. 듣고 보니 모든 게 아귀가 척척 맞았다. 그야말로 수정이 울리는 것과 같은 맑은 소리가 들리면서 머릿속이 환해지는 느낌이 들었다.

"나를 어떻게 찾아냈지?"

"세마가 나에게 편지를 보내서 자초지종을 설명해 주었지. 자기 출신은 어떠하고 어떤 교육을 받았는지, 그리고 자기의 전문 분야가 무엇인지 말이야. 옛 친구들의 이름도 가르쳐 주었어. 오늘날에는 그녀의 적이 된 자들이지."

그는 그녀의 말투에 특이한 버릇이 있음을 알아차렸다. 마지막 음절을 길게 늘이는 버릇이었다. 그는 잠시 석상들의 하얀 눈을 살폈다. 신들은 아직 깨어 있지 않았다.

"왜 이 일에 끼어드는 거지? 이제 다 끝난 일이야. 당신이 나설 새도 없이 끝나 버린 일이라고."

"내가 너무 늦게 왔어. 그건 사실이야. 하지만 세마를 위해서 내가 아직 할 수 있는 일이 있어."

"그게 뭐지?"

"네가 추구하는 극악무도한 짓을 중단시키는 것."

그는 빙긋 웃으며 자기를 겨누고 있는 총구에 아랑곳하지 않고 그녀를 빤히 바라보았다. 검은색에 가까운 짙은 갈색머리에 키가 크고 매우 아름다운 여자였다. 얼굴은 해쓱하고 주름이 많아서 윤기가 없어 보였다. 하지만 주름 때문에 미모가 빛을 잃기보다는 오히려 아름다운 부분이 도드라져 보이는 듯했다. 그런 모습을 대하고 있으니 갑자기 숨이 턱 막히는 듯한 기분이 들었다. 그녀가 말을 이었다.

"파리에서 세 여자가 살해된 사건에 관한 기사를 읽었어. 네가 그녀들의 몸에 낸 상처를 연구했지. 나는 정신과 의사야. 너는 어떤 강박증을 가지고 있어. 여자들을 증오하지. 그런 증상에 복잡한 병명을 갖다 붙일 수도 있겠지만 그게 무슨 소용이 있겠어?"

그는 그녀가 자기를 죽이러 왔음을 깨달았다. 그녀는 그를 쓰러뜨리기 위해 넴루트 산 꼭대기까지 뒤따라온 것이었다. 여자 손에 죽다니, 그건 있을 수 없는 일이었다. 그는 석상들을 바라보며 정신을 집중했다. 아침 햇살이 곧 신들을 깨울 참이었다. 그가 어떻게 해야 하는지를 거대한 두상들이 은밀하게 일러줄 참이었다.

그가 물었다. 시간을 벌기 위한 질문이었다.

"여기까지 내 뒤를 밟은 거야?"

"이스탄불에서 네 회사의 소재지를 알아내는 것은 식은 죽 먹기였어. 나는 네가 수배를 받고 있는 상황에서도 조만간 이스탄불에 오리라는 것을 알고 있었어. 마침내 네가 경호원들에게 둘러싸인 채 나타났지.

그 뒤로 나는 너를 놓치지 않았어. 며칠 동안 네 뒤를 밟으며 염탐을 했지. 그 결과 내가 알게 된 것은 너에게 접근할 수 있는 길이 전혀 없다는 것이었어. 너에게 기습을 가한다는 건 더더욱 생각할 수 없는 일이었지……."

그녀의 말에는 이상한 결의가 배여 있었다. 그는 그녀에게 흥미를 느끼며 다시 쳐다보았다. 그녀의 입김 사이로 보이는 어떤 것이 또다시 그를 놀라게 했다. 추위 때문에 약간 보랏빛을 띤 너무나 붉은 입술. 여체의 한 부분이 드러내는 그 빛을 보자 여자들에 대한 증오심이 그의 마음속에 되살아났다. 다른 여자들과 마찬가지로 그녀도 불경스러워 보였다. 자신의 매력을 확신하고 있는 과시적인 유혹…….

그녀가 말을 이었다.

"그 때 기적 같은 일이 벌어졌지. 어느 날 아침 네가 은신처에서 나오더군. 혼자서 말이야. 너는 공항으로 갔어. 그 때부터는 너를 미행하기가 어렵지 않았어. 그저 네가 하는 대로 아다나 행 항공권을 사기만 하면 되는 것이었어. 처음엔 네가 마약을 제조하는 비밀 공장이나 훈련소를 방문하러 가는가 보다 하고 생각했지. 하지만 혼자 떠나는 게 아무래도 이상했어. 그래서 가족을 만나러 가는 게 아닐까 하는 생각도 들었어. 하지만 그런 것은 너에게 어울리지 않아. 너에겐 이제 회색늑대들 말고는 가족이 없으니까. 그렇다면 뭘까? 세마는 내게 보낸 편지에서 너를 터키 동부 아드야만 지방에서 온 사냥꾼으로 묘사했어. 고고학에 미쳐 있다는 얘기도 했지. 나는 비행기가 출발하기를 기다리면서 지도와 여행 안내서를 샀어. 그것들을 뒤적이다가 넴루트 산 유적지와 그곳의 조각상들을 발견했지. 일부가 부서지고 비바람에 깎여 버린 석상들을 보니까 네가 흉하게 만들어 놓은 피살자들의 얼굴이 생각나더군. 그 조각상들이 너의 모델이라는 것을 깨달았지. 네가 정신착란 상태에서 피해자들의 얼굴에 나타낸 것이 바로 여기 이 신들의 얼굴이라는 것을 말이야. 너는 사람들의 발길이 닿지 않는 이 성소에 와서 묵상을 하곤 했어. 신들과 대면하면서 너 자신의 광기를 키워 왔던 셈이지."

그는 냉정을 되찾아 가고 있었다. 상대는 범상치 않은 여자임이 분명했다. 그의 영역에 들어와 그를 미행하는 데에 성공한 여자였다. 공교롭게도 그의 성지순례에 맞추어 그의 영역에 들어온 것이었다. 이 정도면 나를 죽일 자격이 있는 여자가 아닐까…….

그는 석상들을 향해 마지막으로 한 번 더 눈길을 보냈다. 석상들은 이제 아침 햇살을 받아 하얗게 빛나고 있었다. 신들이 다른 어느 때보다 강력해 보였다. 한편으로는 다른 어느 때보다 멀리 있다는 느낌이 들기도 했다. 신들은 침묵으로써 그의 패배를 확인해 주고 있었다. 그는 이제 그들의 가호를 받을 자격이 없었다.

그는 숨을 깊이 들이마시고 고갯짓으로 신상들을 가리켰다.

"이 성스러운 곳의 힘이 느껴지지 않아?"

그러더니 여전히 무릎을 꿇은 자세로 붉은 흙이 섞인 눈을 한 움큼 집어 으스러뜨렸다.

"나는 여기에서 몇 킬로미터 떨어진 골짜기에서 태어났어. 당시에는 이곳을 찾는 관광객이 전혀 없었지. 나는 혼자 이 신단에 와서 시간을 보내곤 했어. 신상들을 보면서 권력과 전쟁에 대한 꿈을 키웠던 거야."

"피와 살인에 대한 꿈이었겠지."

그는 애써 미소를 지어 보였다.

"우리는 터키 제국의 재건을 위해 활동하고 있어. 우리 종족이 동방을 다시 지배하도록 하기 위해 싸우는 거야. 머지않아 중앙아시아의 국경들이 없어질 거야. 우리는 똑같은 언어를 사용하고 똑같은 뿌리를 가지고 있어. 우리는 모두 하얀 늑대 아세나의 후손이야."

"너는 신화에 기대어 네 광기를 키우고 있어."

"신화란 현실이 설화로 바뀐 거야. 설화가 현실이 될 수도 있어. 늑대들이 돌아왔어. 그들이 터키 민족을 구원할 거야."

"너는 한낱 살인자일 뿐이야. 피의 대가를 경험하지 못한 살인자지."

아침 햇살이 비치고 있었음에도 그는 심한 한기를 느꼈다. 손발이 곱고 온몸이 마비된 듯한 느낌이었다. 공기의 진동 속에서 눈밭의 윤곽이 조금씩 허물어지고 있었다. 그는 왼쪽의 눈밭을 가리키며 말을 이었다.

"옛날에 저쪽 신단에서는 전사들이 황소의 피를 바쳐 아폴론-미트라 신의 가호를 빌었지. 기독교인들의 세례는 바로 그 전통에서 유래했어. 신의 은총은 피에서 비롯되는 거야."

여자는 권총을 들지 않은 손으로 흘러내린 머리카락을 쓸어 올렸다. 추위 때문에 얼굴이 발개져서 주름이 더욱 두드러져 보였다. 하지만 얼굴에 잡힌 잔금이 선명해지자 그녀의 화려한 용모가 오히려 한결 돋보였다. 그녀가 권총의 공이치기를 세우며 말했다.

"자, 이제 네가 즐거움을 만끽할 시간이 되었다. 네가 좋아하는 피가 흐를 테니 어디 한번 즐겨 봐라."

"잠깐만."

그는 그녀가 어쩌면 그렇게 대담하고 의연할 수 있는지 여전히 이해할 수가 없었다.

"나를 죽이고도 당신이 온전할 수 있을 거라고 생각해? 이건 위험한 짓이야. 누구도 이런 위험을 무릅쓰지 않아. 겨우 며칠 전에 나하고 마주친 여자가 이런다는 건 더더욱 있을 수 없는 일이지. 세마가 당신에게 어떤 존재였지?"

그녀는 잠시 망설이다가 머리를 옆으로 조금 기울였다.

"친구. 그냥 친구였어."

그렇게 말하고 그녀는 미소를 지었다. 붉은 입술을 크게 벙싯 움직이는 미소였다. 석상들의 얕은 돋을새김과 뚜렷한 대비를 이루는 그 붉은 미소는 모든 진실의 확증이었다.

친구의 원수를 갚기 위해 목숨을 거는 이 여자야말로 자기 운명의 진정한 주인이 아닐까?

어쨌거나 그와 격이 맞는 상대였다.

두 사람은 이 기나긴 프레스코 벽화에서 저마다 자신의 정확한 자리를 찾아가고 있었다.

그는 그녀의 선홍색 입술에 눈길을 붙박았다. 불현듯 야생 양귀비가 생각났다. 그의 어머니는 야생 양귀비의 새빨간 색조를 보존하기 위해 그 꽃대를 불태우곤 했다.

45구경 권총의 총열에서 불꽃이 튀었다. 그 때 그는 생각했다. 양귀비꽃처럼 붉은 미소를 짓는 여자의 그늘에서 죽는 것은 행복한 일이라고.

〈끝〉